제리엠 게임판타지 장편소설
WISHBOOKS GAME FANTASY STORY

힐통령

태양의 사제

힐통령 태양의 사제 16

제리엠 게임판타지 장편소설

초판 1쇄 찍은 날 | 2020년 1월 22일
초판 1쇄 펴낸 날 | 2020년 1월 31일

지은이 | 제리엠
펴낸이 | 예경원

기획 | 위시북스
편집책임 | 이은송
편집 | 위시북스

펴낸곳 | 예원북스
등록번호 | 제396-2012-000132호
등록일자 | 2012. 7. 25
KFN | 제1-502호

주소 | 경기도 고양시 일산동구 호수로 646-24 위너스21 II빌딩 206A호 (우)10401
전화 | 031-819-9431 팩스 | 031-817-9432
E-mail | yewonbooks@naver.com

ISBN 979-11-365-0680-1 04810
979-11-89450-74-8 (set)

※ 이 도서의 국립중앙도서관 출판시도서목록(CIP)은 서지정보유통지원시스템 홈페이지(http://seoji.go.kr)와 국가자료공동목록시스템(http://www.nl.go.kr/kolisnet)에서 이용하실 수 있습니다.

제리엠 게임판타지 장편소설
WISHBOOKS GAME FANTASY STORY
힐통령
16
태양의 사제
Wish Books

힐통령

태양의 사제

CONTENTS

106장

값진 패배

자칼은 두 자루의 도를 주 무기로 사용하는 유저였다. 하지만 그가 두 번째 도를 뽑은 것을 본 사람은 아무도 없었다. 여태까지 그가 상대했던 적들은 한 자루의 도조차 감당해 내지 못했으니까.

'근데 왜 나만 특별 취급이야.'

때문에 카이는 정면에서 날아드는 두 자루의 도를 보는 순간 자연스럽게 깨달았다.

"하압!"

자칼은 지금 최선을 다해 자신을 죽일 생각이라는 것을.

당연히 이를 지켜보던 관중들도 크게 놀랐다.

"오오오!"

"자칼이 두 번째 도를 시작부터 뽑았다!

"정령술사 케인을 상대할 때도 뽑지 않았는데 어째서?"

"설마 베니쉬를 케인보다 더 위험하다고 판단한 건가?"

"아니, 물론 베니쉬의 승률이 좋긴 하지만, 케인처럼 압도적인 강함을 보여준 적은 없었……."

"어?"

"어……? 어어!"

그들이 놀란 포인트는 크게 둘. 하나는 자칼이 두 자루의 도를 사용했다는 점. 그리고 두 번째는…….

"진심인 상대를 두고 빼는 건, 역시 예의가 아니겠죠."

베니쉬의 몸에서 여태 본 적 없던 압도적인 기세가 흘러나왔기 때문이었다.

파악!

다음 순간, 베니쉬는 네스트에게 훔친 풋워크로 날아오는 도 한 자루를 가볍게 피하고, 하로로의 흘리기로 두 번째 도도 흘려냈다. 두 동작을 물 흐르듯 자연스럽게 연계한 카이의 두 눈에 공간이 들어왔다.

아무것도 없는 자칼의 텅 빈 상체였다. 카이는 주저없이 자신의 어깨를 그곳에 박아 넣었다.

"이런, 안 되지요."

허나 자칼의 신형은 마치 유령처럼 잔상을 남기며 뒤로 스르르 물러나며 이를 피했다. 도저히 인간의 움직임이라고는 볼 수 없는 그 현상이 의미하는 바는 하나였다.

"레어…… 아니, 유니크인가요?"

"하하, 역시 눈썰미가 대단하시군요. 맞습니다. 유령의 발걸음이라는 스킬이지요. 구하는 데 애를 좀 먹었습니다."

"그런 스킬을 가지고 있다는건 몰랐네요."

"보여준 적이 없었으니까요."

대답과 동시에 자칼이 도를 원형으로 천천히 돌렸다.

빙글빙글.

그는 도를 돌리면서 천천히 카이의 주변을 맴돌았다. 마치 짐승이 사냥감을 덮치기 전 대상을 탐색하는 것처럼.

"이뿐만이 아닙니다. 전 3차 전직까지 마쳤습니다. 당신이 아무리 강하다고 해도, 여태까지 만나보았던 적들과는 크게 다를 겁니다."

"그렇습니까."

1차 전직은 레벨 10. 2차 전직은 레벨 200. 3차 전직 퀘스트를 받는 레벨은 400이다.

'하지만 퀘스트의 난이도가 높은 탓에 3차 전직을 완료하면 보통 410레벨 정도가 되지.'

랭킹 표를 참고하면 현재까지 레벨 400이상을 찍은 유저는 고작 91명. 그중에서 절반 이상이 전직 퀘스트를 진행 중인 것으로 알려져 있다.

'그렇다면 자칼은 91명 중 하나. 저 가면 밑에는 내가 아는 얼굴이 들어 있을 수도 있겠어.'

생각과 동시에 카이의 몸이 순식간에 회전했다.

휘리릭!

충분한 회전력을 머금은 그의 검이 놀라울 만큼 정확하게 자칼의 관자놀이로 향했다. 자칼은 빠르게 도를 들어 이를 막아냈다.

카앙!

공격이 막힌 카이는 기다렸다는 듯이 다시 한번 회전했다. 마치 바람처럼 빠르게. 이번에는 세 번이었다.

그럼에도 불구하고 카이의 검은 조금의 흔들림도 없이 같은 코스를 파고들었다. 자칼은 도 한 자루로 그 궤적을 철통 같이 수비했다. 동시에 비어 있는 오른손의 도를 이용해서 반격을 꾀했다.

카아아아앙!

"……!"

안일한 생각이었다. 한 자루면 충분할 것이라 생각했던 공격은 생각보다 훨씬 무거웠으니까.

후웅.

자칼의 몸이 덤프트럭에 치인 인형처럼 훨훨 날아갔다. 부드러운 낙법과 함께 자리에서 일어난 그는 왼쪽 팔에서 느껴지는 저릿저릿함에 헛웃음을 터뜨렸다.

"……허, 과연. 힘으로 네스트를 찍어누른 사람이었다는 것을 깜빡했군요."

자신의 실수를 깨달은 자칼이 발로 쿵! 바닥을 한 번 내려찍었다. 그러자 그의 등 뒤에서 자칼이 한 명 나오더니, 한 명의 자칼이 또 튀어나왔다. 총 세 명의 자칼이 경기장에 위치했다. 이를 바라보는 카이의 눈이 반짝였다.

'분신인가?'

자신의 태양 분신과 비슷한 메커니즘일 터.

'하지만…….'

이 분신들은 얼굴까지 완벽하게 자칼이었다.

'오히려 잘됐네.'

카이는 당황하기보다 오히려 다행이라는 표정을 지었다. 왜냐하면 미드 온라인은 언뜻 보기엔 불공평해 보이지만 나름대로 '선'이라는 것이 있었으니까. 일례로 태양의 분신은 분신 하나를 소환하는데 선행 스탯을 5개나 소모한다.

'헌데 상대방은 외모까지 완벽하게 카피하는데 분신이 두 개나 준다고?'

상식적으로 말이 안 된다. 이렇게 말이 안 되는 스킬을 말이 되게 만드는 방법은 단 하나였다.

'저 녀석들, 공격력이 아예 없거나 있어도 낮을 거야.'

가설을 입증할 기회는 생각보다 빨리 찾아왔다. 카이의 주변을 빙빙 돌던 세 명의 자칼이 일제히 달려든 것이다.

'분신 류의 최대 장점은 상대방을 혼란시킨다는 점이지.'

자신이 쓰고 있기 때문에 가장 잘 알고 있다.

때문에 당했을 때 기분이 더러운 법 또한 알고 있다.

쇄애애액!

카이는 날아드는 공격을 딱 반만 쳐냈다. 날아드는 여섯 개의 도중에서 각각 하나씩을 쳐낸 것이다.

푹푹푹!

총 세 개의 도가 카이의 몸을 베고 지나갔다. 카이는 그 찰나의 시간 동안 생명력을 주시하고 있었다.

"……너랑 너는 아니네."

스피드도, 궤적도 모두 자칼의 그것과 똑같았지만 앞선 두 녀석에게서 들어온 대미지는 고작 1이었다. 카이는 무심한 눈빛으로 세 번째 자칼을 쳐다보았다.

"이런……!"

위험을 감지한 자칼이 뒤로 몸을 날리며 스킬을 시전했다. 동시에 바닥에서 검은색 손들이 튀어나와 다리를 붙들었다. 어둠의 손길, 도적 클래스의 속박 스킬이었다.

"쉽게 끊을 수는 없을 겁니다."

카이의 움직임을 봉쇄한 자칼은 곧장 캐스팅 시간이 긴 스킬을 시전하기 시작했다.

"햇살의 따스함."

허나 그 어떤 디버프 스킬도 카이를 방해할 수는 없는 법. 순식간에 속박을 해재한 카이가 가속했다.

"무슨…… 속박을 이렇게 빨리 풀어내다니?"

마음 편히 스킬을 시전하던 자칼이 깜짝 놀라며 도를 휘둘렀다.

까앙, 까앙!

허나 카이는 그 공격들을 정면에서 받아치면서 거리를 좁혔다. 물론 자칼의 저항은 거셌다. 두 자루 도에 맺힌 검은색 기운은 연신 카이의 목덜미와 심장을 노렸다.

파바바바박!

자칼의 두 자루 도가 신들린 것처럼 휘둘러졌다. 덕분에 카이의 두 눈동자도 빠르게 굴러가기 시작했다.

'왼쪽 관자놀이, 오른쪽 어깨, 왼쪽 다리 대퇴부.'

공격의 궤적을 읽고, 흘리거나 쳐낸다. 카이의 선택지에는 뒤로 물러서서 피한다는 것이 없었다. 그것이 이유였다.

"크윽……!"

시간이 갈수록 두 사람의 거리가 좁혀지는 결정적인 이유.

덕분에 자칼은 시간이 갈수록 조급함을 느끼기 시작했다.

'카이의 스탯은 나보다 높으니…… 거리가 좁혀지는 순간 압

도적으로 불리해진다.'

생각이 거기까지 미친 자칼은 예상보다 일찍 승부를 걸었다.

"흐읍!"

왼쪽의 도를 휘둘렀다. 어둠의 기운이 불처럼 활활 타오르는 도신에 적중당하면 카이라고 해도 별수 없을 것이다.

챙!

하지만 카이는 이것을 아주 여유롭게 막아냈다. 그 결과는 카이는 물론이고 자칼도 예상하고 있었다,

'예상대로군요. 하지만…… 진짜는 이쪽!'

카이가 막아낸 자칼의 도가 하얀색 빛을 뿜어냈다.

"음?"

카이가 위험하다고 생각한 순간, 자칼의 도가 수천 조각으로 갈라지며 거대한 구를 만들었다.

'크윽, 설마 무기까지 망설임 없이 버릴 줄이야.'

구 안에 갇힌 카이는 회전하는 무기 조각들을 쳐다보며 생각했다.

'결투장에서 수많은 스킬들을 배우고, 경험을 쌓았지.'

그렇게 모이고 모인 경험들은 또 새로운 교훈을 낳았다.

'승부는 종이 한 장 차이, 그리고 그 차이를 만드는 것이 바로 순간의 용기.'

카이는 본능적으로 승부수를 던질 때라는 것을 느꼈다. 때

문에 어깨를 꼿꼿히 세우고 오히려 앞으로 달려 나갔다.

피잇, 핏!

수천 개의 무기 조각들은 마치 면도칼처럼 카이의 피부와 장비를 베고 지나갔다. 당연히 생명력은 쭉쭉 떨어졌다. 이 상황을 알 리 없는 자칼은 밖에서 카이가 빠져나오는 것만을 기다리고 있었다.

'아마 뒤쪽으로 빠져나오겠지. 나오는 순간 실명을 먹이고 그때부터 말려 죽인다.'

그 순간, 칼날의 구 사이에서 팔 하나가 튀어나와 그의 얼굴을 붙잡았다.

콰드드득!

"잡았다……."

"저, 정면이라고?"

자칼이 경악한 표정으로 소리쳤다.

'블레이드 스페어의 정면은 다른 방향들보다 훨씬 두껍다. 저걸 모두 맞으면서 정면을 뚫으려면 생명력이 절반 정도는 날아갈 텐데?'

아쉽게도 더 이상 생각을 이어갈 틈은 없었다. 자칼의 가면을 붙잡은 카이가 뒤통수를 바닥에 처박아 버렸으니까.

쿠웅! 쿠드드드득!

"크윽!"

자칼은 당황하지 않고 탄력을 이용해 튀어 오르며 남아 있는 한 자루의 도를 휘둘렀다. 허나 카이는 이를 아주 가볍게 막아냈다.

까앙!

카이는 무방비가 된 자칼의 복부에 그대로 다리를 꽂아 넣으며 그를 놔줬다.

"커…… 억!"

입에서 침을 질질 흘린 자칼은 바닥을 물수제비처럼 튕겨나갔다. 한참이나 튕겨 나간 그는 떨리는 손으로 바닥을 짚고 천천히 일어섰다.

'크윽, 시야가 어지럽다…… 혼란 상태인가? 어서 회복을 해야……'

자칼이 천천히 몸을 일으키는 순간.

콰드드득!

그의 가면에 카이의 무릎이 시원한 소리를 내며 처박혔다.

"……!"

이번엔 비명조차 나오지 못할 정도의 충격이었다.

사실 이 공격을 허용한 순간, 경기는 끝났어야 맞다.

'하지만…… 이대로는…… 끝낼 수 없다……!'

자칼은 끊어지려는 정신을 억지로 붙잡으며 마지막 힘을 쥐어 짜냈다.

"데들리…… 샤프!"

그의 마나가 대폭 줄어들며 도에 엄청난 힘이 깃들었다. 자칼은 어지러운 눈을 아예 감아버리고는, 자신의 정면을 향해 그것을 휘둘렀다.

샤아아아악!

세상을 반으로 쪼갤 것 같은 강력한 공격이었다. 카이는 자신에게 날아드는 공격을 빤히 쳐다보며 입을 열었다.

"중력장."

동시에 자칼의 팔이 뒤틀렸고, 도의 궤적 또한 바뀌었다.

원래 목표하던 곳은 자신의 목이었겠지만, 막대한 중력으로 인해 자칼의 팔이 밑으로 뚝 떨어진 것이다.

카드드드드드득! 쿠우우웅!

자칼의 도는 카이의 발치, 그러니까 경기장 바닥을 호선으로 날카롭게 도려냈다. 일개 공격이 결투장의 경기장을 두동강내 버린 초유의 사태. 그 엄청난 공격을 코앞에 두었던 카이는 차분한 표정을 지은 채, 제자리에서 한 발자국도 움직이지 않은 상태였다.

"……."

자칼이 마지막으로 뿜어낸 어마어마한 공격력과 집념에 관중들은 입을 다물지 못했다. 카이 또한 마찬가지였다.

'마지막 공격. 사실 그건 없었어야 했어.'

웬만한 유저였다면 자신의 무릎이 면상에 박히는 순간 끝났을 것이다.

카이는 부들부들, 온몸에서 경련을 일으키는 자칼에게 진심을 담은 말을 건넸다.

"수고하셨습니다."

"……."

아직 시야가 회복되지 않은 자칼은 두 눈을 억지로 뜨며, 고개를 들어올렸다.

후드드득.

그의 회색 가면이 부서졌고, 날렵한 턱선을 지닌 남자의 얼굴이 드러났다.

"수……고…… 하셨…… 값진…… 패……."

쿵. 자칼은 결국 말을 잇지 못하고 쓰러졌다. 정신적 대미지가 그를 강제로 로그아웃시킨 것이었다.

"……값진 패배라."

자칼이 미처 잇지 못한 말을 중얼거린 카이는 경기장 바닥을 쳐다보더니, 사회자에게 물었다.

"제 승점, 몇입니까."

"예, 예?"

"제 승점 몇이냐구요."

"아…… 아! 그러니까……."

사회자가 서둘러 카이의 점수를 확인했다.

"2,578점! 베니쉬 선수의 랭크 포인트는 2,578점입니다!"

"누군가를 지명할 때, 꼭 일주일 전에 해야 합니까?"

"예? 딱히 그런 건 아닙니다만……."

"그럼 됐습니다."

후우. 카이는 짧은 호흡을 내쉬었다. 자칼과의 경기를 통해 이미 결투장에서 얻을 것은 모두 얻은 상태였다. 스스로를 향한 증명 또한 되었다.

결투장에서의 배움은 값졌다는 생각이 들었으니까.

스르릉.

카이는 검과 함께 고개를 들었다.

그의 시선이 저 높은 곳, 오직 결투장의 챔피언에게만 허락되는 관람석에 꽂혔다.

자칼과 베니쉬의 경기는 사천왕 매치만큼은 아니지만, 결투장에 관심이 있는 사람이라면 모두가 주목하던 경기였다. 그건 캐서린 또한 마찬가지였다. 아니, 오히려 그녀는 지구상의 그 어떤 사람보다도 더 이 경기를 기다려왔다.

"으흐흐흥."

연신 콧노래를 흥얼거리는 그녀를 쳐다보던 리로드가 입을 열었다.

"마스터, 기분이 좋아 보이십니다."

"으응? 그야 물론이지."

촤악!

캐서린이 멋드러지게 배틀 뉴스를 펼치며 눈을 반짝였다.

"드디어 베니쉬와 자칼의 경기가 열리잖아. 솔직히 난 오늘 누구 이기던 상관없어."

이 경기의 승자는 랭크 포인트 2,500점을 넘게 된다.

'그러면 나도 간만에 경기를…… 흐흐흣.'

그것이 그녀가 경기 시작 일곱 시간 전부터 팝콘과 피자, 음료를 구비한 채. 리로드를 끌고 챔피언 관람석에서 대기하고 있는 이유였다.

마스터의 전화에 새벽 댓바람부터 일어나 게임에 접속한 리로드는 하품을 하며 물었다.

"오늘 누가 이길 거라고 생각하십니까?"

"우물우물."

캐서린은 쭉쭉 늘어나는 치즈 피자를 우물거리며 말했다.

"아무래도 자칼이겠지? 베니쉬 녀석은 재미있긴 하지만…… 아직 완성이 덜 된 것 같은데."

"자칼…… 그렇죠. 솔직히 지난주 정령술사와의 경기에서 보여준 기량이 매우 놀라웠습니다."

"그건 나도 인정. 그게 결투장이 재미있는 이유지."

"결투장이 재미있는 이유라니요?"

"어휴, 그걸 또 설명해 줘야 돼?"

캐서린이 손에 묻은 끈적한 치즈를 휴지에 닦더니, 경기장을 내려보았다.

"저 사각의 전쟁터에선, 항상 모두의 예상을 뛰어넘는 변수가 튀어나오게 마련이거든."

"변수라…… 그렇다면 의외로 오늘 게임에서 이기는 건 베니쉬가 될 수도 있겠군요."

"글쎄, 그건 그거 나름대로 재미있겠지. 아마 가능성은 낮겠지만."

그녀가 피자 한 조각을 더 들어 올리며 중얼거렸다.

경기가 끝났을 때, 캐서린의 눈동자는 평소보다 두 배가량 더 커져 있는 상태였다. 그녀는 경기장을 바라보면서, 주먹으로 리로드의 팔뚝을 연신 두드렸다.

"야…… 야야, 리로드. 지금 자칼이 진 거야?"

"보시면 아시잖습니까. 아픕니다. 그만 때리십시오."

팔을 문지르던 리로드가 인상을 찌푸리며 대답했다.

캐서린은 고개를 갸웃거렸다.

"아니, 말이 안 되는데……? 저런 실력자가 왜 지금까지 개허접 흉내를 내고 있었지?"

"사각의 전쟁터 위에선 변수가 튀어나온다면서요."

"아니, 그래도 정도가 있지. 미친…… 이런 변수를 누가 예상해."

"그건 그렇지만."

확실히 베니쉬가 오늘 보여준 경기력은 딱 한 단어로 표현할 수 있었다. Crazy. 미쳤다고.

이 정도 평가는 절대 박한 것이 아니었다. 그는 정령술사 케인을 압살했던 자칼에게 가볍게 승리를 거두었으니까.

"뭐, 어쨌든 마스터의 다음 상대는 베니쉬로 정해졌군요."

"그렇지. 빨리 싸우고 싶…… 응? 쟤 지금 뭐 하는 거야?"

캐서린이 호기심 가득한 목소리로 물었다. 이에 리로드가 고개를 내밀어 경기장을 내려다보는 순간. 베니쉬가 쏘아낸 검풍이 그들의 관람석을 향해 쏘아졌다.

쩌저적!

날아든 검풍에 얻어맞은 강화 유리는 소름끼치는 소리를 내며 금이 갔다.

"이런 미친놈이, 감히!"

발끈한 리로드가 눈에 불을 켜며 일어나는 순간.

"스탑."

한기 가득한 캐서린의 목소리가 그의 움직임을 정지시켰다. 옆을 돌아보자, 입꼬리를 쭉 찢은 그녀가 천천히 일어나는 중이었다.

"저걸 왜 멈추려고 해. 재미있는데."

"이게 재미있으십니까?"

"그럼 안 재밌어? 저거 지금 나 도발하는 거잖아."

후우. 캐서린 덕에 이성을 되찾은 리로드가 논리정연하게 말을 이었다.

"마스터. 굳이 이런 도발에 걸려드실 필요 없습니다. 저런 놈은 결투장 측에 항의해서 페어플레이 정신에 대한 페널티를……."

"헛소리 좀 하지 마. 저 밑에 인간들 안 보여?"

캐서린의 손가락은 관중석을 가득 채운 유저들을 가리키고 있었다.

"애들 다 보는 앞에서 버젓이 시비 걸렸는데, NPC한테 고자질해서 징계 주자고?"

하! 그녀가 찢어지는 듯한 웃음을 흘렸다.

"개소리지. 안 그래도 세계 8대 길드의 위명이 땅에 떨어진 상태야. 상식적으로는 네 말이 맞겠지만, 다른 유저들은 그렇게 생각 안 할걸? 나만 웃음거리가 되겠지. 쫄보라고."

캐서린이 날카로운 눈빛으로 베니쉬를 노려봤다.

"저놈은 그걸 알고 있고, 그걸 알면서도 날 도발하는 거지. 아주 영리한 새끼야. 그래웠."

베니쉬는 그녀에게 묻는 중이었다. 이래도 도망칠 수 있겠냐고. 명예 따위는 땅에 쳐박아도 괜찮은 거냐고.

당연한 말이지만 캐서린은 이런 종류의 모욕을 견딜 수 있는 성격이 아니었다. 그녀가 이런 상황에서 참을성을 발휘할 수 있었다면, 리미트리스 길드가 세계 8대 길드 중 한 자리를 차지하는 일 또한 없었을 것이다.

"주제도 모르는 멍멍이에겐 매가 약이지."

콰아아앙!

캐서린의 발차기가 강화 유리에 작렬했다. 카이의 검풍에 의해 이미 금이 가 있던 유리창이 깨지며 후두둑 떨어졌다.

"후우."

짝다리를 짚고 난간에 선 그녀의 금발은 상공의 바람에 연신 흩날렸다.

"좋아, 받아줄게."

오연한 눈빛으로 베니쉬를 내려다보던 캐서린이 그대로 경기장을 향해 뛰어내렸다.

쿠우우우웅!

마치 운석이라도 떨어진 것 같은 거대한 굉음이 경기장을 울렸다. 당사자가 아닌 타인이 보기에도 아찔한 높이에서의 점프. 아무리 가상현실게임 안이라지만, 어지간한 담력이 아니라면 절대 뛰어내릴 수 없는 높이였다.

그런 높이에서 안정장치 하나 없이 뛰어내린 캐서린은 태연한 표정으로 먼지를 털어내더니, 쿨하게 포션 한 병을 쭉쭉 들이켰다. 얼마나 비싼 포션이었는지, 고작 한 병에 떨어졌던 생명력이 모두 회복되었다.

그녀의 등장에 관중석이 술렁거리기 시작했다.

"채, 챔피언이다."

"무패의 여제……."

"캐서린!"

동시에 결투장 관리인들이 경기장 위로 올라왔다.

"베니쉬 님. 지금과 같은 공격 행위는 페어플레이 정신을 중시하는 결투장에서……."

"잠깐."

그들에게 다가온 캐서린이 손을 들어 관리인들을 말렸다.

"난 괜찮으니까 그냥 넘어가."

"하, 하지만……."

"왜, 싫어?"

그녀가 눈매를 살짝 찌푸리자 관리인들이 쩔쩔매며 고개를 내저었다.

"그래야지. 그리고 나 애랑 경기할 거니까 준비해."

캐서린의 얇은 손가락이 카이를 가리켰다. 이에 관리인들이 언제 그랬냐는 듯 반색했다.

"그건 물론 준비해 드려야지요. 그럼 경기 일자는 언제쯤……."

"지금 당장."

"예에에에?"

도저히 컨트롤 할 수 없는 챔피언의 행동에 관리인들이 식은땀을 흘렸다. 그때, 관리인 라딘이 앞으로 걸어 나오며 입을 열었다.

"캐서린 님. 하지만 무릇 챔피언의 경기라면 품위가 있어야 하지 않겠습니까. 갈라진 경기장도 보수해야 하고, 관중들에게 티켓 값도 받아야……."

"경기장은 상관없어. 그리고 티켓 값이라면 지금 해결하면 되잖아?"

뭐가 문제냐는듯 눈을 치켜뜬 캐서린이 목소리를 높였다.

"나 지금부터 경기할 건데! 티켓 안 사는 녀석들은 전부 꺼져!"

이에 관중석의 유저들은 골드를 꺼내고 팝콘을 머리 위로 던지며 호응했다.

"사, 사겠습니다!"

"Take my money!"

"장난하냐? 당연히 사야지!"

"얼만데! 다 사줄게!"

그들의 열렬한 반응을 쳐다보던 캐서린이 시크한 표정으로 고개를 까딱였다.

"이제 됐지?"

"으음……."

할 말이 사라진 라딘은 고개를 돌려 베니쉬를 쳐다봤다.

"베니쉬 님은 어떠십니까. 이제 막 경기를 끝난 직후라 피곤하실 테고, 경기장 상태도……."

라딘의 눈빛에는 제발 자신들에게 시간을 좀 달라는 애원이 담겨 있었다.

'이거 미안해서 어쩌나.'

하지만 카이는 자신을 구세주처럼 바라보는 그의 눈빛을 저버렸다.

미안한 말이지만, 이번만큼은 그도 캐서린과 의견이 같았으니까. 애초에 도발한 것도 이런 상황을 만들기 위해서였다.

"저도 상관없습니다. 챔피언이 대결을 원하는데 꼬리를 말 수는 없지요."

"하, 지가 먼저 시비 걸어놓고, 뭐래."

코웃음을 친 캐서린이 우드득, 목을 돌렸다.

"어떻게, 쉬는 시간 좀 줘? 나중에 정상적인 컨디션이 아니었니 어쩌고 하면서 언론 플레이하는 거 짜증 나거든."

"아뇨, 휴식이 필요한 상대도 아닌 것 같고, 됐습니다."

도발에는 더 큰 도발로. 이에 캐서린은 살기어린 미소를 지으며 관리자들을 독촉했다.

"어이, 관리자들. 티켓 값 걷는 거 아직이야? 나 지금 좀 급한데."

"자, 잠시만 기다려주시면 됩니다."

관리인들은 관중석을 돌며 티켓 값을 일일이 걷는 중이었다. 잠깐 붕 떠버린 시간 동안, 카이를 쳐다보던 캐서린이 입을 열었다.

"그냥 경기하는 것도 재미없을 것 같은데, 내기나 할까?"

"내기라면?"

"이기는 쪽한테 파이트머니 전부 몰아주기. 어때?"

카이는 그 말에 주저 없이 고개를 끄덕였다.

"얼마나 됩니까."

"관리인~?"

캐서린이 목소리 끝을 높이며 턱을 까딱였다.

그러자 관리인이 다가와 서류를 확인했다.

"어…… 챔피언인 캐서린 님의 1회 대전료가 3천 골드입니다. 베니쉬 님은 5백 골드입니다."

"어머! 액수가 너무 차이가 나버리잖아? 하긴, 그래도 잘 나가는 내가 좀 참아야지."

캐서린은 과장된 손짓으로 입을 가리며 웃었다. 그녀는 눈빛으로 '이게 너와 나의 격차다'라고 말하는 것 같았다.

'3천 골드면 3억인가.'

유치한 도발에 헛웃음을 터뜨린 카이는 고개를 끄덕였다.

'그렇다면 받아줘야지.'

인벤토리에서 골드 주머니를 꺼내 관리인에게 건넸다.

"이 돈은……? 헉!"

금액을 확인한 라딘이 입을 벌린 채 숨을 들이켰다.

카이의 입에서는 별거 아니라는 목소리가 흘러나왔다.

"3만 골드. 제 앞에 배팅해 주세요."

3만 골드. 한화로 무려 30억이나 되는 말도 안 되는 금액. 그 엄청난 액수는 캐서린의 눈꺼풀마저 파르르 떨리게 만들 정도였다.

그녀는 고개를 흔들며 괜히 성을 냈다.

"허, 허세 보소. 인벤토리에 3만 골드를 넣어 다니는 사람이 있을 리가 없……."

"3만 골드, 확인되었습니다. 베니쉬 님의 승리로 배팅되었습니다."

"……지 않나……?"

하지만 라딘이 확실하게 보증까지 서자, 캐서린도 믿을 수밖에 없었다. 말끝을 흐린 그녀는 이내 성을 냈다.

"진짜 제대로 또라이네, 이거! 너 지금 3만 골드를 땅에 내버린 거야! 저게 얼만 줄 알고!"

"땅에 버린다……? 아니죠."

전광판에 표시된 현재 배팅률을 쳐다보던 카이가 낮은 웃음을 흘렸다.

"사람들은 이런 걸 투자라고 부릅니다."

베니쉬 2.34배. 캐서린 1.16배. 경기에서 이기기만 한다면, 저 돈은 70억 2천만 원이 되어 돌아올 것이다.

갈라진 경기장 사이를 대충 메우고 티켓 값을 모두 걸은 뒤, 두 사람은 경기장 위에 섰다.

무패의 여제 캐서린. 그녀가 경기장 위에 서 있을 때 뿜어내는 존재감은 확실히 압도적이었다.

'하긴, 전체 랭킹 12위의 유저니까. 강하겠지.'

하지만 언제나 그렇듯 강함이란 상대적인 것이다. 랭킹 2위의 강력한 유저조차 1위의 이름 앞에선 색이 바래는 법.

"자존심에 걸맞는 실력이 있는지, 내가 확인해 줄게."

차가운 경고를 날린 캐서린이 날카로운 눈빛과 함께 달려들었다. 하지만 카이는 침착하게 검을 휘둘러 그녀의 단검을 쳐냈다.

소드 패링, 흘리기, 어깨 차징, 체술, 풋워크……. 그가 결투장에서 배웠던 모든 기술이 한 번에 뿜어져 나왔다.

"저건 내 기술인데……."

"새끼가. 허락도 안 받고 막 가져가다니."

"그래도 뭔가…… 기분이 좀 오묘한데?"

경기를 지켜보던 기술의 원작자들이 저마다 감상을 늘어놓았다. 베니쉬는 자신들의 기술을 이용해 결투장의 챔피언과 호각으로 싸우는 중이었다. 정신을 차렸을 땐, 그들은 자신들도 모르게 베니쉬를 응원하는 중이었다.

"임마! 그거 그렇게 쓰는 거 아니야! 더 강하게 휘둘러!"

"아오! 야, 끝나고 나랑 한 판 더해! 내가 처음부터 끝까지 다시 가르쳐 준다!"

그들의 목소리는 관중석의 수많은 소음을 뚫고 카이의 귓가로 들어왔다. 물론 캐서린의 귀에도 들어왔다. 그녀는 한 자루의 단검을 귀신처럼 다루며 카이를 압박했다.

"그거 알아?"

까드드드득!

캐서린의 단검이 카이의 검신을 발톱처럼 긁었다. 카이가 황급히 그녀의 검을 흘리려고 했지만, 귀신같은 단도술은 이를 뚫고 그의 심장을 찔렀다.

푹!

[급소를 공격받았습니다. 24,110의 대미지를 입었습니다!]

"크윽."

카이가 몇 걸음 뒤로 물러서자, 캐서린은 오연한 표정으로 단검을 역수로 쥐었다.

"네가 흉내 내고 있는 그 기술의 주인들. 전부 내 앞에서 무릎 꿇었어."

현재 카이가 사용하는 기술들은 모두 캐서린이 굴복시켰던 것들이다. 그런데 그 기술로 그녀를 뛰어넘는다?

"그런 생각은 처음부터 하지도 않았어."

카이가 고개를 흔들었다. 결국 자신이 아무리 타인의 기술을 따라하고 모방한다고 해도, 그건 주력이 될 수 없다.

'나 자신의 기술을 믿고 완성시키는 것이 중요한 거지. 이런 기술들은 그걸 거들 뿐이야.'

애초에 그가 결투장을 온 이유가 이것 때문이었다. 자신의 냄새를 지우기 위해서. 지금 캐서린이 범하는 실수처럼, 상대방을 혼란, 방심시키기 위해서.

"그래? 그럼 더 볼 것도 없겠네. 끝낸다."

캐서린이 날렵한 고양이처럼 카이의 품속으로 파고들었다.

그 순간.

"후우우……."

카이의 검이 가장 익숙한 경로를 따라 움직이기 시작했다.

'여명의 검술.'

자신이 처음으로 배운 검술이자, 유일한 검술. 수백 레벨을 올리면서 사용해 온 친구 같은 녀석이다. 검술의 초보자처럼 투박하던 베니쉬의 검술이 단번에 달라졌다. 마치 경운기를 보는 것 같던 그의 검로가 스포츠카의 그것처럼 세련되고, 깔끔해졌다. 제대로 된 명문 검술이 지닌 파괴력과 속도 또한 발군이었다.

서걱!

결투장에서 단 한 번도 사용하지 않았던 날카로운 이빨은 순식간에 캐서린을 물어뜯었다.

서걱!

처음 공격을 받았을 때 캐서린은 이렇게 생각했다.

'어머, 나 방심했나 봐.'

자신이 방심해서 허접한 공격을 맞은 거라고. 베니쉬는 그저 운이 좋았을 뿐이라고.

'그래도 한 대 얻어맞으니까 기분 확 상하네.'

그녀는 모든 신경을 베니쉬의 공격을 피하고, 그의 심장에 단검을 박아넣는 행위에 집중했다.

서걱!

"……!"

무의미했다. 베니쉬가 휘두른 두 번째 참격이 자신의 왼쪽 팔을 그대로 그어버렸다.

띠링!

[막대한 대미지를 입었습니다! 왼쪽 팔이 '골절' 상태에 빠졌습니다. 움직일 수 없습니다.]

'어……?'

이게 대체 뭐지? 무슨 일이 일어나는 거지?

하얗게 물든 그녀의 머릿속은 이내 뒤죽박죽 엉키기 시작했다. 그 와중에도 베니쉬의 검은 날카롭게 그녀를 압박했다.

'피, 피해야…….'

왼쪽 상단에서 오른쪽 하단으로 베기.

서걱!

[급소를 공격받았습니다! 왼쪽 눈을 '실명'합니다.]

피하지 못했다.

'이익!'

왼쪽에서 오른쪽으로 정직하게 그어버리는 수평 베기.

서걱!

[목에 치명적인 대미지를 입었습니다! 상태이상 '침묵'에 빠졌습니다.]

물론 피하지 못했다. 여명의 검법이 가장 무서운 이유는, 정신을 차릴 타이밍조차 주지 않는다는 것이었다.

무려 한 달이나 굶주린 여명이라는 호랑이가 쉴 새 없이 발톱을 휘둘렀고.

서걱, 서걱!

캐서린이라는 초식 동물은 그 발톱에 전신이 찢어져 나가야 했다.

"……."

입안에 팝콘을 넣고 있던 관중들은 이를 삼키지도 못하고 경기를 바라봤다. 물론 그들이 원하는 건 화려하고 반전이 있는, 가슴 한쪽이 뜨거워지는 '결투'였다.

'하지만 이건…….'

'결투라고 부르기에도 민망하잖아.'

'무패의 여제를…… 저렇게 아이 다루듯 가지고 논다고?'

'말도 안 돼.'

팝콘을 씹는 것조차 눈치가 보일 정도의 정적이 이어졌다.

그 장소에 있는 소음이라고는 그저 베니쉬가 검을 휘두르고.

서걱!

캐서린이 얻어맞는 소리뿐이었다. 한참이나 캐서린을 몰아붙이던 카이가 돌연 걸음을 멈췄다. 그녀의 머리 위로 보이는 생명력은 고작 5%도 안 남은 상태였다.

"……."

캐서린은 걸레짝처럼 너덜너덜해진 자신의 몸을 보며 헛웃음을 삼켰다.

'이게 뭐야. 몸뚱아리가 정상인 부분이 없네.'

왼쪽 눈 실명, 왼쪽 팔 골절, 오른 다리 부상, 침묵에 기타 등등. 만약 이곳이 현실이었다면 이미 과다출혈과 쇼크사로 사망해도 이상할 것이 없는 상태였다.

'물어보고 싶은데, 물어볼 수도 없고.'

야속한 침묵 상태 때문에 목소리조차 나오지 않는 상황.

'이왕 이렇게 된 거…….'

캐서린은 역수로 쥔 단검을 베니쉬 쪽으로 향했다.

'내가 알아내야지.'

더도 말고 덜도 말고 단 한 번. 그 한 번을 위해 캐서린은 승부수를 던졌다.

고오오오오.

그녀의 생명력이 순식간에 빠져나가기 시작했다.

5%…… 4%…… 3%…….

순식간에 1.5%까지 빠진 생명력. 이제는 말 그대로 카이의 검이 스치기만 해도 사망, 즉 패배였다. 하지만 그 대가로 그녀의 단검은 그 여느 때보다도 날카롭고, 강대한 기운을 품기 시작했다.

'강화 스킬인가, 하지만 맞히지 못한다면 무의미할 텐데……무슨 생각이지?'

생명력 92%를 보유한 카이는 그녀의 의도가 궁금했지만, 이에 휘둘리지는 않았다. 절대적 강자인 그의 마음은 겨울날의 얼어붙은 호수처럼 고요했으니까. 돌을 던져도 파문조차 일어나지 않을 절대적 평정심이었다.

'간다.'

캐서린은 생각과는 반대로 뒤로 다섯 걸음을 물러났다. 경기장에서 떨어지기 직전까지 물러난 그녀가 이내 늘씬한 다리를 앞으로 뻗었다.

한 걸음, 두 걸음, 세 걸음!

보폭을 최대한 크게 가져간 그녀의 몸은 용수철처럼 쭉쭉 늘어나며 카이에게 쇄도했다.

"……정면승부라."

카이는 그녀의 뜻을 존중했다. 이길 수 없다는 것을 알면서도 먼저 공격해 들어오는 그녀의 용맹함. 적이지만 인정할 수밖에 없었다.

'멋있는 여자야.'

때문에 카이는 본인도 최선을 다했다. 그 어떤 방심도 하지 않고, 깔끔하게 그녀를 끝내기 위해서. 그건 캐서린의 입장에서는 재앙이나 다름없는 결과였다.

하지.만

'이 사각형 전쟁터에서는 때때로 변수라는 것이 튀어나오게 마련이거든.'

쐐애애애애액!

캐서린의 한쪽 시야에는 공간을 찢어발기며 세로로 떨어지는 베니쉬의 검이 보였다.

'아, 이건 진짜 못 피하겠네.'

애초에 알고 있었다. 그걸 알면서도 돌진한 것이었다. 그녀가 처음부터 노린 것은 거룩한 승리나 눈물겨운 저항 따위가 아니었으니까.

'내가 어떻게든…… 무슨 수를 써서라도…….'

캐서린이 아랫 입술을 꽉 깨물었다. 그녀를 정수리부터 쪼개 버릴 기세로 떨어지던 검이, 그녀를 그대로 통과했다.

"……!"

'팬텀 대쉬.'

직역하면 환영 돌진. 결투장에서는 물론, 이 스킬을 얻고 난 뒤 누구에게도 보여주지 않은 스킬이었다. 실제로 길드원 중에서도 스킬의 존재를 아는 것은 리로드뿐.

'하지만 상관없어.'

캐서린은 마지막 순간까지 아껴왔던 날카로운 발톱을 드러냈다.

까가가가가강!

단검은 마치 다윗이 휘두른 돌팔매처럼 카이의 이마를 내리찍었다.

그와 동시에.

콰드드득!

카이의 왼손은 캐서린의 목을 부러뜨릴 듯이 움켜잡았다.

'끄아앙.'

그 공격으로 캐서린의 생명력은 단번에 이내 0%까지 떨어졌다. 카이는 경기 속행 불가 상태가 된 캐서린의 몸을 천천히 놓았다. 그녀의 몸이 스르륵, 마치 커피 위에 뿌리는 휘핑크림처럼 경기장 바닥에 무너져 내렸다.

'마지막 순간엔 조금 놀랐어.'

마치 영체화와 비슷한 메커니즘의 스킬이었다. 다른 것이 있다면 그 지속 시간이 짧지만 원하는 방향으로 대쉬할 수 있다는 것이겠지만.

동시에 경기가 끝났음을 알리는 징 소리가 울렸다.

띠링!

[챔피언 캐서린과의 경기에서 승리했습니다.]

[랭크 포인트가 2,742점으로 상승합니다.]

[챔피언이 됐습니다. 결투장의 모든 시설과 혜택을 누릴 수 있습니다.]

[스페셜 칭호, '챔피언'을 획득했습니다.]

[여명의 검법이 고급 8레벨에 도달했습니다.]

"칭호 확인."

카이는 우선 칭호부터 확인했다.

[챔피언]

등급 : 스페셜

내용 : 결투장의 챔피언이 되는 이에게 주는 칭호.

효과 : 모든 스킬 레벨 +1(이 효과는 칭호를 장착하지 않아도 적용됩니다.)

*챔피언 타이틀을 빼앗기는 순간, 칭호는 자동 소멸됩니다.

"어……?"

평정심을 유지하던 카이가 중고 물품 사기라도 당한 표정을 짓는 순간.

엄청난 메시지들이 그의 눈을 어지럽혔다.

[주문 저항의 피부가 고급 5레벨에 도달했습니다.]

[햇살의 따스함 스킬이 11레벨에 도달했습니다.]

[태양의 축복 스킬이 11레벨에 도달했습니다.]

[태양의 갑옷 스킬이 11레벨에 도달했습니다.]

[홀리 익스플로전 스킬이 11레벨에 도달했습니다.]

…….

한 걸음의 고지를 앞두고 절대 오르지 않던 스킬들이 연이어 최대 레벨에 오르기 시작했다. 하지만 카이의 눈은 단 한 문장을 바라보고 있었다.

[여명의 검법이 고급 9레벨에 도달했습니다.]

'고급 9레벨……!'

그가 주먹을 꽉 쥐었다. 주는 의미가 남달랐으니까.

'마스터까지 고작 한 걸음 남았다.'

미드 온라인에서 스킬의 종류는 크게 두 가지로 나뉜다. 유저가 직접 사용할 수 있는 액티브(Active) 스킬과, 사용하지 않아도 자동으로 효과가 발동되는 패시브(Passive) 스킬. 여기서 조금 더 파고들면, 스킬은 또 두 가지로 나뉘게 된다.

'마스터 할 수 있는 스킬과 제한 스킬이지.'

예를 들어서 여명의 검법은 앞에 초급, 중급, 고급이라는 수식어가 붙어 있다. 이는 플레이어가 게임을 하면서 고급 10레벨을 달성해 스킬을 마스터하는 것을 목표로 삼도록 개발된 스킬이었다. 물론 아직까지 스킬을 마스터한 사람은 아무도 없었다.

'반면에 제한 스킬은 이것보다는 조금 널널하지.'

태양의 축복이나 햇살의 따스함 같은 스킬이 이에 해당한다. 우선 제한 스킬의 공통점은 스킬 앞에 초급이나 중급 등의 수식어가 붙지 않는다는 것이다.

최대 레벨도 10으로 고정된 상태. 때문에 반복적으로 사용해서 숙련도만 쌓으면 누구나 맥스 레벨까지 찍을 수 있다. 실제로 랭커 정도만 되어도 레벨을 끝까지 올린 제한 스킬은 못해도 열 개가 넘는다.

'하지만 10레벨을 뛰어넘어 11레벨이라니…….'

카이도 커뮤니티에 떠돌아다니는 소문을 들어본 적은 있었다. 미드 온라인에는 스킬의 최대 레벨을 상승시켜 주는 희귀 아이템이 있다고.

'같은 효과를 지닌 스페셜 칭호가 있을 줄은 몰랐어.'

기대조차 안했던 칭호에서 대박이 터지자, 카이의 가슴이 두근거렸다. 그리고 사회자의 목소리가 들리기 시작했다.

"새, 새로운 챔피언의 탄생입니다! 무려 52개월 동안 챔피언의 자리를 유지하던 캐서린이 왕좌에서 내려옵니다! 그 왕관을 이어받은 것은 놀랍게도 아직까지 닉네임조차 지어지지 않은 슈퍼루키 베니쉬! 그가 해냈습니다! 이전 챔피언인 캐서린의 기록을 꺾고! 최단기간 챔피언 등극에 성공합니다!"

팡, 파팡!

폭죽이 터지며 새로운 챔피언의 등극을 축하했다.

관중들도 마찬가지였다.

짝…… 짝짝짝!

그들은 박수를 치며 새로운 챔피언을 환영했다.

"그런데 이제 슬슬 닉네임 지어줘야 하는 거 아니야? 챔피언인데 닉네임 없는 찐따는 좀……."

"닉네임? 그런 걸 고민할 이유가 어디 있나."

결투장의 평론가로 유명한 유저 하나가 베니쉬의 모습을 눈에 담으며 중얼거렸다.

"내 빈곤한 상상력으로는 랭킹 12위자 챔피언이었던 캐서린을 압살해 버린 그를 수식할 말이 딱히 떨어지지 않는군. 적이 없는 수준이니까……."

"어? 적이 없다? 그거 괜찮은데? 무적 어때."

"무적……?"

입에 착 달라붙는 그 단어는 관중들의 입에서 입으로 전해지기 시작했다.

"오오, 무적의 베니쉬! 겁나 멋져!"

"아니 좀 오글거리는데…… 부끄러워하지 않을까?"

"그걸 우리가 왜 신경 써? 어차피 부끄러움은 베니쉬의 몫일 텐데."

"……듣고 보니 그러네?"

"좋소! 무적! 무적으로 합시다!"

지난 한 달 동안 정해지지 않았던 닉네임이 불과 4분 만에 지어졌다.

"아니, 저기요……."

떨떠름했지만, 아무도 신경 쓰지 않는 것 같았다.

"무적의 베니쉬! 드디어 우리 챔피언에게 그럴듯한 닉네임이 지어졌습니다!"

사회자의 쐐기와 함께 카이는 무적의 베니쉬가 되었다.

"무적이라. 아주 기분 날아가시겠네."

리로드에게 부축을 받으며 일어선 캐서린이 입술을 삐죽거리며 중얼거렸다. 카이는 그녀를 향해 고개를 끄덕였다.

"좋은 경기였습니다."

"아니거든? 내 입장에선 완전 퍼킹 밴 파잇이었거든? 아니면 뭐, 아프니까 청춘이다, 그런 거야?"

어린 아이처럼 삐친 캐서린은 입술을 툭 내밀며 손을 휙 내밀었다.

"내 단검이나 내놔."

"단검……? 아아."

카이는 그제야 자신의 이마에 박혀 있는 그녀의 단검을 올려다봤다.

'마지막 순간에 이걸로 찍혔었지.'

그때의 그녀는 세계 7대 길드의 마스터답게 용맹했다. 때문에 카이는 이마에 박힌 단검을 뽑으며 그녀에게 사과했다.

"아까 도발했던 거 죄송합니다. 당신은 분명 세계 7대 마스터에 걸맞은 용맹한……."

하지만 카이는 예상하지 못했다.

쩌저적.

단검을 뽑는 순간, 내구도가 다한 투구가 반으로 쪼개질 거라는 사실을.

"꺄하하! 내가 마지막에 아무 생각도 없이 그거 찍은 줄 알았…… 흐응……?"

언노운의 투구가 갈라지고. 그 사이에서 나온 이의 무표정한 얼굴을 쳐다본 순간.

"Um…… 음…… 암 쏘 쏴리."

캐서린은 식은땀을 흘리며 사과했다.

107장
무적자

경기장을 가득 메우던 폭죽과 팡파레 소리가 점차 옅어지고, 영원히 계속될 것만 같았던 관중들의 함성 소리도 희미해졌다. 그들은 식은땀을 뻘뻘 흘리는 캐서린을 쳐다보며 고개를 갸웃거렸다.

"뭐야, 무패의 여제 왜 저래?"

"글쎄, 이 각도에선 베니쉬의 얼굴이 안 보이는데…… 그리고 이제 무패의 여제가 아니지."

"아, 맞다. 그럼 이제 1패의 여제라고 불러야 하나?"

관중들 대부분이 웅성거리기를 잠시. 카이의 정면 방향에 앉아 있던 관중들이 제 눈을 비비며 자리에서 일어났다.

"……지금 내가 제대로 보고 있는 거 맞나?"

"뭐지? 개꿀잼 몰카인가?"

그들의 눈에는 가면 속 사내의 얼굴이 똑똑히 보였으니까.

게다가 몰라볼 수도 없었다. 그는 현재 미드 온라인에서 가장 유명한 플레이어 중 하나였으니까.

"어, 언노운…… 언노운이다!"

"카이다!"

"뭐? 진짜야?"

순식간에 입과 입을 통해 관중석 전체로 퍼져 나갔다.

"베니쉬의 정체가 카이였다고?"

"아, 그럼 캐서린이 패배하는 것도 당연한 건가……."

"그런데 카이가 뭐가 아쉬워서 여기서 놀고 있지?"

"그야 모르지."

"끄응. 결국 고인물을 상대하려면 고인물이 오는 방법밖에 없다는 건가."

"에이 그건 아니지. 베니쉬 이후로 대거 유입된 뉴비들이 벌써 성적을 내고 있잖아."

"음음. 이유야 어쨌든 그의 등장이 죽어가는 결투장을 활성화시킨 건 사실이지."

놀람과 환호, 그리고 의문. 다양한 감정을 드러내는 관중들을 뒤로한 카이는 떨어진 투구를 쳐다보며 혀를 찼다.

'쯧. 아주 깨끗하게 두 동강이 나버렸어.'

물론 능력치는 떨어지는 장비였다. 그래도 정이라는 것이 있다. 언노운 시절 이 가면 하나로 넘겼던 고비들을 생각하면 애착이 안 갈 수가 없었다.

'뭐, 어쩔 수 없지. 리버티아로 가서 카밀라나 드워프한테 고쳐달라고 할 수밖에.'

한숨을 내쉰 카이가 투구 조각들을 인벤토리에 넣는 그 순간까지 캐서린은 바짝 얼어 있었다. 그녀는 자신을 부축하고 있는 리로드에게 속삭였다.

"이, 이제 어떻게 해? 막 혀도 차고 한숨도 내쉬는데?"

"……사고는 혼자 다 치시고 왜 저한테 물어보십니까."

"그게 네 일이잖아."

"전 길드의 부마스터지, 베이비 시터가 아닙니다."

"좀 도와주라! 그리고 들어봐봐. 카이한테 절을 하면 좀 봐줄까?"

"후우…… 길드 망신 다 시킬 일 있습니까."

살짝 원망스러운 눈빛으로 마스터를 쳐다본 리로드는 그녀의 부축을 풀고 카이에게 다가갔다.

"안녕하십니까. 리미트리스 길드의 부 마스터, 리로드라고 합니다. 오랜만에 뵙는군요."

끄덕.

카이는 고개를 한 번 끄덕이는 것으로 인사를 대신했다. 그와는 이미 비르 평야전에서 만나본 적이 있었다.

"설마 베니쉬의 정체가 카이 님이실 줄은 몰랐습니다."

"저도 정체가 밝혀지게 될 줄은 몰랐네요."

"……그 부분에 있어선 정말 드릴 말씀이 없습니다."

리로드가 눈치를 살피며 물었다. 카이는 딱히 곤란해진 건 없으니 괜찮다고 말을 하려다가.

'……잠깐만.'

돌연 입을 꾹 다물었다. 그의 머릿속에 스페셜 칭호인 '챔피언'의 존재가 떠올랐기 때문이다.

'챔피언 칭호는 자격을 박탈당한 순간 자동 소멸된다.'

당연히 모든 스킬 레벨 +1이라는 사기스러운 효과 또한 받을 수 없게 된다는 뜻이다.

'난 웬만하면 더 이상 결투장에 올 일이 없어. 그렇다는 건……'

시간이 지나면 자연스럽게 누군가가 챔피언을 차지하게 될 것이고, 자신은 챔피언 칭호를 잃게 될 것이라는 소리!

그런 카이에게 있어서 이 상황은 굉장히 매력적이었다.

'우선 캐서린과 리로드는 지금 나와의 관계가 악화되는 걸 꺼리고 있어.'

여태까지 자신과 관계가 안 좋았던 길드들이 크게 네 군데가 있었다. 바로 붉은 노을과 붉은 주먹, 검은 별과 타이탄이 그 주역이다. 그들은 처음에는 어떠한 공통점도 없었지만, 최종적으로는 한 가지 공통점을 가지게 되었다. 바로 자신의 손에 의해 멸망한 길드라는 것.

'이게 리미트리스 길드가 나와 안 좋게 엮이는 걸 기피하는 이유겠지.'

랭킹 1위이자 세계 10대 길드 중 두 곳을 말아먹은 존재와의 관계 악화. 그건 단순한 해프닝으로 치부하기에는 뒤가 너무나도 찜찜할 수밖에 없다. 현재 자신이 지닌 존재감과 강력함이 너무 강대했으니까.

'그렇다면 일단 바람을 잡는다.'

카이는 인상을 찡그리며 불쾌한 기분을 팍팍 티냈다.

"솔직히 기분이 조금…… 아니, 많이 불쾌합니다. 제가 왜 굳이 정체를 숨긴 채 결투장에 들어왔다고 생각하십니까."

"그건…… 정말 죄송하게 됐습니다."

리로드가 침을 꿀꺽 삼키며 고개를 푹 숙였다. 그의 어깨 너머를 쳐다보자, 시선이 마주친 캐서린이 핫! 하고 놀라며 시선을 내리깔았다. 그들이 취하는 저자세를 확인한 카이는 고개를 끄덕였다.

'시작은 좋아. 하지만 장소가 별로다. 협상이란 조일 때 조이고 풀어줄 때 풀어줘야 하는 것이니까.'

카이는 살짝 노기가 가라앉은 목소리로 말했다.

"……우선 자리를 옮깁시다. 이렇게 많은 사람 앞에서 고개 숙이는 거, 미관상 그리 좋아 보이지 않습니다."

"배, 배려해 주셔서 감사합니다."

설마 카이가 이런 디테일한 부분까지 챙겨줄 것이라고는 생각지 못했던 걸까? 리로드는 빠르게 고개를 끄덕였다.

"그럼 대기실로 가시죠."

그를 따라 선수 대기실로 향하자, 아까보다 더 조용한 상황이 연출되었다. 그 정적에 위축이라도 된 것일까. 리로드와 캐서린은 아무 말도 꺼내지 않은 채 카이의 입만 빤히 쳐다보는 중이었다.

'이런 상황은 내가 잘 알고 있지.'

마치 부모님에게 혼날 때, 아무 말도 않고 무게만 잡고 계시면 심장이 얼어붙는 것 같은 순간이다. 어릴 적 누구나 겪어본 적이 있지 않은가.

카이는 이러한 분위기를 이용할 줄 알았다.

"후우……."

때문에 짙은 한숨을 한 번 푹 내신 뒤 선수용 벤치에 앉아 고개를 푹 숙였다.

"……."

캐서린과 리로드는 서로를 쳐다보더니 카이의 입이 열리기만을 기다렸다.

'분위기 좋고.'

이 침묵은 시간이 흐를수록 저들의 어깨를 누를 것이다. 하지만 침묵이 너무 오래 이어지면 그 또한 좋지 못하다. 인간은 적응의 동물이니까. 저들이 곧 자신들이 느끼는 감정에 적응될 것이고, 그때부터는 생각이 많아질 것이다.

카이는 그들이 생각할 틈을 주기 싫었다.

"……우선."

입이 열린 건 아주 절묘한 타이밍이었다.

"전 제 정체를 밝히기 싫었습니다. 정체를 밝히고 싶었다면 애초에 투구를 쓰지 않았겠죠."

"이해합니다."

리로드가 재빨리 말을 받았다.

"하지만 결과적으로 제 정체가 드러났습니다. 물론 그 이유는……."

카이는 말끝을 흐리며 캐서린을 바라보았다.

시선을 받은 그녀의 몸이 작게 움찔하는 것이 느껴졌다.

"캐서린 님이 제 투구를 박살 내버렸기 때문이죠."

그 말에 리로드는 다시 한번 원망스러운 눈빛으로 캐서린을 바라보았다.

"그, 그건 미안하다니까."

캐서린이 기어가는 목소리로 중얼거리자, 카이가 시원하게 고개를 끄덕였다.

"뭐, 그건 좋습니다. 제 의도와는 달리 정체가 밝혀지긴 했지만. 리미트리스 길드는 비르 평야전 때 저를 도와줬던 곳이니 저도 계속 쓴소리만 할 수는 없으니까요."

"……진짜?"

캐서린이 두 눈을 동그랗게 뜨며 물었다.

"네. 그러니 가벼운 부탁 하나만 들어주시지요."

"부탁? 어떤 부탁?"

"전 챔피언이었던 캐서린 님이라면 챔피언 타이틀이 지닌 효과를 아실 겁니다."

"물론 알아. 모든 스킬 레벨을 하나씩 올려주지."

"맞습니다. 솔직히 전 이 타이틀을 원해요. 하지만 이 타이틀을 지키고자 결투장에 상시 거주하는 건 싫습니다."

"그건 그렇지."

캐서린은 카이가 무엇을 말하는지 누구보다 잘 알고 있었다. 실제로 그녀는 언제 경기가 잡힐지 몰라서 숙식도 항상 결투장에서 해결해 왔으니까.

"매우 피곤한 일이야. 때로는 짜증 나기도 해."

"맞습니다. 더군다나 전 랭킹 1위. 많이 바쁜 몸입니다."

"뭐야, 재수 없…… 아니, 하고 싶은 말이 대체 뭔데?"

"사죄의 대가로 게임 시간 일 년을 받겠습니다. 그 기간 동안에는 저에게 도전하지 마세요."

"뭐? 일 년은 너무 길어!"

"만약 그 기간이 끝나기 전에 도전한다면. 리미트리스의 선전 포고로 받아들이겠습니다."

카이가 차가운 눈빛으로 캐서린을 바라보았다. 그녀와 리로드가 침을 꿀꺽 삼키며 분위기가 딱딱해지려는 순간.

'채찍 다음에는 당근을 줘야겠지.'

카이가 부드러운 목소리로 그 어색함을 풀어버렸다.

"생각해 보세요. 솔직하게 말해서 지금 저에게 도전을 해봤자 승산은 없습니다."

"……끙."

캐서린이 분하다는 표정을 지었으나 그건 사실이었다. 실제로 오늘만 해도 자신은 카이의 검법 하나를 피하지 못해 처참하게 참패하지 않았던가.

'수준 차이가 너무 커.'

게다가 지금의 카이는 챔피언 타이틀 효과로 그 매섭던 검술이 한 단계 더 상승했을 터. 자신이 몇 번을 도전한다 해도 승리할 수 없을 것이 분명했다.

결국 캐서린은 카이의 조건을 수용했다.

"좋아! 게임 시간으로 일 년. 그동안은 도전하지 않겠어."

동의가 떨어지자 카이는 미소를 지으며 입을 열었다.

"제안을 받아들여 주셔서 감사합니다. 그리고 덤으로 그 기간 동안 제 방패가 되어주시면 감사하겠습니다."

"뭐? 방패?"

캐서린의 눈매가 가늘어졌다.

"내 귀가 잘못된 게 아니라면, 너에게 도전하려는 선수들을 내가 중간에서 전부 쳐내라는 소리처럼 들리는데?"

"아주 잘 들으셨습니다. 제 랭크 포인트는 이제 2,742점. 그러니까 캐서린 님이 2,242에 도달하는 선수들을 중간에서 처리해 줬으면 좋겠네요."

"그건 싫어. 난 내 실수에 대한 대가로 이미 일 년이라는 시간을 지불했잖아."

빚을 청산한 캐서린의 태도가 급 불량해졌다.

'하긴. 고작 투구 하나 쪼갰다고 이 정도 조건까지 수용하는 건 말도 안 되지.'

물론 카이도 맨입으로 해달라고 할 생각은 없었다.

"이건 별개의 제안입니다. 당연히 보상도 드릴 겁니다."

"뭘 줄 수 있는데?"

"돈."

카이가 짧게 말했다. 이에 캐서린이 인상을 찌푸렸다.

"아무리 우리 길드의 스폰서 숫자가 줄어들었다고는 해도, 나도 아직 돈 많거든?"

"선금 2만 골드. 이후로 선수 한 명을 막아주실 때마다 천 골드씩 드리죠."

선금 20억, 그리고 선수 한 명을 막아줄 때마다 1억씩. 아무리 돈을 잘 버는 캐서린이라고 해도 눈동자가 흔들릴 수밖에 없는 액수였다. 심지어 그녀는 이제 챔피언이 아니기에, 이전에 받던 어마어마한 대전료도 받을 수 없다.

그런 부분까지 생각해 보면 카이의 제안은 매력적이었다.

'게다가 이건 내 입장에서도 손해가 아니지.'

왜냐하면 캐서린과의 내기를 통해 파이트머니만 3억을 넘게 챙겼고, 배팅으로 40억을 더 챙겼기 때문이다. 결투장에서 번 돈을 활용해서 챔피언 타이틀의 어마어마한 효과를 누릴 수 있다면 전혀 아깝지 않은 지출이었다.

"어차피 일 년 동안은 저에게 도전하지 못하잖습니까. 그 기간 동안 적당히 몸도 풀고, 돈도 챙기고. 이 얼마나 좋습니까."

"……."

캐서린은 말없이 리로드를 쳐다봤다. 그는 알아서 선택하라는 듯, 어깨를 가볍게 으쓱였다. 결국 잠시 동안 고민을 이어가던 캐서린이 입을 열었다.

"……좋아. 하지만 선금으로 2만 2천 골드 줘."

'풋.'

그 귀여운 협상에 카이가 저도 모르게 미소를 지었다.

"2만 5천 골드 드리겠습니다."

"고, 고마워라."

이렇게 쿨하게 거래가 될 줄은 몰랐던 캐서린이 떨떠름한 표정으로 감사 인사를 했다. 카이는 그녀에게 골드 주머니를 건네주며 당부했다.

"그럼 게임 시간으로 일 년 뒤에 뵙겠습니다."

"그래. 그때까지 타이틀은 내가 잘 지켜줄게."

"예. 잘 부탁드립니다."

거래를 끝낸 카이는 대기실을 빠져나왔다.

카이는 관리인들에게 배팅 골드와 대전료를 모두 받아낸 뒤, 결투장을 나섰다. 그 순간.

"음?"

카이가 고개를 갸웃거렸다. 왜냐하면 발신자가 생뚱맞은 사람이었으니까.

[미네르바 : 카이 님, 혹시 무슨 범죄 같은거 저지르셨나요?]

카이는 서둘러 답장을 보냈다.

-카이 : 아니요? 갑자기 왜요?

-미네르바 : 그럼 왜 그렇지…… 요즘 태양교 본단이랑 카이 님 영지에서 카이 님의 뒤를 캐고 다니는 사람들이 있다는 소문이 교단에서 간간이 들려서요.

-카이 : 제 뒤를 캐고 다닌다고요?

-미네르바 : 예. 그런데 놀랍게도 그 사람들 중에…….

카이가 메시지를 거기까지 읽었을 때.

화르르르륵!

머리 위로 작열하는 불덩이가 떨어졌다.

-미네르바 : 랭킹 2위 마법사. 크리스도 있다던데요?

스으윽. 하나, 둘, 셋……. 총 스물한 명의 인영이 도전자의 계단 주변으로 모습을 드러냈다. 그들은 나무나 동상, 결투장의 성벽 위에 대충 서 있는 것처럼 보였지만, 진형 자체는 굉장히 촘촘한 그물과도 같았다.

"해치웠나?"

"명색이 랭킹 1위인데 한 방에 죽을 리가. 그리고 내가 그 말 하지 말라고 했을 텐데."

굉장히 여유로운 목소리를 대화를 나누는 그들은 스무 명 모두 적색 로브를 입고 있었다. 키와 신장, 들고 있는 무기까지 각자의 개성이 두드러지는 이들이었지만, 로브의 왼쪽 가슴과 등 부근에 적색 핏방울 엠블렘이 그려져 있는 것은 똑같았다.

화르르륵.

파이어볼이 피어올린 자욱한 흙먼지가 가라앉자, 안쪽에서 생채기 하나 없이 멀쩡한 카이가 모습을 드러냈다. 순식간에 검을 뽑아 파이어볼을 두 동강 내버린 그는 차가운 눈빛으로 자신을 포위한 이들을 살펴보았다.

'총 스물한 명.'

누구 하나 얼굴을 드러낸 이는 없었다.

'미네르바가 말하던 내 뒤를 캐는 자들이 이 녀석들인가?'

그렇다면 왜? 의심할 곳은 한 군데밖에 없었다.

"리벤지 길드 녀석들과 관련된 녀석들이냐."

"미안하게 됐어. 회칙에 따르면 회원은 고객의 정보를 함부로 발설할 수 없거든."

"회원?"

한 카랑카랑한 여인의 목소리에 카이가 즉각 반응했다.

'미드 온라인에서 회원이라는 단어를 쓰는 집단은…… 내가 알기로는 하나뿐인데.'

단번에 정체를 유추해낸 카이의 눈매가 가늘어졌다.

"적색여명회. 세계 8대 길드."

"빙고! 이제 자신의 처지를 좀 알았으려나."

"모르겠는데."

"그래? 유감이네. 사실 알아도 별로 달라지는 건 없어."

그 말과 함께 회원들이 모두 무기를 뽑았다.

"어차피 너의 죽음은 정해진 상태거든."

속전속결. 회원들이 순식간에 자리를 박차며 순차적으로 카이에게 공격을 퍼부었다.

'과연. 최고의 용병 집단. 대화 따위는 필요 없다 이건가.'

작금에 이르러서는 용병 집단이라기보다는 살수 집단이라고 불려도 손색이 없을 정도다. 적색여명회에 살인을 청부하는 이들은 셀 수 없을 정도로 많다고 들었으니까.

'청부자는 골리앗과 스팅. 그놈들이겠지.'

그들 정도가 아니면 적색여명회 전체를 움직일 정도의 돈을 지불하는 건 불가능에 가깝다. 카이는 자신을 노리는 거대한 대검을 쳐다보며 검을 뽑았다.

"……마침 잘됐네."

그렇지 않아도 한시라도 빨리 시험하고 싶어 손발이 근질거리던 상태였으니까.

'고급 9레벨의 검술. 확실히 뭔가가 다르긴 다르네.'

검의 손잡이를 가볍게 감싸 쥔 것만으로도 온몸에 자신감과 힘이 흘러넘친다. 굳이 비유를 하자면 몸에 달고 있던 무거운 모래주머니를 집어던진 듯한 기분. 몸이 훨훨 날아갈 것처럼 가벼웠다.

“견제!”

“그 정도는 말 안 해도 안다!”

순식간에 카이의 정수리와 목, 심장을 향해 세 발의 화살이 쏘아졌다. 얇고 가벼운 화살이었지만 그 안에 담긴 힘은 마치 대형 발리스타에 비견될 정도였다.

‘결투장에서 배운 흘리기. 솔직히 저 정도 공격을 흘려낼 수준은 아니었지만…….’

검술의 레벨이 고급 9레벨로 올라선 지금은 막연한 자신감이 피어오른다.

‘다 할 수 있을 것 같은 느낌.’

조금 더 오만하게 표현하자면, 검을 휘둘러서 못할 것이 없을 것 같다는 기분마저 들었다.

카이는 그 자신감의 원천을 시험해 보고자 날아드는 화살을 향해 검을 휘둘렀다. 그와 동시에 화살을 쏘아낸 궁수가 비명을 내질렀다.

“뭐……?”

스르릉.

카이는 검을 아래에서 위로, 정확히 한 번 휘둘러서 세 발의 화살을 모두 흘려냈다. 하지만 이 정도 수준이라면 방파제의 드록과 싸울 때도 이미 보여준 적이 있었다.

'그리고 지금은 그때보다 한 걸음…… 아니, 두 걸음을 더 내디딘 상태지.'

당연히 흘리기의 수준 또한 훨씬 더 높아졌다. 단순히 공격을 흘려내는 것에서 그치지 않고, 그 공격을 돌려주는 경지에까지 이르렀으니까.

파바박!

"크윽!"

화살 세 대는 카이의 뒤쪽을 점하고 있던 대검 전사의 팔뚝에 정확히 꽂혔다. 사실은 심장을 노린 것이었지만, 그 찰나의 순간에 반응을 하고 팔을 들어 막아낸 것이다.

"제법."

짤막한 평가를 내린 카이는 기습을 받고 당황한 전사에게 그대로 달려들었다. 그 과정에서 그를 향해 날아드는 화살이나 마법, 무기들은 싹 다 무시했다.

'어차피 안 닿아.'

왜냐하면 결투장의 성문을 나선 순간, 카이의 스탯은 원래대로 복구가 된 상태였으니까.

파박! 스르릉! 펑!

눈먼 공격들은 지나간 자리만 애꿎게 공격할 뿐이었다.

"……이런!"

카이가 노리는 것이 자신이라는 걸 깨달은 대검 전사는 검을 세로로 세워서 가드를 올렸다.

'내 무기는 유니크 등급의 실드 쯔바이핸더다.'

사용하기에 따라서는 강력한 살상 무기도, 그 무엇도 막을 수 있는 단단한 방패도 된다. 하지만 카이는 그 단단한 방패를 향해 조금의 망설임도 없이 돌진했다.

"후우."

숨을 짧게 들이쉰 카이는 허공에 몸을 날리며 팔을 뒤로 쭉 당겼다. 그의 유연한 팔이 질 좋은 고무처럼 늘어났다.

"업그레이드."

[업그레이드 스킬이 사용되었습니다.]

[다음에 사용할 스킬 세 개의 효과가 대폭 강화됩니다.]

[칼날 쇄도가 사용됩니다.]

[업그레이드 스킬에 의해 칼날 쇄도가 강화된 상태입니다.]

[회전력과 공격력, 방어 관통의 효과가 100% 증가합니다.]

까가가가가강!

무서운 소리를 토해낸 카이의 검은 전사의 대검을 향해 내리꽂혔다.

"크으으윽……!"

대지에 단단하게 박아놓았던 전사의 두 다리가 뒤로 쭈욱 밀려났다.

'하, 하지만 이 정도라면 버틸 수 있…….'

착각도 잠시. 전사의 두 팔이 덜덜덜 떨리기 시작했다.

"어? 어?"

그 떨림은 전사의 의지를 한참이나 벗어난 움직임이었다. 팔이 칼날 쇄도의 회전력을 버티지 못한 것이다. 결국 검 손잡이를 쥐고 있던 전사의 손아귀가 그대로 찢어졌다.

"크아악!"

쿵!

동시에 자신을 지탱해 줄 무언가를 찾지 못한 대검은 바닥에 몸을 뉘었다. 이를 보고 동료 회원들이 목청을 높였다.

"멍청아! 가드 올려!"

"젠장, 얼음의 관!"

"일점 돌파!"

동료들이 그를 커버하기 위해 빠르게 다가왔지만.

푹!

카이의 검은 그보다 먼저 전사의 심장을 물어뜯었다.

"크아악!"

"버텨! 그래봤자 공격 한 번이야!"

"오히려 잘 됐다! 네가 버티고 있는 동안 우리가 놈의 뒤를……."

"……버터?"

여명회원들의 말을 듣던 카이가 저도 모르게 코웃음을 치며 단언했다.

"아니. 얜 못 버텨."

그 말은 사실로 드러났다.

좌아아악!

카이는 상대의 심장에 박아 넣었던 자신의 검을 대각선 아래로 뽑아냈다.

"끄르으…… 윽!"

대검 전사의 갈비뼈가 모조리 박살 났고, 그는 눈앞에 떠오르는 수십 개의 경고 창을 바라보며 저도 모르게 뒤로 물러났다.

'괴, 괴물…….'

전의를 상실하고 뒷걸음질을 치는 상대를 찢어버리는 건 카이의 주특기였다.

서걱!

깨끗하게 횡으로 휘둘러진 카이의 검이 전사의 목을 깔끔하게 잘라냈다. 그것으로 끝.

'이제 스무 명.'

맹수처럼 눈을 번뜩인 카이가 그대로 몸을 뒤로 돌렸다. 자신을 향해 날아오는 수십의 스킬들이 시야 가득 들어왔다.

"신성 폭발, 중력장."

[업그레이드 스킬로 인해 스킬들이 강화됩니다.]

순식간에 수십 스탯이 상승한 카이는 앞을 향해 바람처럼 돌진했다. 동시에 손을 한 번 가볍게 휘젓자, 자신에게 노리던 공격들이 사방으로 튀어나갔다.

"뭐, 뭐야."

"원거리 딜러들! 에임 똑바로 못 맞춰?"

"맞추는 새끼가 하나도 없다는 게 말이 돼?"

"닥쳐! 내 에임 문제가 아니라고!"

당황하는 원거리 딜러들과 그들을 타박하는 근거리 딜러들. 그들 사이에 분란을 조장한 카이는 자신이 할 수 있는 것을 착실히 해나갔다.

"흐읍!"

검을 쥔 카이의 몸이 넘어갈 것처럼 뒤로 기울었다. 다음 순간, 허리를 앞으로 튕겨낸 카이는 앞으로 몸을 숙이며 검을 던져 버렸다. 대상은 진형의 가장 뒤쪽, 성벽의 위에서 회원들을 치료하고 있는 사제였다.

"이, 이런! 페릭스!"

"걱정 마! 내가 막았다!"

페릭스라고 불린 호리호리한 도적은 고양이처럼 동상과 나무, 성벽을 차례대로 밟더니, 힐러의 앞을 가로막았다.

그 모습을 지켜보던 카이가 피식 웃었다.

"아닐걸."

검지와 중지를 펼친 카이는 마치 밀어서 잠금해제를 하듯, 페릭스의 신형을 치워버렸다. 컨트롤을 한계까지 갈고닦은 '중력장' 스킬의 힘이었다.

"이, 이게 무슨……."

허공에서 미중유의 힘이 자신을 강하게 밀어내자, 페릭스가 크게 당황했다. 하지만 그 순간 가장 크게 당황한 것은 그의 뒤쪽에 있던 사제였다.

"서, 성스러운 방어막!"

사제가 급히 캐스팅을 마쳐 방어막을 소환했다.

와장창!

허나 카이의 검은 얇디얇은 방어막을 그대로 깨부수며 사제의 심장에 처박혔다.

"크윽……."

그가 황급히 힐을 사용하려는 순간 카이가 반지 하나를 그에게 겨냥했다.

"수압포."

푸른빛으로 빛나던 반지에서 압축된 물이 뿜어져 나왔다.

"이런 미친……."

다가오는 수압포를 멍하니 바라보던 사제는 나지막한 욕지거리를 내뱉고는 퇴장했다.

"열 아홉."

카이는 여유로운 걸음걸이를 선보이며 포위망 안쪽으로 스스로 걸어 들어갔다. 우습게도 그 순간 카이에게 공격을 내뿜는 이는 없었다.

'긴장했군. 어깨가 굳은 게 눈에 보여.'

회원들을 하나씩 돌아본 카이가 입을 열었다.

"내 처지가 어떤지 아직 모르겠는데. 알려줄 사람?"

"어디서 감히 시건방진 소리를……."

"……흥분하지 마라. 우릴 동요하게 할 속셈이다. 포메이션 다시 짜고, 천천히 갉아먹는다."

부회장의 지시에 회원들이 입을 꾹 다물고, 이글거리는 눈으로 카이를 노려보았다.

'제법인데. 혹시 저 녀석이 회장…… 고스트인가.'

카이는 순식간에 아군을 정비한 부회장을 바라보며 눈에 이채를 드러냈다. 그 사이 회원들은 다시 진형을 짜고 카이를 포위했다. 2차전의 스타트를 끊은 것은 마법사였다.

"음?"

그것도 보통 마법사가 아니었다. 그의 주변으로 생성된 마법진은 무려 네 개.

"호오. 쿼드라플 캐스팅이라면……."

카이가 알기로 미드 온라인에서 그런 괴물 같은 짓을 할 수 있는 마법사는 딱 하나뿐이다.

"이거 놀라운데. 설마 뇌신이 여명회 소속이었을 줄이야."

뇌신(雷神) 크리스. 마법사 랭킹 1위이자, 미드 온라인 최초로 쿼드라플 캐스팅이라는 업적을 남긴 마도사. 그것도 카이처럼 시스템의 도움을 얻은 것이 아니라, 본인의 연산 능력만으로 쿼드라플 캐스팅을 시전하는 괴물 중의 괴물이다.

'특기는 별명만 봐도 알 수 있듯이…….'

번개를 이용한 마법이 주특기. 그 사이에 캐스팅을 마친 크리스가 후드를 벗으며 입을 열었다.

"네놈과는 꼭 한 번 만나보고 싶었지."

"왜?"

"내 눈밭에 발자국을 남긴 최초의 타인이니까."

한 마디로 카이가 쿼드라플 캐스팅을 할 수 있기 때문에 보고 싶었다는 소리다.

"한 번쯤 겨뤄보고 싶었다. 쿼드라플 마법사와 성기사의 대결. 과연 누가 이길까 항상 궁금했었지."

'성기사는 아니지만.'

카이는 그의 도발에 맞서 자신도 주문을 준비했다. 네 개의 마법진이 회전하며 강렬한 엔진 소리를 뿜어냈다.

“비록 일대일의 결투가 아닌 것이 조금은 아쉽지만. 회칙을 거스를 수는 없으니까.”

크리스는 오만한 눈빛으로 카이를 쳐다보더니, 손가락을 가볍게 한 번 튕겼다.

파지지지지지지직!

체인 라이트닝. 레벨 200이상의 마도사가 배울 수 있는 강력한 전격계 마법이다. 하지만 그 소리는 귀뚜라미가 우는 것과 비슷할 정도로 상당히 조용한 편이다. 결코, 지금처럼 한여름의 매미 떼가 울부짖는 소리가 나지도, 시야를 가득 메울 정도의 번개꽃이 피어나지도 않는다.

‘이게 4중첩 체인 라이트닝의 힘인가.’

마법사 유저들이 멀티 캐스팅에 목숨을 거는 이유가 여기에 있었다. 같은 주문이라고 해도, 두 개를 이어서 쏘아내는 것과 동시에 쏘아내는 것. 당연히 파괴력과 크기는 후자가 압승할 수밖에 없었으니까.

‘확실히 번개는 빠르네.’

현실이었다면 사람이 절대 반응할 수 없을 것이다.

‘아쉬운 점이 있다면 여긴 게임이라는 거지.’

카이는 자신의 코앞까지 당도한 번개를 힐긋 내려다보더니, 검을 휘둘러 베어버렸다. 동시에 준비하고 있던 주문을 뱉어내기 위해, 입을 열었다.

"절대 영도."

그 순간 세상이 얼어붙었다.

"하아아."

카이가 숨을 내쉬자 하얀 입김이 뿜어져 나왔다. 그는 자신이 만든 참상을 보며 옆머리를 긁적였다.

"효과가 좋긴 좋은데…… 너무 과할 정도로 좋네."

절대 영도는 씨서펜트 할리를 잡고 나온 유니크 등급의 마법 스킬이었다. 당연히 마법 스킬인 만큼 지능 스탯에 영향을 받는 법. 현재 지능이 2,600을 넘어선 카이가 시전한 절대 영도는 남다를 수밖에 없다. 거기에 한술 더 떠서 쿼드라플 캐스팅을 이용, 네 번이나 중첩시킨 결과는 대단했다.

쩌저저적.

도전자의 계단에 있던 52개의 챔피언 동상이 모두 얼어붙었고, 적색여명회 회원 19명도 취하던 포즈 그대로 푸른 얼음상이 되어버린 상태였다.

그뿐만이 아니었다.

"……4중첩 범위, 대체 얼마나 넓은 거야."

결투장은 사면이 바다로 이루어진 섬이다. 그 말은 가까운 결투장 성벽이 얼어붙은 건 물론, 파도치는 바닷물마저 꽁꽁 얼어버렸다는 뜻. 게다가 카이를 더 당혹스럽게 만드는 건, 그 범위를 도무지 가늠할 수 없다는 것이었다.

띠링!

[‘찰떡쿠키’를 공격하셨습니다. 해당 플레이어가 안전지대에 있습니다. 공격이 무효화됩니다.]

[‘이볼브’를 공격하셨습니다. 해당 플레이어가 안전지대에 있습니다. 공격이 무효화됩니다.]

[‘드록’을 공격하셨습니다. 해당 플레이어가…….]

성벽을 넘어 안쪽에 있던 모든 유저와 NPC들까지 덮쳐 버리는 무시무시한 한파. 자신이 만들어낸 얼음의 세계를 바라보던 카이는 가까이 있는 얼음상을 향해 다가갔다.

‘날 먼저 건드렸으니 마무리는 지어야겠지.’

카이가 망설임 없이 검을 휘두르려던 순간.

쩌저적.

얼음이 깨지는 소리와 함께 거친 숨소리가 들렸다.

“허윽, 허억.”

뒤를 돌아보니 얼음상을 깨고 나온 크리스가 자신의 어깨를 붙들며 몸을 부르르 떨고 있었다.

‘뭐지? 생각보다 지속 시간이 짧은가?’

하지만 다른 회원들의 얼음상은 여전히 꼼짝도 않고 있는 상태였다.

'그렇다면 크리스의 마법 저항력만 유독 높은 모양이네.'

가능한 일이었다. 크리스는 마법사. 그것도 전체 랭킹 2위의 타이틀을 지닌 엄청난 마법사였으니까.

"방금 그 마법은…… 허억, 대체 뭐지……?"

파이어볼을 띄워 몸을 녹이던 크리스가 물었다.

"절대 영도."

카이는 순순히 대꾸해 주었다.

"……과연."

카이가 만들어낸 말도 안 되는 세상을 바라보던 크리스의 눈빛이 잘게 떨렸다.

'설마 성기사와의 마법전에서 밀리게 될 줄이야.'

하지만 자신도 물러설 수는 없다. 랭킹 2위라는 것도 그랬지만, 세계의 모든 마법사 중 최고라는 자존심이 꿈틀거렸으니까. 게다가 얼음상이 되어버린 동료들을 지킬 사람도 자신밖에 남지 않았다.

"나는 아직 내 실력을 다 꺼내지 않았다."

크리스가 순식간에 네 개의 마법진을 띄웠다. 그의 주변으로 거친 바람이 몰아치며 로브가 펄럭거렸고, 머리카락이 연신 흩날렸다.

"그럼 꺼내."

말과 동시에 카이가 크리스에게 달려들었다.

'광휘의 검.'

성검 프리우스의 스킬이 발동되면서, 카이의 검신이 황금빛을 띠기 시작했다.

공격력의 극대화.

크리스는 실력을 다 꺼내 보이지 않았다고 했지만 사실 그건 카이도 마찬가지였다.

꽈드득!

달려가던 카이의 발목을 무언가가 강하게 붙들었다. 고개를 내려다보니 굵고 기다란 넝쿨들이 바닥에서 솟아오른 상태였다.

'넝쿨 속박…… 그렇군. 무영창인가.'

자신이 무슨 스킬을 사용하는지 알려주지 않겠다는 뜻이리라. 카이는 크리스가 무슨 스킬들을 사용했는지 살펴보기 시작했다.

'네 개의 마법 중 하나는 넝쿨 속박, 몸놀림이 빨라진 걸로 봐선 바람의 축복도 걸었어. 그리고…….'

서걱!

날아드는 라이트닝 스피어를 그대로 잘라버린 카이는 나머지 한 개의 마법을 탐색했다.

'……뭐지? 보이지 않아.'

나머지 마법 하나의 행방이 묘연한 가운데, 카이의 검이 크리스를 덮쳤다. 공격은 크리스가 들어 올린 왼쪽 팔목을 내려쳤다.

까가가강!

이어지는 둔탁한 소리. 동시에 카이는 나머지 한 개의 마법이 무엇인지 알 수 있었다.

"이 소리는……."

보통 다른 유저의 몸을 검으로 베면 이런 둔탁한 소리가 나지 않는다. 이런 소리가 들리는 경우는 단 하나뿐.

'방어 마법이다.'

카이는 크리스가 방어 마법 중 하나인 '아머 오브 마나'를 사용했음을 알 수 있었다. 일시적으로 몸 전체를 마나로 감싸서 물리/마법 방어력을 대폭 상승시키는 마도사 전용 스킬.

하지만 카이의 머릿속은 더욱 혼란스러워졌다.

까가강!

'아머 오브 마나는…… 지속성 마법이 아닐 텐데?'

그렇다. 아머 오브 마나는 어디까지나 '일시적'으로 몸을 강화할 뿐. 이렇게 오랜 시간 동안 몸을 지켜주지는 않았다.

상식적으로 따지면 이렇게 크리스처럼 영구히 스킬을 사용하지 못해야 한다.

하지만 방법이 아주 없는 것은 아니다.

'스킬의 지속 시간 증가…… 재사용 대기 시간 감소. 둘 중 하나겠어.'

혹은 둘 다거나.

화악!

그때 자리에서 푹 꺼진 크리스의 신형이 10미터 정도 뒤에서 나타났다. 마법사의 유일한 도주기이자 대쉬기인 블링크(Blink)였다.

우우웅.

호흡을 가다듬은 크리스의 주변으로 다시금 세 개의 마법진이 떠올랐다.

'세 개라고? 네 개가 아니라?'

카이가 눈매를 찌푸렸지만, 크리스는 이미 손을 휘저었다.

콰르릉!

벼락이 떨어지자 카이는 몸을 던져 이를 피해냈다. 훌륭한 낙법을 펼치며 자리에서 일어난 카이의 왼손에서 신성 사슬이 튀어나갔다.

촤르륵!

"어딜."

하지만 손날에 윈드 커터를 둘러 이를 끊어낸 크리스는 그대로 손을 뻗었다.

"슬로우."

느릿느릿.

카이의 움직임은 마치 생수통을 몸에 달아놓은 것처럼 느려졌다. 그 상태에서 크리스의 주문 폭격이 이어졌다.

"마나 증폭."

마나를 소비하여 마법 주문의 대미지를 증폭시키고 캐스팅 시간과 쿨타임 시간을 감소시켜주는 유니크 등급의 스킬!

카이가 슬로우에 걸렸을 때 어떻게든 끝장을 보려는 속셈이 엿보였다.

'햇살의 따스함.'

디버프를 가볍게 해제한 카이의 움직임이 다시 빨라졌다.

"크윽."

당연히 크리스의 두 눈이 바빠지기 시작했다. 자신을 향해 지그재그로 달려오는 카이의 움직임을 포착하기 위해서였다.

콰르릉! 콰르르릉!

크리스의 손에선 돌바닥이 터져나갈 정도로 강력한 번개가 줄기줄기 뻗어 나왔다.

허나 그 공격들은 카이의 옷깃 하나 스치지 못했다.

'역시. 한 번에 딱 세 개의 주문만이 날아온다.'

카이의 눈이 반짝였다. 쿼드라플 캐스팅 유저가 한 번에 세 개의 주문만 쏘아내는 이유는 하나뿐일 테니까.

'마법진 하나는 온전히 스킬 하나를 사용하는 데 배정해 놨구나.'

그리고 그 마법이 무엇인지도 어렴풋이 짐작되었다.

화악!

순식간에 크리스의 코앞까지 당도한 카이의 검은 그의 목젖에 다다랐다.

까드드드득!

"역시."

크리스의 몸은 여전히 아머 오브 마나가 덮고 있는 상태였다. 카이는 이것으로 확신했다.

"역시 아머 오브 마나를 계속 두르고 있었어. 그 잘난 다중 연산 능력을 이용한 거겠지."

움찔. 크리스가 얼굴이 살짝 찌푸려졌다.

스킬 하나를 쉬지도 않고 시전하면서 나머지 세 개의 주문을 캐스팅. 게다가 움직이면서 전투를 하는 괴물이 바로 크리스였다.

"좋은 거 하나 배웠어."

허나 그보다 더한 괴물, 카이는 아예 마무리를 지을 요량으로 검을 들었다,

"파이널 어택!"

신성력을 소비해 공격을 완벽한 방어 무시 대미지로 전환하고, 피해량을 세 배 늘리는 스킬. 크리스의 심장을 향해 쇄도했다.

"크윽!"

블링크가 쿨타임인지라 회피할 자신이 없던 크리스는 차선을 선택했다.

"얼음 방벽!"

3중첩의 거대한 얼음 방벽이 순식간에 나타났다. 크리스는

영리하게도 그것을 방어의 목적으로 사용하지 않고, 카이의 발밑에 소환했다. 덕분에 카이의 몸이 위로 솟구치며 자세가 흐트러졌다.

그렇게 카이의 공격이 실패하는 것처럼 보이던 순간.

"석화."

드드드드득!

3중첩의 얼음 방벽이 순식간에 돌로 변해 버렸다. 카이는 가볍게 몸을 회전해 그 벽을 걷어찼다.

"허억!"

크리스는 자신을 덮쳐오는 거대한 돌 벽을 막기 위해 양팔을 들어 올렸다.

까드득!

"크아아아악!"

두 팔에서 느껴지는 고통에 비명을 터뜨리기를 잠시. 카이는 돌벽 뒤쪽에서 크리스의 위치를 파악하고는 그대로 검을 수직으로 내려쳤다.

서걱!

"……음?"

하지만 검은 크리스의 정수리가 아닌 다른 무언가가 대신해서 맞았다.

"저건……."

갈라진 벽 뒤에서 나온 존재를 확인한 카이는 불만 가득한 표정을 지으며 고개를 돌렸다. 그러자 한 번 본 적이 있던 얼굴이 빠르게 다가오는 것이 눈에 들어왔다.

다름아닌 자칼이었다. 조금 전에 카이가 베었던 것은 다름 아닌 자칼의 분신.

카이는 날이 잔뜩 서 있는 목소리로 물었다.

"무슨 짓입니까."

"그게……."

자칼은 꽁꽁 얼어 붙어 있는 여명회원들의 얼음상을 둘러보더니 한숨을 푹 내쉬었다.

그는 원망 어린 눈빛으로 크리스를 쳐다봤다.

"대체 누가 이런 미친 짓을 기획한 거냐."

"……부회장."

"젠장, 그 머저리가."

벅벅 소리가 날 정도로 머리를 긁은 자칼이 카이를 향해 90도로 허리를 숙였다.

"모두 다 제 불찰입니다. 부디 한 번만 용서해 주시면 안 되겠습니까."

"……."

상황을 파악하지 못한 카이가 입을 꾹 다물고 두 사람을 쳐다보자, 자칼이 입을 열었다.

"카이 님도 결투장에서 베니쉬라는 이름을 쓰셨듯, 제 이름도 사실 자칼이 아닙니다."

"그럼 뭐죠?"

"제 이름은 고스트. 적색여명회의 회장이자, 이 21명의 머저리들을 이끄는 리더입니다."

"지금 누가 누구보고 머저리라고……."

"넌 입 닫고 있어."

고스트가 크리스를 쏘아보며 말했다. 그제야 상황 파악이 된 카이는 검 끝으로 크리스와 얼음상들을 가리켰다.

"그러니까…… 당신이 그 베일에 쌓여 있던 고스트라는 말입니까?"

그 말에 고스트가 쓴웃음을 지었다.

"예. 제 얼굴을 봐서라도 한 번만 용서해 주십시오. 전 이런 의뢰를 받았다는 소식조차 못 받았습니다."

"그러게 누가 잠수를 타고 수신 거부를 하랬나."

"내가 당부했을 텐데? 잠수 타고 있을 땐 랭커나 세계 길드 함부로 건드리지 말라고."

"……그건 부회장한테 따져."

따박따박 말대꾸를 하는 크리스를 노려보던 고스트가 미안함 가득한 표정을 지었다.

"정말 기분이 나쁘시겠지만 여기서 그만둬 주실 수는 없겠습니까. 이 녀석들 죄다 상위 랭커라서 한 번 죽으면 복구하는 것이 정말 어렵습니다."

"글쎄요. 가만히 있다가 얻어맞은 것 같아서 기분이 영 별로인데."

"……이번 한 번만 눈을 감아주신다면, 제 편지를 드리겠습니다."

"이, 이봐!"

크리스가 깜짝 놀란 표정을 지으며 소리쳤다.

이에 고스트는 그를 똑바로 쳐다보며 말했다.

"시끄러워. 그럼 여기서 전부 죽을까?"

"죽기는 누가 죽는다고……."

"내가 안 말리면, 이길 자신은 있고?"

그 질문에 크리스는 우물쭈물거리더니 입을 꾹 다물었다.

"그러니 가만히 있어."

한 마디로 크리스를 잠재운 고스트는 카이에게 고개를 돌렸다.

"여명의 편지라…… 확실히 들어본 적은 있습니다."

본래 적색여명회는 돈을 받고 갖은 일을 해주는 용병 집단이다. 하지만 용병일을 맡지 않을 때의 회원들은 각자의 정체를 숨긴 채 남들처럼 게임을 즐긴다.

'그 과정에서 큰 은혜를 입게 되면 여명의 편지를 보낸다고 하지.'

편지를 받게 된 자는 편지의 등급에 따라 무료로 의뢰를 할 수 있다는 소문이었다.

"알고 계시니 설명드리기 편하겠군요. 당연한 말이지만 제가 드리는 편지는 최상위 등급입니다."

"최상위 등급이면 뭘 할 수 있죠?"

"전부."

언뜻 들으면 광오하다 싶을 정도의 말을 뱉어냈다.

"최상위 등급의 편지를 지닌 분이 의뢰를 하시면, 여명회는 그 즉시 모든 활동을 멈추고 그 의뢰 하나만을 위해 전체가 움직입니다. 어떤 의뢰든 완벽하게 완수해 드립니다."

고스트의 목소리에는 자신감이 깃들어 있었다. 여명회 전체가 움직이면 이 게임에서 완료 못 할 의뢰는 없다는 압도적인 자신감이었다.

"흠……."

카이는 광휘를 뿜어내는 자신의 성검을 바라보며 잠시 고민했다.

'적색여명회는 아직까지도 베일에 쌓여 있는 집단이야.'

아마 오늘 그들 전체와 싸운 자신을 제외하면, 그들의 진정한 힘을 아는 자는 드물 것이다.

'그런 이들을 무료로 이용할 수 있는 권리는…… 솔직히 말해서 크다.'

반면에 자신이 이들과 전투를 속행하면 모두 죽일 자신이 있었지만, 관계가 악화될 것이다. 여기까지 생각이 미치자 카이는 더 이상 고민을 할 필요가 없다는 것을 깨달았다.

'조커 카드는 많이 쥐고 있을수록 좋은 법이지.'

카이는 성검을 역소환하며 고스트에게 악수를 청했다.

"제안을 받아드리죠. 오늘 일은 눈감아 드리겠습니다."

"감사합니다……."

다소 굴욕적이었지만, 고스트는 안도의 한숨을 내쉬었다.

'단순히 회원들의 레벨이 떨어지는 것이 문제가 아니야.'

아무런 접점도 없는 22명이 갑자기 사흘 동안 접속을 하지 않는다? 만약 그 과정에서 카이가 적색여명회를 몰살했다는 소문이라도 퍼진다면?

'정체가 전부 까발려질 중대한 위기였어.'

가슴을 쓸어내린 고스트는 품에서 편지를 황금색 편지를 꺼내 카이에게 건넸다.

"언제가 되었건 저희를 찾아주십시오. 연락처는 편지에 동봉되어 있습니다. 어떤 의뢰라고 할지라도, 여명회는 그 의뢰를 완수할 것입니다."

"좋군요."

편지를 챙긴 카이가 진한 미소를 지었다.

'이것으로 유사시에 동원할 수 있는 세계 길드는 둘.'

프레이 길드와 적색여명회를 마음껏 다룰 수 있다. 게다가 라시온 왕국의 귀족인 워리어스와 천화도 우호적인 관계.

'괜찮네.'

카이는 얼음상들을 둘러보며 입을 열었다.

"죄송하지만 저건 제가 스킬을 해제할 수 있는 영역이 아니라서."

"괜찮습니다. 저것들은…… 제가 알아서 꺼내겠습니다."

끝까지 저자세를 취하는 고스트의 배웅을 받은 카이는 그 길로 텔레포트 게이트를 통해 결투장을 떠났다.

"……후우."

둘만 남은 고스트는 얼음상들을 녹일 생각에 한숨을 내쉬었다.

108장
동행

화르르르륵.

크리스가 네 개의 불덩이로 얼음상을 녹이면, 고스트는 여명회원들을 조심스럽게 꺼냈다.

쯧쯧.

크리스가 회원들의 생명력을 보며 혀를 찼다.

"이 녀석들 피 남은 거 봐라. 지나가던 슬라임이 한 대 툭 쳐도 죽겠네."

"으으, 말도 마라. 조금만 늦게 꺼냈으면 죽었을걸."

"정신은 멀쩡한데 빙결 상태라서 손가락 하나 움직일 수 없다니…… 짜증 난다고."

"춥기도 진짜 더럽게 추워. 한겨울에 반바지랑 반팔 입고 한강에 나간 기분."

"그 새끼…… 아니, 갠 대체 뭐 하는 놈이냐?"

모닥불 주변에 옹기종기 모인 여명회원들이 담요를 뒤집어 쓴 채 투덜거렸다.

"뭐긴 뭐야. 랭킹 1위지."

"아니, 그렇게 따지면 여기 랭킹 2위도 있는데. 얘는 왜……."

"시끄러워. 다음에 만나면 내가 이겨."

"퍽이나…… 앗, 뜨겁잖아!"

신경질적으로 화력을 높인 크리스와 이를 뜨거워하는 여명회원들. 그들을 물끄러미 바라보던 고스트가 옆에 있던 이에게 고개를 돌렸다.

"네 잘못이 뭔지는 알고 있지?"

"……죄송합니다. 회장."

골리앗과 스팅으로부터 이번 의뢰를 맡은 부회장은 고개도 들지 못하고 있었다.

"이러면 함부로 자리도 못 비우겠네."

그 중얼거림에 모든 여명회원들의 시선이 그에게 향했다.

"회장. 그럼 이제 잠수 끝내고 복귀하는 겁니까?"

"진짜?"

"이렇게 빨리 복귀한다고? 말이 안 되는데."

하지만 은근한 기대를 품고 있는, 아기새 같은 회원들의 눈빛에 고스트는 한숨을 내쉬며 말했다.

"휴가, 지금 막 끝났다."

결투장을 떠난 카이는 과자점과 옷 가게를 들려 헬릭과 라샤의 선물을 샀다. 두 손 가득 커다란 종이백을 주렁주렁 든 카이는 곧장 신출귀몰을 사용했다.

한결같이 평화로운 천상의 정원.

"음?"

마치 오랜만에 집에 돌아온 것처럼 아늑한 분위기를 느끼던 카이가 고개를 갸웃거렸다.

'두 분…… 대체 뭐 하시는 거지?'

헬릭과 라샤는 잔디 위에 놓인 티 테이블 앞에 앉아 차를 마시고 있었다. 헌데 두 사람 사이에서 감도는 알 수 없는 전운은 무엇.

'설마 싸움인가?'

표정이 심각해진 카이는 몸을 낮춘 채 수풀 뒤에 몸을 숨겼다. 그녀들이 무슨 대화를 하는지 엿듣기 위해서였다.

먼저 입을 연 것은 헬릭이었다.

"라샤여…… 그대는 나의 소중한 벗이니라. 인간들의 옛말에 따르면…… 그래. 뷰우웅신. 그대와 나 사이에는 도리와 믿음이 있다고 항상 믿고 있는 것이다."

"붕우유신이야. 뷰우웅신이 아니고, 욕 같이 들리잖아."
"앗, 미안……."
항상 한두 글자씩 틀리는 헬릭이 사과를 하자, 라샤가 새침한 목소리로 말했다.
"하지만 네 말에는 동의해. 너와 나는 아주 가까운 친구지. 하지만……."
"그래. 지금은 서로를 적으로서 대우하자꾸나."
고개를 빼꼼 내밀어 쳐다보자, 두 소녀의 눈빛이 화르륵 불타올랐다.
"이번만큼은 절대 봐주지 않아."
"나도 마찬가지인 것이다."
두 소녀가 천천히 자리에서 일어나기 시작했다. 몸을 휙 돌린 그녀들은 각자 두 걸음을 내디딘 뒤, 서로를 쳐다봤다.
"먼저 갈까?"
"선공은 양보하겠느니라."
이거 큰일났다.
'진짜 싸움이잖아?'
표정이 딱딱하게 굳은 카이가 그녀들을 말리기 위해 몸을 일으키려는 순간. 라샤가 두 팔을 파닥거리며 크게 소리쳤다.
"덧셈뺄셈하자! 덧셈뺄셈하자! 15 더하기 37!"
"오, 오십이이이!"

꽥! 소리를 지른 헬릭도 그녀와 마찬가지로 팔을 파닥거리는 중이었다.

'아니 저건…….'

누가봐도 구구단의 자세다.

'예전에 신들의 연회에서 신들에게 구구단 게임을 가르쳐 준 적은 있긴 했는데…….'

설마 그걸 저런 식으로 변형했을 줄이야.

카이가 입을 멍하니 벌린 채 구경하는 것도 모르는 소녀들은 열심히 공방(?)을 주고받았다.

"덧셈뺄셈하자, 덧셈뺄셈하자! 42 빼기 18!"

'위협적인 공격!'

라샤가 어려워하는 뺄셈 공격을 날리다니.

잔인하다 헬릭님. 하지만 라샤는 오히려 부드러운 미소를 지으며 당당하게 대꾸했다.

"이십사."

그녀들은 그 뒤로도 한참이나 서로에게 덧셈과 뺄셈 문제를 던지고, 풀면서 놀았다. 체력이 방전된 것일까, 30분 가까이 덧셈 뺄셈을 하던 그녀들은 누가 먼저랄 것 없이 잔디 바닥에 쓰러졌다.

"헤헤헤."

"후훗."

그리고 서로를 쳐다보며 좋다고 웃는다. 그 사랑스럽고도 사이좋은 모습을 푸근한 미소로 바라보던 카이가 그제야 몸을 일으켰다. 수풀에서 카이가 쑥하고 튀어나오자 두 소녀가 깜짝 놀란 표정을 지었다. 하지만 그것도 잠시, 벌떡 일어난 그녀들은 도도도 달려와서 카이의 허벅지에 매달렸다.

"카이여! 언제부터 거기에 있었던 것이냐?"

"피. 오셨으면 왔다고 말씀이라도 해주시지."

"하하. 죄송해요. 두 분이 너무 인상 깊은 놀이를 하고 계시길래."

차마 싸우는 줄 알았다는 말은 할 수 없었다.

"두 분 모두 피곤하실 텐데 달달한 거라도 드시면서 휴식하세요."

카이가 두 손 가득 들고 있던 종이백을 흔들어 보였다.

"와아아아! 역시 그대밖에 없느니라!"

"혹시 레모네이드도 있나요?"

"물론이지요. 얼음 세 개 동동 띄워진 놈으로 있습니다."

"너무 좋아요!"

잔디 밭은 순식간에 피크닉판이 되었다. 돗자리를 깔고 그 위에 케이크와 과자, 맛있고 시원한 음료를 세팅했다.

우물우물, 쪼르르륵.

두 소녀가 행복하다는 표정으로 먹고 마시는 소리만이 들렸다. 헬릭이 자신의 빵빵해진 배를 통통 두드릴 즈음, 카이가 입을 열었다.

"두 분 다 공부 열심히 하셨나 보네요. 덧셈 뺄셈도 완벽하게 구사하시고."

"열심히 했느니라."

"저도요."

으쓱으쓱.

어깨를 들썩거린 헬릭이 짐짓 근엄한 표정을 지으며 엣헴. 헛기침을 했다.

"카이여. 나에게 있어서 공부란 이런 것이었느니라."

누가 보면 거의 수능 만점자 인터뷰하는 줄.

하지만 카이는 내색하지 않고 말을 받았다.

"어떤 것이었나요?"

"예에에엣날에 다 배워뒀는데, 시간이 흘러서 가물가물해지는 공부들이 있지 않느냐."

"아…… 그런 거 있죠. 분명히."

카이가 저도 모르게 고개를 끄덕였다. 확실히 그도 중학교, 고등학교 때는 시험 성적이 매우 좋았다. 하지만 지금 다시 그때의 시험을 치라고 하면…… 글쎄?

'국사나 사회, 지리 같은 암기 과목도 그렇고…… 방정식 같은 것도 좀 가물가물하네.'

그녀가 말하는 바의 요점을 파악한 카이가 이에 동의했다.

"저도 그래요. 학교…… 그러니까 아카데미에서 배웠던 과목들이 잘 생각 안 나네요."

"그렇지? 나와 라샤도 그런 것이니라. 분명히 예에전엔 다 알았느니라. 정말이니라."

아무리 그래도 덧셈 뺄셈을 까먹을 수가 있나? 다분히 의심이 되는 발언이었지만 카이는 그냥 고개를 끄덕였다.

"그렇군요."

"뭐죠. 마치 카이 님이 저희를 의심하는 것 같은 기분이 막막 들어요."

"……착각입니다. 라샤 님."

뜨끔한 카이는 빠르게 화제를 돌렸다.

"다른 과목들은 진행 상황이 어때요?"

헬릭과 라샤가 서로를 쳐다보며 배시시 미소를 지었다.

"다 배웠느니라."

"맞아요."

그 말에 카이가 고개를 갸웃거렸다.

"다 배웠다는 게 무슨 뜻이죠?"

"말 그대로이니라. 전부 다 배웠느니라."

"지식의 신인 리지한테 가서 인간들의 문화와 역사, 그들의 학문을 전부 배웠어요."

"응응."

그녀들의 말에 카이가 입을 쩍 벌렸다.
"아니, 겨우 한 달이 지났는데 그걸 다 배웠다고요?"
"카이여. 그대는 가끔 우리를 너무 무시하는 경향이 두드러지는 것이야."
"저희, 신이에요."
"아…… 그랬죠."
카이가 멍한 표정으로 고개를 끄덕였다.
그러고 보니 이 두 사람, 신이었지. 백치미를 뿜뿜 하는 것을 워낙 자주보다 보니 잊고 있었다.
"그럼…… 지금 바로 입학 수속을 밟아도 상관없겠네요?"
"물론이니라."
"저도요."
"알겠습니다. 그럼 지금 바로……."
카이가 말을 이으려던 순간. 메시지 하나가 떠올랐다.

[대륙을 덮은 어둠의 전조가 살짝 흐려집니다.]

[칼 라샤 교단이 부활합니다!]

[칼 라샤 교단의 이름이 대륙 전역에 약간 퍼집니다.]

[이제 '칼 라샤' 교단에 가입할 수 있습니다.]

"음?"

난데없이 떠오른 메시지에 카이가 눈을 깜빡였다. 이유를 알 수 없는 메시지를 몇 번이나 쳐다보다가 문득 깨달았다.

'잠깐만. 칼 라샤 교단이라면…… 그냥 라샤 님한테 물어보면 되잖아?'

그 생각에 고개를 휙 돌려 라샤를 쳐다보니, 그녀는 지진 난 것처럼 흔들리는 눈동자로 카이를 바라보는 중이었다.

"카, 카이 님. 이게 어떻게 된 일이지요?"

"아니…… 그걸 저한테 물으시면 어떡해요."

"하지만 갑자기 힘이 막막 돌아오는…… 아! 혹시 하린 님이 뭔가를 하셨나……?"

"하린 씨가요?"

그럴 수도 있겠다 싶어 유하린에게 메시지를 보내봤다.

-카이 : 하린 씨, 혹시 메시지 보셨어요?

-유하린 : 무슨 메시지요?

-카이 : 음? 아닌가…… 칼 라샤 교단 부활에 관한 메시지요.

-유하린 : 헉. 그거 글로벌 메시지였어요? 전 저한테만 보이는 줄…….

"아하."

역시 그녀가 연관된 것이 맞았다.

-유하린 : 지금 막 전직 퀘스트 끝났거든요. 뮬딘 교 때문에 전직 난이도가 생각보다 어려웠어요.

-카이 : ……뮬딘 교요? 게네가 갑자기 왜 나와요?

-유하린 : 저도 몰라요. 전직 시험을 받으려고 잊혀진 옛 칼 라샤의 신전을 방문했는데 뮬딘 교가 여기에 거점을 차리고 있더라구요.

-카이 : 엥? 그럼 어떡해요?

-유하린 : 괜찮아요. 이제 없어요.

카리스마 무엇.

살짝 식은땀을 흘린 카이가 대화를 이어갔다.

-카이 : 자, 잘하셨네요. 그럼 이단심판관이 된 건가요?

-유하린 : 아, 저도 처음에는 칼 라샤의 이단심판관으로 전직하는 줄 알았는데…… 하다 보니까 난이도가 계속 어려워져서…….

-카이 : 어려워져서?

-유하린 : 결국엔 변화의 기사로 전직했어요.

"……변화의 기사?"

카이가 저도 모르게 중얼거렸다.

그 말에 칼 라샤가 흠칫! 고개를 들며 물었다.

"카이 님이 변화의 기사를 어떻게 아세요?"

"……하린 씨가 변화의 기사가 되었다고 하는데요?"

"헉. 진짜요?"

아니, 이 신은 자기 일인데 왜 이렇게 모르는 거야.

카이가 고개를 끄덕였다.

"네. 그리고 잊혀진 옛 칼 라샤의 신전을 뮬딘 교가 점령하고 있었다네요."

"……감히?"

항상 순하고 부드럽던 라샤의 눈매가 앙칼지게 변했다.

"정말 웃기는 놈들이네요. 거기가 어디라고 발을 들여놓는데요? 기분 나빠요. 하린 님은 그놈들을 그냥 두고봤대요?"

"아뇨. 싹 다 잡은 듯."

"아주 엑셀런트. 역시 변화의 기사다워요."

"그런데 변화의 기사가 대체 뭡니까."

"그대 같은 사람이니라."

옆에서 케이크 위에 올려진 체리만 쏙쏙 빼먹던 헬릭이 대신 말을 받았다.

"태양교에 사도인 태양의 사제가 있듯, 라샤의 교에도 변화의 기사라는 사도가 있느니라."

"아…… 그럼 강하겠네요?"

"내가 아는 바로는."

"호오."

유하린이 그런 대단한 존재가 되었다고 하니, 뭔가 오묘한 기분이 든다.

'잠깐만, 그럼 혹시……?'

카이는 다시 한번 메시지를 보냈다.

-카이 : 저기 하린 님. 변화의 성기사의 등급이 혹시……?

-유하린 : 어…… 저도 처음 보는 등급인데. 신화 등급이라는데요?

"오우……."

초보자의 몸으로 랭킹 2위까지 올라왔었던 아주아주 강력한 라이벌에게 날개가 달렸다.

한창 유하린과 메시지를 주고받고 있는데, 칼 라샤가 아기 강아지처럼 주변을 맴돈다. 계속 신경이 쓰였기에, 카이는 결국 참지 못하고 물었다.

"저…… 라샤 님? 혹시 하고 싶은 말씀이라도 있으세요?"

이에 기다렸다는 듯이 안색이 화악 밝아지는 라샤.

고개를 주억거린 그녀는 입을 열었다.

"네. 혹시 귀찮지 않으시다면 하린 님을 이곳으로 데리고 와주실 수 있을까요? 이야기를 좀 나누고 싶어요."

"그거야 어렵지 않죠."

예전에 듣기로 칼 라샤는 헬릭과는 다르게 신력이 많이 동났다고 했다. 헬릭이야 대륙에서 제일 잘 나가는 신이니 신력이 매우 풍부하다. 덕분에 신출귀몰 같은 사기급 스킬도 턱턱 내놓을 수 있지만…….

'인간들에게 잊혀진 라샤 님은 그게 안 되니까.'

이놈의 빈부격차는 신들조차 거스르지 못했다. 결국 자신이 조금 더 부지런해지는 수밖에.

"아마 하린 씨가 제대로 활동을 시작하면 칼 라샤교도 태양교 부럽지 않게 부흥할 거예요."

"말씀만이라도 감사해요."

라샤가 봄날의 꽃처럼 베시시! 웃으며 말했다.

"그럼 다녀오겠습니다."

유하린에게 지금 어디 있는지 물어보자, 답은 3초 만에 돌아왔다. 카이는 신출귀몰을 통해 그 근처의 마을로 향했다.

"미믹 소환."

그녀가 있는 장소까지 걸어갈 필요는 없었다. 와이번 폼의 미믹은 할리를 제외한 그 어떤 이동 수단보다 빨랐으니까.

'그나마 할리보다는 미믹 쪽이 덜 주목 받겠지.'

미믹을 타고 순식간에 초원을 주파한 카이는 저 밑에서 손을 흔들고 있는 유하린을 발견했다. 그녀는 돌덩이들로 S.O.S 사인을 만들어 구조 신호를 보내는 중이었다.

"여기요~ 여기!"

"킄."

저도 모르게 웃음을 터뜨린 카이는 미믹의 목을 부드럽게 어루만졌다.

"내려가자."

후우웅.

순식간에 지상에 착지한 미믹을 잘 주차(?)한 뒤, 그녀에게 다가가 안부를 건넸다.

"잘 지내셨어요? 오랜만이네요."

"죄송해요. 제가 퀘스트한다고 봉사 활동 시간도 바뀌어서……."

"아뇨, 그럴 수도 있죠."

"그래도 앞으로는 시간 맞춰서 잘 나갈 수 있어요. 아뇨, 꼭 나갈게요."

"다행이네요."

가벼운 대화를 마치자 유하린이 살짝 떨리는 목소리로 질문했다.

"그으…… 그런데 갑자기 왜 보자고 하신 거예요?"

고개를 살짝 내리깔고, 고양이처럼 카이를 올려다보는 그녀의 눈빛은 별처럼 반짝였다. 그 아름다운 외모에 잠시 넋 놓고 그녀를 바라보던 카이가 뒤늦게 정신을 차렸다.

"사실 제가 보고 싶어서가 아니라, 칼 라샤 님이 하린 씨를 보고 싶어 하셔서 온 거예요."

"아…… 그렇구나."

시종일관 기분이 좋아 보이던 그녀가 돌연 뚱한 표정을 지었다.

"그럼 원래 올 생각이 없었는데, 그냥 심부름 때문에 오신 거네요?"

"음? 그렇죠, 뭐."

카이가 아무 생각 없이 고개를 끄덕이자 유하린이 매정하게 그를 스쳐 지나갔다.

"가요. 한정우 씨."

"아, 예……."

갑자기 차가워진 태도에 딱딱한 호칭에 카이가 고개를 갸웃거렸다.

'이상하다. 분명히 같이 봉사 활동도 다니고, 밥도 먹으러 다니면서 꽤 친해졌다고 생각했는데.'

오늘따라 유독 거리감이 느껴진다.

"그럼…… 출발할게요."

미믹을 역소환시킨 뒤, 그녀의 어깨 위로 조심스럽게 손을 올렸다.

"신출귀몰."

천상의 정원으로 돌아온 그들을 반기고 있던 건 역시 두 명의 소녀 신이었다.

"하린 님!"

"아, 칼 라샤 님."

유하린은 다시 푸근한 미소를 지으며 꾸벅 인사했다.

"저를 부르셨다고 들었어요. 이쪽 분에게."

"네. 제가 불렀……."

카이와 유하린을 번갈아 가며 쳐다보던 라샤가 돌연 아하. 알 수 없는 탄성을 터뜨렸다. 그녀는 이내 재미있다는 표정을 짓더니, 유하린의 손을 끌며 정원의 구석으로 가버렸다.

낙동강 오리알처럼 붕 떠버린 카이에게 헬릭이 다가왔다.

"쯧쯧쯧. 어리석구만."

혀를 끌끌 차고, 노인네처럼 뒷짐을 진 상태다. 심지어 걸음마저 팔자걸음이다. 실버타운 Swag 무엇.

"카이여. 오늘 보니 그대는 아직도 멀었느니라."

"……갑자기 그게 무슨 소리세요?"

"그대는 여자를 몰라도 너무 모르는구나. 그러면 안 되는 것이야. 앞으로는 잘하거라."

알 수 없는 말을 남긴 그녀는 뭐가 그리 신나는지 라샤와 유하린 쪽으로 방방 뛰어갔다.

"언제 처음 만났어요?"

"어머, 그럼 매주 데이트를……."

"음음. 카이가 은근히 눈치가 없느니라."

셋이서 즐겁게 수다를 떤다. 뭔가 재미있어 보여서 슬쩍 다가가려고 하자.

휙, 휙, 휙!

세 쌍의 시선이 동시에 그를 쏘아봤다.

"한정우 씨, 죄송한데 잠시 저쪽에 좀 가 있으시겠어요?"

"미안하니라."

"지금은 걸즈 토크예요. 카이 님."

무리에서 배척당한 카이는 바닥에 쭈그려 앉아 그녀들의 대화가 끝나기만을 기다렸다.

"다 끝나셨습니까?"

카이가 뚱한 목소리로 물었다. 화답한 것은 놀랍게도 유하린이었다.

"죄송해요. 저희가 너무 오랫동안 수다를 떨었죠?"

그녀는 언제 뚱했냐는 듯, 방긋방긋 미소 지으며 말했다.

카이는 떨떠름한 목소리로 대꾸했다.

"아니…… 뭐…… 그럴 수도 있죠."

"그것보다 카이여. 들어보거라."

밑에서 헬릭이 번쩍번쩍 손을 들며 카이의 시선을 끌었다.

"뭔가요?"

"라샤의 교단이 뮬딘 교에 점령당했다는 것, 기억하느냐?"

"물론이죠. 그런데 하린 씨가 이제 없다고 한 것 같은데."

"네. 그런데 녀석들과 싸우면서 꽤 중요한 정보를 입수한 것 같아요."

"중요한 정보요?"

카이가 눈을 빛내자 유하린이 고개를 시원하게 끄덕였다.

"혹시 암흑 지대에 대해서 알고 계시나요?"

"암흑 지대라면……."

분명히 오곤 제국과 칼데란 제국의 위쪽. 그러니까 대륙의 북쪽 지대를 의미한다. 아직까지 유저나 NPC의 발걸음을 거부한 미지의 대륙. 때문에 그곳은 현재 최상위 랭커들의 메인 무대가 되고 있었다. 그곳을 탐험하면서 만든 지도만 팔아도 꽤 쏠쏠한 수익을 올릴 수 있었으니까.

'하지만 그만큼 위험하지.'

최소 400레벨의 몬스터가 나오는 곳이기 때문이다.

"잘 압니다. 그런데 그곳은 왜요?"

"잊혀진 옛 신전을 거점으로 삼고 있던 뮬딘 교. 그들이 가디언 역할로 두고 있던 몬스터들은 모두 키메라였어요. 그리고 그 키메라들의 원형이 되는 것들은……."

"암흑 지대. 그곳에 서식하는 몬스터들이었습니까?"

"맞아요. 게다가 독자적으로 조사를 해본 결과, 뮬딘 교 녀석들은 텔레포트 게이트를 통해 몬스터들을 주기적으로 공급받고 있었어요."

"……즉. 암흑 지대에는 뮬딘 교의 본단, 혹은 거점이 최소 하나 이상 존재한다."

명쾌한 해답을 내린 카이가 유하린을 쳐다봤다.

"아무래도 이 문제는 어둠 추적자 쪽에 보고를 하셔야 될 것 같습니다만."

"네. 안 그래도 할 생각이었어요. 그래서 말인데…… 혹시 부탁 하나만 들어주실 수 있나요?"

"부탁이요?"

카이의 질문에 침을 꿀꺽 삼킨 유하린이 입을 열었다.

"가, 같이…… 같이 가실래요? 암흑 지대……."

"음."

카이가 생각에 잠겼다.

'확실히 뮬딘 교의 거점이 하나 이상 존재한다면 가는 게 맞아. 하린 씨를 혼자 보내는 것도 위험해 보이고. 무엇보다…….'

운이 좋다면 그곳에 아트록스의 영혼함이 있을지도 모른다.

물론 그에 관해선 어둠 추적자의 수장 타르달이 자료를 조사해 놨을 터.

"알겠습니다. 하지만 그 전에 끝내야 할 일들이 조금 있습니다."

"급한 건 아니니까 괜찮아요. 준비 기간은 일주일 정도로 잡으면 될까요? 저도 전직을 금방 마쳤기 때문에 신전에 가서 스킬도 좀 배우고, 장비도 새로 맞춰야 할 것 같아요."

그러고 보니 이제 그녀는 성기사 장비 착용은 물론, 전용 스킬까지 배울 수 있다.

'나도 두 분 입학시키고 나면 신전에 한번 들러야겠어.'

태양의 사제가 새롭게 배울 수 있는 스킬이 있는지 확인을 할 요량이었다. 이른바 출정 전의 준비라는 소리.

"그럼 혹시 저 수도 쪽에 데려다주실 수 있나요? 장비 구하기는 그쪽이 편해서……."

"물론입니다."

유하린을 라시온의 수도, 레이아크에 데려다준 카이는 일주일 뒤의 만남을 약속했다.

"그때 연락 드리겠습니다."

"네, 연락 기다릴게요!"

보기만 해도 기분이 좋아지는 미소를 지은 그녀는 은발을 찰랑거리며 인파 속으로 사라졌다.

'바빠지겠어.'

다시 천상의 정원으로 이동한 카이는 두 소녀를 데리고 아르칸 아카데미로 향했다.

"아니, 카이 님. 어쩐 일로 이 시간에……."

대뜸 교장실을 방문하자 알버트 교황이 쓰고 있던 돋보기안경을 내리며 그를 반겼다.

"하하, 교황님 잘 지내셨어요?"

"저야 잘 지내고 있습니다. 어찌 교직 생활이 교황직보다 더 힘든 것 같긴 하지만요."

농담을 건넨 알버트는 자리를 권하고, 차를 내왔다. 헬릭과 라샤의 몫으로는 상큼한 오렌지 쥬스를 내오는 센스를 가감없이 발휘했다.

"오늘은 귀여운 소녀 분들과 함께 오셨군요. 소개를 부탁드려도 되겠습니까?"

"애들아. 자기 소개해야지?"

귀여운 두 신을 데리고 인간계에 내려오면 좋은 점 한 가지. 바로 자연스럽게 말을 놓을 수 있다는 것이었다. 신기한 점은 헬릭도 그렇고 라샤까지 별 신경을 쓰지 않는다는 부분이다.

"안녕하세요. 제 이름은 라샤라고 합니다."

"허허, 반갑습니다. 태양의 순례자인 알버트라고 합니다."

"말씀 편하게 해주세요."

"그래도 되겠니?"

인자한 할아버지처럼 푸근한 미소를 지은 그는 오렌지 쥬스를 맛있게 마시는 두 소녀를 귀엽다는 듯 바라보았다.

"그럼 옆에는……."

"제, 제 이름은 그…… 헤, 헬릿!"

혀를 깨물었는지 헬릭의 발음이 새버렸다.

"응? 헬릭……?"

알버트가 고개를 갸웃거리고 헬릭이 울먹거리며 카이를 쳐다보자, 그가 재빨리 나섰다.

"혀 깨물었나 보네요. 헬리자베스. 그녀의 이름은 헬리자베스입니다."

"아아…… 부모님이 태양교를 믿으시나 봅니다. 보통 딸 아이의 이름으로 많이들 짓지요. 허허."

"그렇죠, 뭐."

능청스럽게 말을 끝내자 알버트는 두 소녀를 가만히 쳐다보더니 감탄했다.

"오오오. 그런데 두 분의 기운이 굉장히 정심하십니다. 게다가 헬리자베스 님은……."

그녀를 바라보는 알버트의 두 눈동자가 이내 살짝 흔들렸다. 그는 주름이 자글자글한 얼굴을 살짝 찡그리며 조심스럽게 입을 열었다.

"이유는 알 수 없지만 매우 친근한 듯한 기분이…… 아, 물론 제 착각일 뿐이겠지만요."

"히끅!"

간이 콩알만한 헬릭은 그새를 참지 못하고 딸꾹질을 시전하였다. 표정 가득 두려움이 가득한 것이, 정체가 들킬까 봐 조마조마한 모양이다.

바빠진 것은 카이였다.

"하하, 당연히 교황님이 만났을 일은 없었을 겁니다. 몸이 약해서 평생 집에만 있었거든요."

"저런…… 태양신 헬릭의 축복이 너의 몸을 치유하기를 내 직접 기도해 주마."

알버트가 눈을 꼭 감은 채 두 손을 모으고 기도했다. 헬릭을 위해 헬릭에게 기도하는 이 기묘한 상황 무엇.

그 틈에 카이는 헬릭에게 오렌지 쥬스를 빠르게 삼키라는 제스처를 취했다.

그래야 딸꾹질이 멈추니까.

꿀꺽, 꿀꺽!

단번에 음료를 들이킨 헬릭은 다행스럽게도 더 이상 딸꾹질을 하지않았다. 기도를 끝낸 알버트는 그녀들을 위해 특별히 과자까지 꺼낸 뒤, 카이에게 말을 건넸다.

"그런데 오늘은 어쩐 일로 방문하셨습니까?"

"아카데미에 두 사람을 입학시키고 싶습니다."

"……이 두 사람을 말입니까?"

한눈에 봐도 어려 보이는 그녀들의 신장에 알버트가 고개를 갸웃거렸다.

"외람된 말씀이지만, 혹시 두 분의 나이가 어떻게 되시는지……."

"어…… 그러니까 헬릭…… 자베스하고 라샤 둘 다 14살입니다."

"아하, 또래에 비해 몸집이 조금 작으신 거군요."

알버트가 고개를 끄덕였다.

"하지만 저희는 아직 신입생을 받고 있지 않기 때문에 아카데미를 다니려면 기존의 학생들과 같은 수업을 받을 수밖에 없습니다. 하지만 그런 경우엔 진도 차이가……."

"그 부분은 걱정하지 않으셔도 됩니다."

카이는 마치 열성적인 학부모라도 된 듯, 그녀들의 머리를 부드럽게 쓰다듬었다.

"저희 애들이 안 해서 그렇지, 하면 잘해요."

"아……. 그, 그렇군요."

아주 어색한 미소를 지은 알버트가 고개를 끄덕였다.

109장
준비

헬릭과 라샤의 입학 절차는 빠르게 진행되었다. 애초에 학원의 이사장인 카이가 후원자 겸 보호자를 자처한 이상 느려질 수가 없었다. 카이는 기대감에 부풀어 오른 두 쌍의 눈동자를 쳐다보며 입을 열었다.

"그럼 공부 열심히 하고 계세요. 제가 나쁜 뮬딘 교 놈들 다 때려주고 올 테니까."

"백 대 때리고 오거라."

"제 몫으로도 백 대 더 때려주세요."

"하하, 알겠어요, 알겠어."

유난히 뮬딘 교를 싫어하는 두 소녀의 머리를 쓰다듬은 카이가 고개를 돌렸다.

"프레스콧, 부탁해요."

"걱정하지 마십시오 영주님."

정장을 입고 있어도 집사 복을 입은 것처럼 보이는 프레스콧이 콧수염을 정중하게 인사했다.

"자, 소녀분들은 이쪽으로 따라오세요."

"빠이빠이."

"그대도 빠이빠이!"

"조심히 들어가세요!"

딸 아이를 입학시키는 기분이 이러할까. 저 조그마한 아이들이 아카데미라는 작은 사회에 적응해야 할 것을 생각하니 가슴이 먹먹해진다.

"뭐, 본인들이 원한 거니까."

어깨를 으쓱거린 카이는 신출귀몰을 통해 태양교 본단으로 향했다.

직업 NPC를 찾아가자 그는 반갑게 인사했다.

"어서 오십시오 성혈단장님. 새로운 힘을 배우시러 오신 겁니까?"

예전보다 훨씬 더 공손해진 말투다. 아마 성혈단의 위상이 나날이 커져가기 때문이겠지.

카이는 고개를 끄덕였다.

"예. 스킬 리스트 좀 보여주세요."

"물론입니다. 여기 있습니다."

눈앞으로 배울 수 있는 스킬들의 목록이 활성화되었다.

"흠."

현재 카이의 레벨은 524. 안타깝게도 일반 사제로서 배울 수 있는 스킬들은 그리 많지 않았다.

'난 2차, 3차 전직 등을 안 했으니까.'

카이는 아쉬운 마음을 삼킨 채 태양의 사제 전용 스킬 창으로 눈길을 돌려야 했다.

"음?"

그런데 제법 흥미로운 스킬들이 그의 눈길을 끌었다.

[태양의 사제 전용 지원형 스킬-6개 스킬 각성 가능, 3개 스킬 활성화 가능.]

[태양의 사제 전용 신성 마법 스킬-3개 스킬 각성 가능, 2개 스킬 활성화 가능.]

예전에는 새로운 스킬을 배울 수 있을 때, '활성화 가능'이라는 문구만 떠올랐었다.

'그런데…… 각성이라니?'

카이는 먼저 지원형 스킬의 목록부터 훑었다.

-각성 가능 목록-

[태양의 축복][태양의 갑옷][신성 폭발] [신성 사슬][헤이스트][블레스].

각성 옆에 떠오른 물음표 버튼을 누르자, 친절한 설명이 곁들여졌다.

[각성 시 스킬의 진정한 힘을 온전히 이끌어내실 수 있습니다. 각성 스킬의 경우, 업그레이드 스킬을 통한 강화가 불가능합니다.]

'그렇구나.'

한마디로 영구적으로 업그레이드를 한다고 보면 되었다.

'개이득인데?'

넘쳐나는 돈을 소비해서 이 정도의 메리트를 얻을 수 있다면 안 하는 것이 이상하다. 가격이 조금 비싸긴 했다.

'스킬 하나 각성하는 데 한화로 100만 원이라…….'

하지만 카이는 망설임 없이 여섯 개의 지원형 스킬을 모두 각성시켰다.

[신성 폭발이 신성 폭주로 바뀌었습니다.]

이름이 바뀐 경우도 있었고, 그대로인 경우도 있었다. 서둘러 효과를 확인하자 만족스러운 미소가 절로 지어졌다.

'효과들이 거의 2배 가량 증가했어.'

태양의 축복과 갑옷은 카이의 능력치에 비례하여 그를 성장시켜 주는 스킬이다. 즉, 레벨이 높고 스탯이 높을수록 상승 폭은 클 수밖에 없다는 소리. 헌데 이번 각성을 통해 스킬들의 효과가 더 좋아졌다. 헤이스트나 신성 폭주, 블레스 등의 스킬은 말할 필요도 없었다.

'이 정도면 아트록이랑도 한 번 해볼 만할 것 같은데…….'

그리고 새롭게 배울 수 있는 스킬들을 확인했다.

-활성화 가능 목록-

[치유의 대지][신성 흡수][고결한 방패].

'치유의 대지는 지속적으로 생명력과 스테미너를 올려주는 광범위한 영역을 지정하는 거네. 원기 회복의 샘의 상위 버전인 것 같아. 신성 흡수는 상대에게 신성 대미지를 입히며, 그 피해량을 치유력으로 전환한다라…… 그냥 드레인이네. 고결한 방패는…… 광범위 방어막이잖아?'

[치유의 대지 스킬을 습득했습니다.]

[신성 흡수 스킬을 습득했습니다.]

[고결한 방패 스킬을 습득했습니다.]

이어서 신성 마법 스킬 카테고리 쪽을 확인했다.

-각성 가능 목록-

[홀리 익스플로전][태양의 분노][추적하는 빛의 화살].

-활성화 가능 목록-

[길로틴][일점폭발].

'괜찮네.'

[홀리 익스플로전이 태양광자포로 바뀌었습니다.]

[태양의 분노가 신벌로 바뀌었습니다.]

[추적하는 빛의 화살이 네 개의 창으로 바뀌었습니다.]

이번에는 세 개의 스킬 이름이 모두 바뀌었다. 효과는 당연히 훨씬 좋아졌겠지만, 공격 스킬인 만큼 직접 사용해 봐야 확실히 알 것 같았다.

'그리고 길로틴은…… 체력이 30% 이하인 적의 목을 벨 시

30% 확률로 즉사라고?'

즉사기의 등장! 그것도 확률이 꽤 높고, 발동 조건도 제법 현실성이 있는 편이었다.

들썩거리려는 입꼬리를 겨우 억누른 카이가 일점폭발 스킬을 살펴봤다.

"흠."

공격 스킬들이 대부분 그렇듯, 설명이 조금 애매하다.

'찌르기 공격으로 상대에게 피해를 입혔을 때, 성스러운 힘을 폭발시킨다…….'

이 또한 사용해 봐야 알 것 같다. 부지런히 홀로그램 창을 두드린 카이는 새로운 스킬을 모두 습득했다.

"오오, 축하드립니다. 성혈단장님께서 또 한 걸음을 내디디셨군요."

"모든 것은 헬릭님의 뜻이겠지요."

"물론입니다. 그분이 단장님을 총애하시는 것이 틀림없습니다."

'뭐, 틀린 말은 아니지.'

직업 NPC와의 만남을 뒤로한 카이는 성혈단이 거주하는 장소로 향했다. 대륙을 바쁘게 돌아다니며 공을 세우는 성혈단이 모처럼 본단에 돌아와 휴식을 취하고 있다는 소식을 알버트에게 들었기 때문이다.

가장 먼저 연무장이 눈에 들어왔고, 그곳에서 대련하며 실력을 키우는 단원들이 보였다. 그 밖에도 계단에 앉아 악기를 연주하거나, 책을 읽거나. 혹은 낮잠을 자는 등 단원들은 몹시 자유로워 보였다.

'잘 지내고 있었네.'

단장으로써 해준 것도 없는데 알아서 잘 해내는 걸 보자, 카이는 괜시리 코끝이 시큰해졌다.

그때 우두커니 서 있는 카이를 발견한 단원 하나가 눈을 동그랗게 뜨며 소리쳤다.

"어! 단장……?"

"응? 뭐라고?"

"단장이 왔다고?"

순식간에 모든 단원의 시선이 카이에게 집중되었다. 개중 몇 명은 숙소에있는 이들을 깨우기 위해 건물 안으로 들어가기까지 했다.

"아, 굳이 집합시킬 필요는 없는데."

머쓱한 표정으로 뒷머리를 긁은 카이가 연무장으로 천천히 걸어가자, 존경과 선망의 시선이 꽂혔다.

"얼마 전의 북부탈환전에선 혼자서 뮬딘 교 수만을 쓸어버리셨대."

"수, 수만……."

"과연 단장이군. 규모가 달라도 너무 달라."

“못 본 사이에 기도도 훨씬 더 안정되셨다. 무언가 깨달음을 얻으셨어.”

현재 성혈단은 태양교에서 가장 강력한 무력 집단이다. 당연히 단원들 개개인의 수준도 높았기 때문에 카이가 이전보다 강해졌다는 것을 알아볼 수 있었다. 하지만 그들이 카이를 바라볼 때, 카이도 그들을 바라보고 있었다.

테페른 Lv.375, 살라딘 Lv.381, 뒤타로스 Lv.369, 자파 Lv.365…….

단원들의 평균 레벨은 370 정도. 그것은 물론 프레이 길드원들의 레벨까지 합친 결과였다.

‘프레이 길드도 엄청 성장했는데? 성혈단이랑 같이 다녀서 그런가.’

사실 세계 길드에서 프레이와 블랙 마켓은 항상 전투력이 부족하다는 평가를 받아왔다. 프레이는 기본적으로 사제와 성기사만으로 이루어졌고, 블랙마켓은 생산직 클래스 위주로 이루어져 있었으니까.

카이는 기분이 좋은지 입 꼬리를 살짝 올렸다.

‘프레이 길드의 전력이 공개되면 세상이 놀라겠어. 더 이상 약하다고 불리지도 않을 테고.’

단원들이 모두 모이자, 카이가 천천히 입을 열었다.

"모두 예전과는 비교도 하지 못할 만큼 강해졌네. 조만간 단장직을 뺏기는 게 아닌가 싶어."

"하하하, 그럴 리가요!"

"단장님과의 정을 생각해서 반역은 안 일으키겠습니다!"

카이의 우스갯소리에 여기저기서 웃음이 터져 나왔다.

분위기가 살짝 풀리자 카이는 미소를 지으며 단원 하나하나와 눈을 맞췄다.

"정말 고맙다."

진심이 담긴 목소리였다.

"단장이 제 역할도 못 하고, 부재중임에도 불구하고 항상 좋은 소식을 들려줘서 정말 고맙다. 너희들이 내 뒤를 든든히 받쳐주고 있기 때문에 내가 자유롭게 활동을 할 수 있는 거겠지."

그 말을 들은 단원들은 고개를 푹 숙인 채 몸을 부르르 떨었다. 카이와 처음 만난 날, 그의 강함과 됨됨이에 매료되어 충성을 맹세했던 이들이다. 기사들은 자신이 존경하는 강자에게 인정받는 것을 최고의 칭찬으로 여겼다. 하물며 인정도 아니고 저렇게까지 진심이 담긴 인사를 받게 될 줄이야.

여태까지의 고생과 노력들이 보상받는 기분이었다.

"아닙…… 니다!"

"오히려 단장님이 있기에, 저희가 있을 수 있었습니다."

"게다가 가끔씩 들려오는 단장님의 믿기 힘든 모험담을 들을수록 더 자극됩니다."

"지금처럼 앞선 길에서 저희를 이끌어주십시오. 부지런히 좇아가겠습니다."

"너희들……."

그들의 뜨겁고도 맹목적인 반응은 카이의 가슴마저 뭉클하게 만들었다.

"어, 어휴. 남자들이란 정말……."

대열에 서 있던 미네르바가 손으로 얼굴을 부채질하며 시큰거리는 눈을 말렸다. 이를 가자미 눈으로 쳐다보던 프레이 길드 부마스터, 라즐리가 옅게 웃었다.

"마스터, 솔직히 감동받으셨죠."

"무슨 소리예요. 다 큰 어른이 이런거 가지고…… 왜 감동을……."

파닥파닥.

말과는 다르게 그녀의 부채질의 속도는 점점 빨라졌다.

카이는 태양교 본단을 떠나기 전, 성혈단들의 장비를 새롭게 맞춰주었다. 300여 명의 단원들에게 최상급의 장비를 맞춰주니, 깨진 돈만 무려 20억 정도. 하지만 그 돈은 조금도 아깝지 않았다.

'내가 필요로 할 때 가장 큰 힘이 되어줄 이들이니까.'

오히려 죽지 않고 더 성장해야 하는 이들이다. 마음이 가뿐해진 카이는 가벼운 발걸음으로 경매장을 방문했다.

'암흑 지대에 있는 뮬딘 교의 거점이 거대할지도 몰라. 준비는 철저하게 해야지.'

경매장으로 들어서자, 그의 얼굴을 알아본 직원이 재빨리 지부장을 호출했다.

"어서오십시오, 카이 님!"

경매장의 큰 손으로 알려진 카이의 등장에, 지부장이 90도로 인사를 하며 달려왔다.

"안쪽으로 모시겠습니다."

이제는 대접을 받는 게 익숙해진 카이는 VVIP룸으로 들어가 쥬스를 홀짝였다.

"오늘은 판매와 구매. 어떤 용무로 방문을 하셨습니까?"

"둘 다요."

"아, 그럼 판매를 원하시는 물품을 이 바구니 안에 담아주시겠습니까?"

커다란 바구니를 쳐다보던 카이가 고개를 흔들었다.

"죄송한데, 이것 가지고는 부족해요."

"아…… 그럼 바구니를 몇 개 더 내올까요?"

지부장이 엉거주춤하게 일어서며 묻자, 카이가 다시 한번 고개를 흔들었다.

"그러지 마시고…… 혹시 남는 방 하나 없나요?"

"방이요?"

"예. 제법 규모가 큰 방이었으면 좋겠네요."

방이 필요한 이유는 간단했다. 자신이 오늘 판매/구매할 물품은, 듀라한 군단의 무장이었으니까.

"방의 크기는 이 정도면……."

"충분합니다."

완벽하게 비어 있는 방의 중앙을 서성거리던 카이는 만족스러운 미소를 지으며 돌아섰다.

"그럼 잠시 물러서 주세요."

지부장을 뒤로 물린 뒤, 카이는 인벤토리에 담겨 있던 50개의 무기를 바닥에 쏟아냈다.

와르르르르!

하나같이 삐까번쩍한 무기들이 쉬지 않고 바닥으로 떨어졌다. 그 모습을 보는 지부장을 비롯, 경매장 직원들의 눈은 휘둥그레졌다.

그럴 만도 했다. 여태까지 카이가 듀라한 군단의 무기로 지급하던 것은 250제의 레어, 유니크 아이템. 그런 무구들을 한자리에서 수십 개나 보는 건 경매장 직원들에게도 진귀한 장면이었다.

'하지만 이제 바꿔야겠지.'

현재 카이의 레벨은 524. 그 말은 자신의 레벨에 영향을 받는 듀라한 군단 또한 524라는 뜻이다.

'녀석들의 장비를 새로 맞춰줘야겠지.'

물론 돈은 상상 이상으로 많이 깨질 것이다. 하지만 그 대가로 전투력 또한 말도 안 되게 오르게 될 것이다.

"카, 카이 님. 설마 전부 판매하시는 겁니까?"

지부장이 떨리는 목소리로 묻자, 카이가 고개를 끄덕였다.

"예. 전부 판매 등록해 주세요. 그리고 아이템 카탈로그 좀 가져다주시고요."

"알겠습니다."

분주하면서도 조심스럽게 무기들을 옮기는 직원들을 뒤로 한 카이는 푹신한 소파에 앉았다. 그곳에 앉아 천천히 카탈로그를 넘기는 그의 표정은 어느 때보다도 신중해 보였다.

'500레벨이 넘는 레어, 유니크 아이템은 시장에 풀리지도 않았을 거야.'

경우에 따라서는 400레벨, 어쩌면 300레벨 수준의 무기들을 맞춰야 할 수도 있다. 그렇게 카탈로그를 뒤지던 카이가 저도 모르게 중얼거렸다.

"음?"

그것은 하나의 세트였다. 머리부터 발끝까지 새카만 방어구는 물론, 날카롭기 그지없는 무기들까지. 심지어 레벨 제한도 530이었기 때문에 딱 적당한 수준이었다.

'그런데 가격이 미정?'

카이는 곧장 손을 들며 지부장을 호출했다.

"예, 부르셨습니까?"

쏜살같이 달려온 지부장이 만면에 미소를 띠며 물었다.

"이 제품에 대해 설명 좀 부탁드립니다."

"어디 보자…… 음? 이 제품은……."

지부장은 카이가 가리킨 제품을 보더니, 묘하다는 시선으로 카이를 바라봤다.

"왜 그러시죠?"

"아, 아니, 정말 모르시나 싶어서…… 죄송합니다."

"그게 무슨 뜻입니까?"

카이의 물음에 지부장이 침을 꿀꺽 삼키며 입을 열었다.

"이 제품은 리버티아의 드워프 대장장이와 흑색 마탑이 협력하여 만든 적응형 무구입니다. 아직 개발이 완성된 것은 아니라고 들었으니, 일종의 컨셉 무구인 셈이지요."

"……잠시만요. 리버티아라고요?"

"예."

왜 자신을 그런 시선으로 쳐다봤는지 알 것 같다. 영주라는 사람이 이런 무구가 개발되는 것조차 모르고 있으니, 의아할 수밖에.

'최근 영지 일에 신경을 못 썼는데…… 그사이에 이런 걸 만들어놓은 건가.'

흥미롭다는 표정으로 살펴보던 카이가 입을 열었다.

"혹시 시제품 나온 것 있나요?"

"물론입니다. 아직 개발이 완성된 건 아니지만, 프로토 타입은 구경하실 수 있습니다. 물론 라시온의 수도와 리버티아에서만 구경하실 수 있습니다. 모두 카이 님 덕분입니다."

그는 자부심이 듬뿍 담긴 목소리로 말하더니, 직원 한 명을 어딘가로 보냈다. 잠시 후 그 직원은 방어구와 무기가 장비되어 있는 마네킹 하나를 끌고 왔다.

"호오."

방어구는 머리부터 발끝까지 인상적이었다. 특히 머리와 복부 장갑 부근은 마치 도깨비를 형상화한 것 같아 위압감이 상당했다.

'이런 걸 50마리가 전부 착용한다면…….'

그야말로 장관일 것이다.

하지만 카이는 쓴웃음을 지으며 고개를 흔들었다.

'아쉽지만 이걸 사는 일은 없겠지.'

자신이 듀라한 군단을 소환하는 무대는 보통 대규모 전장이다. 듀라한 군단의 최고 장점은 언제, 어디서든 강력한 군대를 소환할 수 있다는 것. 하지만 이 세트를 구입하게 되면 그 장점이 사라지게 된다.

'단순히 무기만 들려주는 게 아니고 방어구까지 입혀주는 거면…… 미리 소환한 뒤 장비를 시켜야 하니까.'

한 마디로 그들을 주렁주렁 데리고 다녀야 한다는 뜻이다.

그것은 여태까지 카이가 듀라한 군단에게는 방어구를 입혀주지 못했던 이유이기도 했다.

그래도 디자인과 성능은 매우 좋았던 터라, 카이는 입맛을 다시며 물었다.

"그런데 적응형 무구라는 게 대체 무슨 뜻입니까?"

"아, 확실히 그 단어가 생소하게 들리실 겁니다. 이번에 드워프의 제작 능력과, 흑탑의 마법이 결합해서 만들어진 신형 무구입니다. 우선, 이 장비는 대상에 맞게 적응합니다."

"적응이라고 하면…… 사용자가 조금 더 편하게 움직일 수 있게 줄어들고 늘어나고, 이 정도입니까?"

"그 정도 기능은 당연히 탑재되어 있습니다. 하지만 이 세트의 가장 큰 장점은, 현존하는 그 어떤 무구들보다 스마트하다는 겁니다."

"무구가 스마트해요?"

"예. 한 번 보시죠."

지부장이 손짓하자, 직원이 롱소드 한 자루를 꺼내 방어구를 베었다.

슥! 슥!

평범하게 방어구가 긁히는 소리가 들리기를 잠시. 방어구가 한 번 꿈틀대더니 색상이 살짝 변했다.

"음? 방금……."

"예, 적응을 마친 상태입니다."

지부장이 다시 한번 손짓하자, 직원이 아까와 마찬가지로 검을 휘둘렀다.

그극! 그극!

이번에는 방어구에서 나는 소리부터가 달랐다. 그러자 검에 대해선 빠삭한 카이의 눈빛이 돌변했다.

'도검류 베기에 내성이 생겼잖아?'

지부장의 말이 맞았다. 이 장비는 말 그대로 '적응'한다. 아마 이 방어구는 난전에 가까운 전장에서 그 효과가 더 두드러질 것이다.

"놀랍군요. 현존하는 무구 중 가장 똑똑하다…… 그 말이 이해가 갑니다."

"예, 그뿐 아니라 이 무구들은 자동 장비 기능, 온도 조절 기능 및……."

"잠깐만요."

카이가 지부장의 말을 끊었다.

"방금 자동 장비 기능이라고 하셨습니까?"

"예? 예…… 그랬습니다만."

지부장은 자신이 뭔가 말실수를 했나 싶어 기억을 더듬었다. 하지만 카이는 아랑곳하지 않고 재차 질문했다.

"어떤 메커니즘으로 작동되는지 보여주실 수 있습니까?"

"물론입니다."

지부장은 흔쾌히 고개를 끄덕였다. 그러자 부하 직원은 롱소드를 내려놓으며 무구를 쳐다봤다.

스스슥.

그러자 마치 액체처럼 변한 방어구가 순식간에 부하 직원의 몸을 뒤덮었다.

"보신 것처럼 대상이 반복적으로 방어구를 입고, 벗기를 반복하면 그 대상을 잠정적인 '주인'으로 인식합니다."

"그리고 원할 땐 언제든 장착 가능하다…… 맞습니까?"

"맞습니다."

짝짝짝. 카이는 저도 모르게 박수를 세 번 쳤다.

'완벽해.'

그는 반짝이는 눈으로 압도적인 위압감을 자랑하는 부하 직원을 쳐다보았다. 마치 자신의 듀라한 군단을 위해 만들어졌다고 해도 과언이 아닌 세트였다.

"혹시 무기도 적응을 합니까?"

"예. 시제품에는 검과 창, 두 종류가 있는데 마찬가지로 적응을 합니다. 둘 모두 상대방이 장비한 방어구를 바탕으로 조금 더 날카로워지거나, 뭉툭해지거나, 혹은 무게가 가벼워지는 정도의 변화를 일으킵니다."

만족스러운 답변을 얻어낸 카이가 바로 물었다.

"가격은 얼마죠? 카탈로그엔 미정이라고 쓰여 있던데."

"아…… 저희는 아직 프로토 타입만 시제품으로 받은 터라 그 부분에 대해선 잘 모르겠습니다. 그 질문에 대한 답은 아마 흑탑을 찾아가시는 게 빠르실 겁니다."

"흑탑이라……."

어찌 보면 이것도 인연이 아닌가 싶다.

나이트 오브 나이트메어. 즉 듀라한 군단의 준비물이 되는 그 반지를 만든 것이 바로 흑탑주, 코로나였으니까.

'간만에 한 번 뵈어야겠어. 뭘 좋아하시더라?'

그녀의 취향을 고민하던 카이가 미소를 지으며 요구했다.

"고서(古書)를 몇 권 구하고 싶은데, 추천 부탁드립니다."

오랜만에 방문한 흑탑은 여전히 음침한 기운을 뿜어내고 있었다. 그곳의 1층 프론트로 다가가자 눈에 익은 여자 마법사가 보였다.

"어서 오세요. 방문 목적을…… 아앗!"

카이를 알아본 마법사가 눈을 크게 떴다.

"카이 님 맞으시죠?"

"예. 오랜만에 뵙네요."

"혹시 오늘도 코로나 님을 뵈러 오셨나요?"

"네. 혹시 요즘도 스트레스 많이 받고 계십니까? 마법 저항력 아이템 장비할까요?"

예전의 기억을 떠올리며 묻자, 여자 마법사가 손으로 입을 가리며 호호! 웃었다.

"네에? 호호! 아니에요. 요즘은 연구가 잘 풀리셔서 그런지 기분이 몹시 좋으셔요."

"그렇다면 다행이네요. 올라가도 되죠?"

"물론이에요."

입구를 스무스하게 통과한 카이는 곧장 마력 승강기를 타고 최상층으로 향했다. 안쪽에선 뭔가 연구를 하고 있는지, 연신 시끄러운 소리가 들려왔다.

똑똑똑.

-누구?

예전의 그 무미건조한 목소리가 방문으로 흘러나왔다. 이에 카이는 최대한 밝은 목소리로 대꾸했다.

"코로나 님, 안녕하세요! 저 카이인데, 기억하시죠?"

-…….

대답은 흘러나오지 않았다. 심지어 시끄럽던 소리마저 뚝 끊긴 상태. 잠시 기다려 봤지만, 코로나는 숨 쉬는 소리조차 내지 않았다.

"저기 코로나 님. 없는 척하셔도 이미 늦으셨거든요."

대답까지 다 해놓고 이제 와서 무슨. 카이가 부지런히 문을 두드리자, 코로나가 신경질적인 목소리로 물었다.

-아! 왜 또 왔어. 영원히 만나지 말자고 약속했잖아.

"그런 약속한 적 없습니다만."

-……깜빡하고 안 했었나.

연신 투덜거리던 목소리가 들리더니, 이내 문이 딸깍 소리를 내며 열렸다.

카이는 혹여 마음이 바뀔세라 빠르게 방으로 들어섰다.

"오랜만에 뵙습니다."

확실히 나이트 오브 나이트메어를 받으러 왔을 때보다는 살이 붙은 상태였다. 훨씬 더 보기 좋은 그녀의 모습에 카이가 입을 열었다.

"건강해 보이시네요. 다행이에요."

흠칫. 그 말에 코로나가 몸을 잠시 떨었다.

"그 말은…… 이제 건강해졌으니 다시 나를 부려먹을셈?"

"그럴 리가요. 게다가 저번과는 다르게 이번에는 명분도 없잖아요?"

명분. 예전에는 파사낙스의 소원이라는 명분이 있었다. 그것이 아니었다면 흑탑주라는 거물을 마음대로 부려먹을 수 없었을 것이다.

"그랬지…… 그때와는 다르지……."

눈에 띄게 안도한 표정으로 중얼거리던 코로나는 정신을 차리고는 물었다.

"그래서. 왜 왔어."

"겸사겸사죠 뭐. 안부 인사도 드리고……."

"잘 지냈어. 지금도 잘 지내. 앞으로도 잘 지낼 예정. 그럼 안녕."

그녀는 조그마한 몸으로 낑낑대며 카이의 몸을 밀어냈다.

물론 그렇다고 밀려날 카이가 아니었다.

'예전에는 스탯이 딸려서 그런지 내가 휘둘렸는데 말이지.'

새삼스레 과거가 떠오른 카이가 피식 웃었다.

"비, 비웃었어?"

"아뇨. 그냥 코로나 님과의 추억을 떠올렸을 뿐입니다."

"으으…… 그거 추억 아니야……."

"에이, 그러지 마시고. 선물 가져왔는데 우선 받아보세요."

"……선물?"

그녀가 처음으로 긍정적인 반응이 보였다.

"예. 고서를 몇 권 구해봤는데, 재미있어하실 거예요."

"줘봐."

태연스럽게 고서를 받아든 코로나의 귀가 움찔움찔 움직였다. 기분이 꽤 좋다는 뜻이리라.

카이는 그녀가 기분 좋을 때 흐름을 타기 시작했다.

"요즘은 어떤 거 연구하고 계세요?"

"딱히. 연구하고 싶은 건 있는데, 샘플 없어서 못 하는 중."

"그럼 제가 구해다 드릴까요?"

얘가 왜 이럴까.

코로나는 그런 눈빛으로 카이를 올려다봤다.

"……아니. 네가 요즘 아무리 잘 나간다고 못 구할걸."

"뭔데요?"

"순혈의 뱀파이어가 흘린 지 한 시간이 지나지 않은 혈액."

자, 어떠냐. 이건 너라도 못 구하겠지?

코로나가 코웃음을 치려는 찰나.

"어, 그건 너무 쉬운데요. 소환, 데스몬드."

카이는 밝게 웃으며 입을 열었다.

[……또 뭐냐.]

여태까지 두 번 소환되었던 데스몬드는 한 번은 발판으로.

그리고 또 한 번은 지금 입고 있는 백작의 옷을 빼앗긴 전적이 있었다. 때문인지 소환되자마자 눈을 데굴데굴 굴리며 카이를 극도로 경계했다. 카이는 미안한 표정을 지으며 검을 스르릉 뽑아냈다.

"갑자기 불러내서 이런 부탁 미안한데, 피 좀 나눠주라."

[…….]

안 그래도 창백한 데스몬드의 얼굴이 새하얗게 질렸다.

[잠깐.]

데스몬드가 다급히 손을 들어 카이를 멈춰 세웠다.

"왜?"

[지금 네놈은 뭔가 크나큰 착각을 하고 있는 듯하다.]

"크나큰 착각?"

[그래. 혹시 내가 네놈을 따라온 이유를 기억하는가?]

"물론이지. 나는 너에게 선량한 인간들도 있다는 것을 보여주겠다고 약속했다."

[바로 그거다! 너는 내게 이 세상의 인간이 모두 악하지 않다는 것을 보여주겠다고 했다. 헌데 어찌…….]

가늘어진 데스몬드의 눈매는 의심으로 그득했다.

[소환될 때마다 인간에 대한 인식이 나빠지는 것 같군.]

"왜지? 아…… 그거 혹시 나 때문인가?"

[그걸 몰라서 묻는 거냐!]

버럭 소리 지른 데스몬드가 팔짱을 끼며 턱을 치켜들었다.

[아무래도 네놈과 나의 이해관계는 더 이상 일치하지 않는

것 같군. 그러니 나는……]

"킁킁."

[……?]

데스몬드가 슬쩍 시선을 내려 허리 부근을 바라봤다. 아담한 체구의 여인 하나가 그의 옷자락을 꼬옥 쥔 채 냄새를 맡는 중이었다.

"냄새 난다. 순혈 냄새."

고개를 들어올린 코로나와 데스몬드의 눈이 마주쳤다. 그녀의 반짝거리는 눈빛이 부담스러웠던 데스몬드는 그녀를 슬쩍 밀어내며 카이에게 말했다.

[……이 녀석은 또 뭐냐. 저리 치워라.]

그런 그를 무시한 채, 코로나는 카이와 협상을 시작했다.

"피를 그냥 주진 않겠지?"

"물론 세상은 기브 앤 테이크죠."

"뭘 원해."

"드워프들과 적응형 무구를 개발 중이시죠?"

"응. 네 영지에도 프로토 타입 몇 개 보냈잖아."

그렇구나. 영지에 가질 않으니 알 수가 있어야지.

"그것 좀 최대한 빠르게 완성시켜 주세요. 듀라한 군단에 입혀줄 생각이거든요."

"미, 미쳤어! 돼지 목에 진주 목걸이야! 그게 얼마짜린데……."

코로나가 드물게 당황하며 소리치자 카이가 태연스럽게 되물었다.

"얼마 짜린데요?"

"판매가를 개당 4천 골드를 염두에 두고 만드는 중이야."

"4천 골드라."

개당 4억, 50마리면 200억인가.

'그 정도 돈을 투자할 가치는 있지.'

심지어 나중에 되팔더라도 반값 이상은 받을 정도로 퀄리티가 뛰어나다. 게다가 그가 생돈 200억을 투자할 이유는 없었다.

"어차피 완성되면 제 몫으로도 몇 개 나오지 않아요?"

"……30개 주기로 했잖아. 계약서 읽은 거 맞지?"

"물론이죠."

카이가 능청스럽게 고개를 끄덕였다.

'그럼 20개만 더 사면 되네.'

덩달아 내야 할 돈도 80억으로 내려간다.

마음이 편안해진 카이가 입을 열었다.

"대신 기간은 2주 드릴게요."

"에이씨, 2주 만에 그걸 어떻게 만들어!"

코로나가 신경질적인 목소리로 소리쳤다. 하지만 카이는 지난 날 파사낙스로부터 위대한 가르침을 받았다.

'마법사라는 족속은 쪼아대면 결과를 내놓게 마련이거든.'

실제로 지난 날 코로나는 두 달만에 말도 안 되는 반지를 제작한 바 있다. 때문에 카이는 강하게 나갔다.

"그럼 어쩔 수 없네요. 저도 뱀파이어 군주와 관계가 나빠지면서까지 피를 뽑는 건 영……."

[간만에 기특한 말을 하는군.]

데스몬드가 흡족한 목소리로 중얼거렸고, 코로나가 깜짝 놀라 데스몬드를 쳐다봤다.

"배, 뱀파이어 군주라고?"

[쯧. 고귀한 존재를 눈앞에 두고도 알아보지를 못하는군. 이래서 인간이란.]

고개를 절레절레 흔드는 그를 올려다보는 코로나의 목울대가 크게 출렁였다.

'너, 넘어가면 안 됨. 넘어가면 저번처럼…….'

지옥 같은 스케줄의 작업이 시작될 것이다. 하지만 현재 연구 중인 이론을 완성하려면 신선한 뱀파이어의 피가 꼭 필요했다. 게다가 개체의 격이 높으면 높을수록 좋았으니, 뱀파이어 군주의 혈액이라면 최상급 재료다. 아마 지금 이 순간이 아니라면 죽었다 깨어나도 구할 수 없겠지.

결국 이러니저러니해도 진리를 탐구하는 마도사, 코로나는 이를 거부할 수 없었다.

그녀는 무엇에 홀린 것처럼 입을 열었다.

"조, 좋아."

"오케이. 무르기 없습니다?"

"하지만 2주는 날 때려죽여도 무리야. 게다가 연구 중인 이론이 완성되면 적응형 무구에도 탑재시킬 예정이니 너에게도 손해가 아냐. 그러니까 혈액이랑 5주의 시간을 줘."

"3주."

카이가 단호하게 말했다. 코로나는 흐응, 가볍게 숨을 내쉬었다.

"거참 고집 세네. 어쩔 수 없지. 4주로 해줄게."

"3주."

카이의 반응이 생각보다 훨씬 단호하자, 코로나가 다급히 입을 열었다.

"어, 어어…… 그럼 우리 중간에서 만나면 안 될까? 25일 어때?"

"3주."

"너무해!"

"데스몬드, 가자."

카이가 진짜 방을 나서려 하자, 코로나가 그의 소맷자락을 꽉 붙들고 입술을 부르르 떨었다.

"3주…… 콜……."

"아이구. 우리 유능하신 흑탑주님은 3주면 충분하죠. 전 믿고 있었어요."

순식간에 태세를 전환한 카이는 코로나의 어깨를 주무르며 힘을 북돋아줬다.

[으음. 역시 인간이란 존재는 악한 것이……]

데스몬드가 중얼거리자, 카이의 시선이 그에게 향했다.

움찔. 마치 먹잇감을 노리는 듯한 그 눈빛에 데스몬드가 빠르게 입을 열었다.

[차, 참고로 뱀파이어가 되어서 자신의 피를 뺏기는 건 일족의 수치……]

"뺏기는 게 아니야. 내가 너에게 피를 뺏을 리가 없잖아."

스르릉.

검을 반 바퀴 돌린 카이는 검 손잡이가 데스몬드에게 향하도록 만든 뒤 부드럽게 웃었다.

"네가 만들어서 주면 되잖아."

[누굴 바보로 아나! 결과는 같은 것 아닌가!]

이게 안 속네. 카이는 데스몬드가 격렬하게 반항하자 뚱한 표정을 지었다.

"자꾸 그렇게 비협조적으로 나오면 나 너무 슬픈데. 난 네 부탁대로 뱀파이어 일족도 살려주고 옷도 돌려줬어."

[그 이후의 행동을 생각……]

"그래. 생각해 봤어. 그런데 내가 너한테 잘못한 거라고는 소환해서 머리 한 번 밟고, 옷 잠깐 빌려 입은 것밖에 없더라고. 설마 그거 가지고 삐진 거야? 그것도 뱀파이어 일족의 군주가? 내 머리 한 번 밟고, 내 옷 뺏어가 그럼."

"음. 그게 사실이면 군주치고는 굉장히 속이 좁은 것……."

카이의 소매를 꽉 붙들고 있던 코로나까지 가세해서 중얼거렸다.

[무, 무슨…… 누가 삐졌다고……!]

항상 창백한 안색을 자랑하던 데스몬드의 얼굴은 귀까지 벌개진 상태. 그는 카이가 내민 검을 잡더니 자신의 손바닥을 가볍게 그었다.

촤아아아악.

피가 빠르게 흘러내리자, 코로나가 잽싸게 대야를 들고 다가가 이를 몽땅 받아냈다.

[나는 뱀파이어들의 군주. 고작 인간 따위가 사소한 실수를 몇 번 한 걸 마음에 담아두지 않는다. 이것이 군주의 그릇이며, 배포다.]

"와…… 순간 오해할 뻔했잖아. 역시 대단하다. 한때는 적이었지만 존경해."

카이가 박수를 세 번 짝짝짝 쳤다. 목소리에 담긴 영혼은 다소 부족했지만, 그는 코로나를 슬쩍 부추겼다. 눈치를 받은 코로나도 피를 받으며 냉큼 입을 열었다.

"와, 와아아…… 뱀파이어 군주의 그릇. 너무 커다래."

[흐, 흐음. 고작 이런 걸 가지고…….]

통명스럽게 대꾸하는 데스몬드의 얼굴에서 붉은 기가 사라졌다. 그는 자꾸만 승천하려는 입 꼬리를 억누르느라 안간힘을 써야 했다.

[협상 스킬이 상승합니다.]
[협상 스킬이 중급 2레벨이 되었습니다.]
[화술 스킬이 상승합니다.]
[화술 스킬이 중급 1레벨이 되었습니다.]

"음. 의외의 소득."

흑탑을 나서는 카이의 발걸음은 가벼웠다. 대야 하나를 꽉 채울 정도로 피를 쏟아낸 데스몬드는 찜찜한 표정을 지며 역소환당했고 정신을 차려보니 노예 계약에 사인까지 끝낸 코로나는 그가 떠날 때까지 한숨만 푹푹 내쉬었다.

'얻은 것만 잔뜩이야.'

카이 입장에서는 흥이 안 날 수가 없는 상황이었다. 안타까운 점이 하나 있다면, 적응형 무구가 완성되기 전까지 기다려야 한다는 것 정도.

'하지만 배달해 주기로 했으니까.'

마탑은 교단과 마찬가지로 어느 왕국이나 제국에 속해 있지 않은 독립적인 세력이다. 당연히 마탑의 NPC들은 제국 너머의 암흑 대지에서도 활동할 수 있다. 때문에 카이는 50여 개의 적응형 무구를 배달받기로 약조한 상태였다.

'하루 늦을 때마다 한 개씩 추가.'

모든 준비는 끝이 났다. 새로운 스킬들도 배웠고, 장비 점검도 끝났으니까.

[카이 : 저는 준비가 다 끝난 것 같은데, 하린 씨는 어때요?]

[유하린 : 음. 저도 경매장에서 성기사 장비 다 샀어요. 어디서 만날까요?]

[카이 : 바로 타르달 님한테 찾아가죠. 아쿠에리아의 저택으로 와주세요.]

[유하린 : 바로 갈게요.]

신출귀몰을 통해 타르달의 저택 앞에서 기다리고 있자, 유하린은 금방 도착했다.

"헉헉. 되게 빨리 오셨다. 혹시 많이 기다리셨어요?"

"아뇨. 저도 방금 왔어요. 들어가시죠."

카이는 앞장서서 저택으로 들어섰다.

타르달은 마당에 위치한 인공 연못을 내려다보고 있었다. 연못에는 화려한 비늘색을 지닌 물고기들이 마음껏 헤엄치는 중이었다. 카이는 유하린과 시선을 한 번 교환한 뒤, 그에게 다가갔다.

"무엇을 그리 보고 계십니까."

타르달은 슬쩍 고개를 돌려 두 사람에게 눈인사를 하더니 다시 물고기를 쳐다봤다.

"물고기를 보고 있네. 보고 있으면 신기하지 않은가."

"무엇이 말입니까?"

"저 물고기들에게는 이 연못이 세상의 전부일세. 그들은 저택 밖의 개천이나 호수도, 심지어 바다라는 세상도 알지 못한 채 생을 마감하지."

타르달이 고개를 돌려 입을 열었다.

"……우리 또한 마찬가지일세. 대부분의 주민들은 자신이 살고 있는 마을이나 도시. 혹은 왕국을 벗어나지 못한 채 생을 마감하게 되지. 그래서 나는 가끔 모험가들이 부럽네."

뒷짐을 진 그는 천천히 등을 돌려 앞으로 걸어 나갔다.

"좀 걷지."

오늘의 타르달은 평소보다 조금 더 진지해 보였다. 언뜻 보기엔 슬프다고 생각될 정도. 때문에 카이와 유하린은 입을 다물고 묵묵히 그를 따라갔다.

"역사서는 오곤 제국과 칼데란 제국을 최초의 나라라고 기록하고 있네."

"괜히 제국이 아니군요."

"하지만 알 수 없는 문자로 이루어진 고대의 문헌들을 보면, 분명히 나름의 규칙이 있네. 이것이 무엇을 의미하는지 아는가?"

"그들이 독자적인 언어 체계를 갖고 있다는 뜻입니까?"

"똑똑하군. 맞네. 게다가 그들은 발전된 문명 또한 지니고 있었어. 칼데란과 오곤 제국은 그들이 남긴 유산을 절반씩 나눠 가진 나라들이니 확실하네."

그의 설명에 유하린이 깜짝 놀라 물었다.

"그럼…… 고대의 왕국은 마법과 무력. 이 두 가지 힘을 모두 지니고 있었다는 뜻인가요?"

"아직까지 역사학자들의 의견이 분분하다네. 탁상공론일 뿐이지. 밝혀진 게 아무것도 없으니까."

"잊혀져 버린 역사라…… 아쉽군요."

"허나 시간이 지나면 밝혀질 역사이기도 하지."

우뚝. 걸음을 멈춘 타르달이 천천히 몸을 돌려 두 사람을 쳐다보았다.

"대륙의 북쪽에는 오곤 제국과 칼데란 제국이 있네. 거기서 조금 더 북쪽으로 가면, 외부인의 방문을 허락하지 않는 고집 센 땅이 나오지."

"암흑 지대군요."

"맞네. 최근에는 죽지 않는 모험가들에 의해 조금씩 그 땅의 비밀이 밝혀지고 있다고 들었네."

"제 생각엔 아직 한참 멀었습니다."

현존하는 최상위 랭커들도 암흑 지대의 외곽 부근. 전체의 2% 정도 될까 말까 한 곳을 겨우 탐사하는 수준이었으니까.

"……지난번에 자네와 난 아트록의 영혼함에 대해 이야기를 나누었지."

"예. 타르달 님께서 자료를 알아보시겠다고 하셨습니다."

타르달이 뒤쪽을 향해 손짓하자, 어둠추적자 단원이 다가와 공손하게 서류를 건넸다.

"받게."

카이와 유하린은 똑같은 서류 뭉치를 각각 하나씩 받았다.

"그 정보를 위해, 조사단원 82명이 목숨을 잃었네."

멈칫. 아무 생각 없이 서류를 넘기려던 카이의 손이 딱딱하게 굳었다.

"……아트록이 정말 리치가 된 것이 맞다면. 암흑 지대의 중앙 부근에서 강렬한 어둠의 기운을 뿜어대는 무언가가 그의 '영혼함'일 걸세."

툭툭, 타르달은 묵직한 손으로 카이와 유하린의 어깨를 두드렸다.

"부디, 단원들의 죽음이 헛되지 않았음을 증명해 주게."

[암흑 지대 조사]

[등급 : S-]

[82명의 어둠추적자 조사단원은 암흑 지대에서 목숨을 바쳐가며 정보를 긁어모았습니다. 그들이 알아낸 정보에는 암흑 지대의 중앙 부근에 강렬한 어둠의 기운을 뿜어내는 무언가가 있다는 것뿐입니다. 하나, 아트록이 정말로 저주받은 불사의 존재가 된 것

이 맞다면 그것은 그의 영혼을 보관해 놓은 '영혼함'일 것입니다. 암흑 지대를 탐사하여 조사단이 알아낸 정보가 맞는 것인지 확인하십시오.]

[성공할 경우 : 레벨 10 증가, 명성 대폭 증가, 골드와 아이템.]

[실패할 경우 : 타르달의 호감도 하락, 어둠 추적자로부터 신뢰도 하락, 명성 하락.]

카이는 슬쩍 고개를 돌려 유하린을 쳐다보았다. 작고 여린 손가락으로 서류철을 꽉 쥐고 있는 그녀의 눈은 사명감에 불타오르는 중이었다. 그때 타이밍 좋게 그녀가 고개를 돌렸고, 두 사람의 눈이 마주쳤다.

'이거 해요. 하고 싶어요.'

'……해야죠.'

눈빛만 나눴을 뿐인데 마치 서로의 생각을 주고받은 듯한 기분을 느끼며. 카이는 고개를 끄덕였다.

"이 일, 저희가 맡겠습니다."

띠링!

[퀘스트를 수락했습니다.]

[파티원 '유하린' 님과 함께 퀘스트를 진행하게 됩니다.]

110장
몬스터 헌터

길을 걷던 유하린은 슬쩍 카이를 곁눈질했다. 암흑 지대 조사 퀘스트를 받은 이후, 부쩍 말수가 줄어든 상태였다.

'분위기가 무거워.'

물론 암흑 지대라는 위험천만한 곳을 가는데 가벼운 마음을 품고 있었던 건 아니었다. 하나 착 가라앉은 카이의 모습은 그녀로서는 처음 보게 되는 모습이었다.

'조사단원들의 죽음에 책임감을 느끼시는 건가.'

왜냐하면 그들이 암흑 지대를 조사한 이유는 카이가 물고 온 정보 때문이었으니까.

추기경 아트록. 그 이름을 곱씹는 유하린의 미간이 점점 더 좁아졌다.

'만악의 근원…….'

그 순간, 카이가 입을 열었다.

"다 왔네요."

신출귀몰은 한 번 가본 장소만 방문할 수 있기에, 두 사람은 텔레포트 게이트를 이용한 뒤 꼬박 이틀을 걸어서야 암흑 지대까지 올 수 있었다.

후우우웅.

두 사람이 세찬 바람이 몰아치는 언덕 위에서 내려다본 광경은 대단했다. 황토색의 거친 황야와 그 뒤로 보이는 넓이를 알 수 없을 정도의 수해(樹海). 숲의 바다라는 말이 정말 잘 어울린다 싶은 그 장소는 끝이 보이질 않았다.

"……아무래도 암흑 지대가 어둡다는 말은 빈말이 아닌 것 같군요."

"맞아요. 암흑 지대가 여태 미지의 땅인 이유죠. 숲에서는 횃불을 들고 다닐 수도 없으니까."

울창하고 두꺼운 나뭇잎은 햇빛을 차단하는 강력한 보호막이 되었다. 그 아래에서는 지금도 길을 잃고 돌아다니는 모험가만 수백 명이 넘을 터. 게다가 함부로 불을 밝힐 수도 없었다. 암흑 지대의 몬스터는, 다른 곳과는 다르게 불과 냄새, 소리 모든 것에 민감한 포식자니까.

"가시죠."

잠시 숲을 내려다보던 카이가 먼저 걸음을 옮겼다.

마피아 길드는 세계 8대 길드 중 한 곳이다. 구성원은 이탈리아, 러시아, 미국, 그리스 등 다인종이 섞여 있었지만, 마스터인 래너드는 러시아 사람이었다.

그 이유는 단순했다. 그가 제일 강하니까. 게다가 게임의 흐름을 읽는 눈 또한 다른 유저들보다 훨씬 더 좋았다. 때문에 그는 한창 영지전이 발발했을 때, 남들과는 전혀 다른 한 수를 선보였다. 바로 과감하게 영지를 포기한 것이다.

세계 8대 길드 중에서 현재 영지에 별 미련을 갖지 않는 곳은 프레이 길드와 마피아 길드. 그 두 군데밖에 없었다.

심지어 프레이 길드조차 영지 몇 개를 가지고 있다는 걸 생각하면, 마피아 길드의 선택은 세계인을 놀라게 할 정도로 극단적이었다. 물론 그가 영지를 포기한 이유는 따로 있었다.

"마스터, 오늘의 출입자 명단입니다."

"그래? 줘봐라."

마피아 길드의 마스터인 레너드의 손에 서류 몇 장이 쥐어졌다. 그 종이 더미에는 오늘 하루 암흑 지대를 들어가고, 나온 출입자들의 명단이 적혀 있었다. 그것이 영지를 포기하고 그가 손에 넣은 권력이었다.

'어차피 영지는 돈을 벌고, 권력을 키우기 위한 수단에 불과하다.'

돌려 말해서 다른 사업을 통해 돈과 권력을 쥘 수 있다면, 영지에 목숨 걸 필요는 없다. 레너드가 영지의 대체 수단으로 택한 것은 바로 암흑 지대였다. 세계적인 기구, 어둠 추적자와의 관계에 모든 것을 올인한 그는 암흑 지대의 탐사권을 길드 차원에서 손에 넣을 수 있었다.

단순히 다른 유저들처럼 그냥 들어갔다 나오는 것이 아니라, 국가들의 지원을 받으며 암흑 지대를 탐사하는 정식 조사단의 권한을 부여받은 것이다. 훗날 태풍의 핵이 될 암흑 지대를 일찍부터 사업 수단으로 본 레너드의 혜안이었다.

결과는 대성공이었다.

"이래서 사람들이 독점, 독점하는구나 라고 요즘 들어 실감하게 됩니다."

"당연하지."

암흑 지대의 베이스 캠프에는 오직 마피아 길드의 시설들만이 들어서 있다. 상점, 식당, 대장간, 심지어 지친 캐릭터의 육신을 쉬게 해줄 여관까지. 모두 마피아 길드의 소유다.

가격 또한 암흑 지대의 왕인 레너드의 마음따라 그날 그날 바뀌었다. 당연히 다른 이들은 이곳에서 장사를 할 수 없었다. 마피아 길드의 총 전력 80%가 머물고 있는 캠프에서 장사할 정도로 간 큰 사람은 없었으니까. 말만 베이스 캠프지, 그곳은 이미 하나의 훌륭한 요새였다.

"흠. 이제 슬슬 8대 길드 녀석들도 기어들어 오는군."

"예. 요즘 들어 많이 들어오더군요. 다른 길드의 경우에는 이제 영지도 짱짱하니까, 내실을 키우는 한편 길드의 최상위 유저들은 사냥을 보내는 모양입니다."

"밑에 애들한테 전해. 8대 길드 애들은 함부로 대하지 말라고. 다들 어둠 추적자에 영향력이 한 가닥 있는 놈들이니까 잘못하면 귀찮아진다."

"알겠습니다."

"그리고 오늘부터 여관비 올린다. 일반실 1박에 3골드 20실버로."

"기존에 선금을 지불하고 장기로 투숙하는 녀석들은 어쩔까요?"

"받아내야지. 추가로 돈 안 내는 놈은 거스름돈 쥐여주고 쫓아내라."

"알겠습니다."

이런 식으로 배짱을 부릴 수 있는 것도, 암흑 지대의 위치가 큰 몫을 했다.

'주변에 텔레포트 게이트를 연결할 수 있는 곳은 없다. 사린 성에서 여기까지 아무리 빠르게 이동해도 최소 사흘 정도는 걸리지.'

레너드가 진한 미소를 지었다. 자신이 세운 성은 시간이 지날수록 견고해질 것이다.

"와…… 생각보다 사람이 많네요."

암흑 지대의 베이스 캠프에 들어선 유하린이 처음 뱉어낸 감상이었다. 그것은 동시에 같은 광경을 보고 있던 카이가 느낀 감상이기도 했다.

"서쪽 지대에서 붉은 우로브가 나왔다고? 레벨은?"

"440. 그쪽 애들은 제법 골치 아픈 모양이야."

"우로브가 상대하기는 까다로우니까. 하지만 그만큼 부산물의 값어치가 크니 감안해야지."

"오늘 동쪽으로 간 파티는 어디였지?"

"스타링 파티."

"채널 보니까 그쪽은 자이언트 비 나온다고 하던데, 결국 서쪽이나 동쪽이나 도긴개긴이군."

"뭐, 중앙 쪽으로 진입하지만 않으면 어딜 가나 비슷한 거 아니겠어."

베이스 캠프에 사람이 많다고는 하지만, 여타 도시에서 볼 법한 시끌벅적함은 없었다. 앉아서 장사를 하는 상인도 없었고, 파티를 구하는 이들 또한 없었다.

그건 당연한 현상이었다. 암흑 지대까지 진출한 이들은 최소 준랭커. 장사를 할 이유도, 여유도 없었으니까. 게다가 처음 만난 플레이어에게 등을 맡기기에는, 그들은 잃을 것이 너무 많은 이들이었다.

당연히 파티로 움직이는 이들은 모두 고정 파티들. 그나마 베이스 캠프에서는 서로 교류가 있던 파티들끼리 모여서 암흑 지대의 정보를 교환하고 있었다. 덕분에 캠프는 대체적으로 토론회장 같은 분위기를 띠고 있었다.

"타르달님이 이쪽으로 가라고 하셔서 오긴 했는데…… 사실 저희는 굳이 이곳으로 올 필요 없지 않을까요?"

"그래도 여관에 체크 포인트를 만들어두는 게 편할 겁니다. 그럴 리는 없겠지만, 혹시라도 죽게 되면 그쪽으로 이동하기도 하니까."

"여, 여관?"

"네. 여관."

카이가 고개를 돌리며 그녀에게 말했다.

"가시죠."

"여, 여관……."

중얼거리는 유하린을 이끈 카이는 캠프의 유일한 여관으로 향했다. 그들이 활짝 열려 있는 문지방을 넘어서자, 1층 주점에 모여 있던 이들의 시선이 모였다. 준랭커들은 카이를 보고도 다른 유저들처럼 소리를 지른다거나, 야단법석을 떨지는 않았다. 오히려 눈빛을 반짝이며 조심스럽게 관찰했다.

"……언노운이군."

"요즘 활동이 뜸하다고 생각했는데, 드디어 암흑 지대에 진출하는 건가."

"소식 못 들었나? 얼마 전에 결투장에서 리미트리스 개박살 낸 거."

"뭐? 그런 일이 있었다고?"

"내가 이래서 사냥 말고 다른 콘텐츠에도 관심 좀 쏟으라고 한 건데."

그때 유저 하나가 중얼거렸다.

"옆에는 일행인가?"

"그럴 리가. 타이밍 좋게 같이 들어온 사람이겠지. 왜냐하면 언노운은 철저하게 솔로 플레이만……."

중얼거리던 유저들의 시선이 다시 한번 바뀌었다. 장비를 성기사 전용 아이템들로 바꿨었다고 하지만, 현재 유하린의 투구는 머리와 눈 부위만을 가리는 형태의 장비였다. 한 마디로 코와 입을 비롯한 얼굴의 하관이 적나라하게 보인다는 뜻이었다. 고작 그것만으로도 그녀의 아름다움을 유추하는 것은 어렵지 않았다.

"예쁘다……."

"미친놈. 지금 그게 중요한 거야? 너 저 얼굴 어디서 본 적 없냐?"

"코랑 입밖에 안 보이는데 보긴 뭘 봐."

"그리고 얘가 저런 이쁜 유저를 어디서 봤겠…… 음? 잠깐만."

유저들이 아니지? 하는 시선으로 서로의 눈빛을 교환했다. 하나 그럴수록 의심은 확신으로 점차 변해갔다.

"설마, 설마 싶지만…… 유하린 아닐까?"

"유…… 하린……."

유하린. 비록 지금은 크리스에게 밀려 랭킹 3위로 떨어졌다지만, 미드 온라인을 하는 사람치고는 모르는 이들이 없는 최강의 플레이어다. 게다가 얼마 전에 방영된 '절대자의 던전'에서는, 달빛 아래에서 투구를 벗는 씬 하나로 센세이션을 일으킨 존재이기도 했다.

"그러니까, 저 둘이 지금……."

"파티를 맺었다고?"

언노운과 유하린은 하나만 어슬렁거려도 파란을 일으키는 괴물들. 그런 괴물과 괴물이 만나 손을 잡았다. 그 사실만으로도 주점의 유저들은 저도 모르게 소름이 돋았다.

'혹시 모르니까 쟤네가 어느 방향으로 나가는지 알아놔.'

'그 방향으로는 얼씬도 하지 말아야겠어.'

'괜히 재수 없게 몬스터 하나 사이에 두고 만나면, 우리만 죽

어나간다.'

뚜벅뚜벅.

유저들의 시선을 오롯이 받아낸 카이는 걸음을 옮겨 데스크로 향했다.

"무, 무엇이…… 필요하십니까."

마피아 길드 소속의 말단 유저가 말을 더듬거리며 물었다.

"방."

카이가 말을 덧붙였다.

"가장 좋은 것으로 주십시오."

"바, 방. 알겠습니다. 대실이십니까, 숙박이십니까?"

모든 유저들이 귀를 쫑긋 기울였다.

카이와 유하린이 방을 구한다! 과연 대실일까, 숙박일까.

왜인지는 알 수 없지만, 카이를 향한 부러움과 질시의 눈빛이 주점을 꽉 채웠다. 등에 따가운 시선들이 화살처럼 박힌 카이는 아무렇지도 않게 말했다.

"대실입니다. 아, 그리고 방은 두 개 필요합니다."

"알겠습니다."

카이를 향하던 따가운 시선들은 말끔하게 사라졌다.

"음. 솔직히 침대가 좀 별로였어요. 도시 여관의 일반실보다 살짝 나은 느낌이네요."

"그러게요. 이런 방이 최고급이라니…… 심지어 대실인데 7골드나 나왔습니다."

고작 8시간 동안 사용할 수 있는 여관방 두 개에 70만 원이 나갔다. 물론 카이는 돈이 굉장히 많았지만, 이런 식으로 쓸데없는 돈이 나가는 것은 싫어했다. 꼼꼼한 사업가인 부모님의 영향을 받았기 때문이었다.

"여기 제 몫이요."

유하린이 자신의 손바닥 위에 올린 3골드 50실버를 건네자, 카이는 그 돈을 물끄러미 바라보다가 손을 뻗었다.

꼬옥.

그녀의 손을 쥐어 주먹을 만들어준 카이가 싱긋 웃었다.

"이 돈으로 저 밥이나 사주세요. 배고픕니다."

"바, 밥…… 그럼 바로 식당으로 가요. 여관 들어오기 전에 보니까 다양한 식당들이 있던데요."

"굳이 그렇게까지? 그냥 이 밑에 주점에서 간단하게 때우고 출발하죠."

아래층으로 내려간 두 사람은 자연스럽게 테이블 하나를 차지했다. 잠시 후 종업원이 다가와 메뉴판을 건넸다.

"하린 씨는 뭐 좋아합니까?"

"저는 다 잘 먹어요."

'그러고 보니…….'

그녀와의 첫 만남이 떠올랐다. 오크 토벌을 마친 뒤, 아르센 남작의 저택에서 저녁 식사를 하며 그녀와 처음 만났다.

'그때도 식성 하나는 끝내줬지.'

저도 모르게 미소를 지은 카이가 메뉴 하나를 추천했다.

"그러고 보니 스테이크 좋아하시지 않으세요? 여기 스테이크 세트도 파네요. 치킨, 연어, 소고기 스테이크가 조금씩 들어 있는."

"머, 먹을래요! 카이 님은 뭐 드실 거예요?"

"전 양송이 스프랑 치킨 샌드위치 먹겠습니다."

유하린이 손을 들어 음식을 주문했고, 두 사람은 앞으로의 계획을 짜기 시작했다.

"제가 조금 알아봤는데, 출입증부터 발급받아야 된대요."

"저희는 타르달 님의 부탁으로 왔는데도요?"

"네. 운영은 마피아 길드가 하고 있지만, 기본적으로 이곳은 어둠 추적자의 전략 캠프니까요."

"그럼 마음대로 돌아다닐 수도 없는 겁니까?"

"탐험할 방향은 고를 수 있다고 들었어요. 저희는 중앙이 목표니까…… 북쪽으로 가야 해요."

"북쪽이라……."

카이는 포크와 숟가락 등을 세팅하며 중얼거렸다.

"재미있겠네요."

정말 오랜만에 하는 파티 사냥이 기대되기 시작했다.

"뭐?"

깜짝 놀란 레너드가 자리를 박차고 일어섰다.

이 정도로 격정적인 반응은 매일 보고를 올리는 부하조차 처음 볼 정도였다.

"그 새끼들이 여긴 왜 왔지?"

여기서 그 새끼들이라 함은 카이와 유하린을 뜻했다.

그 당연한 질문에 부하는 고개를 모로 저었다.

"저도 그것까지는 잘…… 최근 랭커들이 자주 방문하니, 마찬가지 이유 아니겠습니까."

"으윽. 갑자기 가슴이 좀 먹먹하고…… 소화도 잘 안 되는 느낌이 드는군."

레너드가 통증을 호소하며 자리에 털썩 주저앉았다.

인간은 학습의 동물이다. 때문에 세계 8대 길드의 마스터들은 본능적으로 한 가지 진리를 학습했다.

'카이, 그 새끼는 그냥 다이너마이트다. 건드리면 아주 그냥

혹 가는 거야.'

특히 잔머리가 빠른 레너드는 더더욱 두 사람을 건드리면 안 된다는 사실을 잘 알았다.

"괜히 나대다가 매 맞을 필요는 없지……."

"예?"

"카이 녀석의 심기를 거슬러서는 좋을 게 없다는 뜻이었…… 아니, 잠깐만."

무언가를 떠올린 레너드의 표정이 심각해졌다.

"그 녀석, 천화 길드와 사이가 좋지 않았나?"

"뭐…… 같이 손잡고 검은 별 몰락시킨 거 보면 제법 친하겠죠? 설은영도 절대자의 던전에 같이 출연했고."

"게다가 워리어스랑도 제법 친분이 있지?"

"그것도 뭐…… 자탄 레이드하는거 도와준 걸 보면 나쁜 사이는 아니겠죠?"

"혹시 이 새끼, 천화랑 워리어스가 나 짜증 난다고 뭐라고 해서 역갑질하러 온 거 아니냐?"

"설마 그렇겠어요."

"그렇지? 내 기우겠지?"

"음. 확신은 못 하겠습니다."

책임지기는 싫으니까.

그 대답이 마음에 들지 않던 레너드는 파이프 담배만 뻑뻑

피워댔다.

"천화랑 워리어스 애들 위치는?"

"천화가 서쪽, 워리어스가 동쪽 탐험 중입니다."

"……혹시 모르니 오늘부터 게네들한테도 좀 잘해줘. 괜히 시비 걸지 말고. 식당에서 음식 주문하면 양도 5% 정도 더 얹어줘."

"알겠습니다. 다른 길드들은 어떻게 할까요?"

"또 어디 있더라…… 아, 그래. 블랙마켓이랑 흑룡."

잠시 고민하던 레너드가 피식 웃었다.

"블랙마켓은…… 내 생각엔 건드려도 괜찮을 것 같아. 그리고 흑룡은 대놓고 시비 걸어도 돼."

"괘, 괜찮을까요?"

"걱정 마라. 어차피 카이 녀석은 흑룡 녀석들이랑 사이가 안 좋을걸."

레너드의 생각은 정답에 가까웠다. 카이는 아직까지 흑룡과 리벤지 길드가 연관되어 있는 것은 아닌지 의심 중인 상태였으니까.

"흠. 차라리 흑룡 녀석들이 난동 좀 피워줬으면 좋겠군. 그 녀석 앞에서."

"그렇게 된다면 저희야 좋죠. 꿩 먹고 알 먹고."

"뭐, 꿩이랑 알을 먹을 순 없겠지만 팝콘 정도는 먹을 수 있지."

실실거리며 웃던 레너드는 마음이 한결 편안해졌다.

"그리고 밑에 애들한테 싹다 공지 돌려. 카이와 유하린. 두 사람 절대 건드리지 말라고."

"알겠습니다."

"확실하게 교육시켜. 사소한 시비조차 걸면 안 된다."

"물론이죠."

"진짜 눈곱만큼도 그들을 불편하게 해서는 안 돼. 내 말 무슨 뜻인지 알지?"

"……알았다고요."

부하가 뚱한 목소리로 중얼거리자, 머쓱해진 레너드가 크흠 헛기침을 하며 물었다.

"그래서 두 사람 지금 뭐 하고 있냐."

"밥 먹고 있는데요."

"아하, 식당에서?"

"아뇨 주점에서요."

"뭐!"

레너드가 다시 한번 자리를 박차고 일어섰다.

그는 눈동자를 데굴데굴 굴리며 입을 열었다.

"설마 레토르트 음식 내놨냐?"

"물론이죠. 저희 항상 그거 쓰잖아요. 마스터께서 원가 절감해야 한다고 맨날 그래서……."

"잠깐만. 진짜 3분 레토르트 나갔다고? 카이랑 유하린한테?"

"그거 말고 나갈 게 어딨어요. 주점에는 요리사 배치도 안 해놨잖아요. 식당에나 있지."

"야, 이 새끼야! 그래도 상대를 봐가면서 음식 내보내야 할 거 아니야!"

빠악!

레너드의 손바닥이 부하의 뒤통수를 갈겼다.

카이와 유하린은 표정이 살짝 굳은 상태였다.

주문한 음식에서 특유의 익숙하고 저렴한 맛이 느껴진 탓이었다.

"죄송해요. 가격에 비해 퀄리티가 좀 많이 떨어지네요."

"아뇨. 하린 씨가 뭘 잘못했다고…… 전 괜찮은데요?"

카이는 스푼으로 양송이 스프를 휘휘 젓더니, 입으로 가져갔다. 그러곤 맛있다는 표정을 과장스럽게 지으며 엄지를 척 들어 올렸다. 그녀가 무안하지 않게 배려를 해준 것이었다.

"그렇다면 다행이지만…… 이거 맛이 집에 있는 3분 요리랑 똑같은 것 같아요."

"설마요. 아무리 그래도 마피아 길드가 운영하는 주점인데 그런 양아치 짓을 하겠습니까?"

"흐음. 제 혀가 대장금 수준인데, 이건 맛이 딱 레토르트 식품인데……."

고개를 갸웃거린 유하린은 투덜거리면서도 그릇을 싹싹 비워 나갔다. 이어서 냉수로 입가심까지 마친 그녀는 카이의 그릇을 빤히 응시했다. 그 시선의 의미를 알아챈 카이는 치킨 샌드위치 한 조각을 슬며시 내밀었다.

"혹시 배고프시면 이것 좀 드실래요?"

유하린이 펄쩍 뛰며 양손을 휘저었다.

"아, 아니에요. 물론 더 먹을 수는 있지만 배가 고픈 건 아니에요. 정말이에요."

"그러지 말고 드셔주세요. 어차피 제 배가 작아서 혼자 다 못 먹거든요."

"으, 으음. 그렇다면 어쩔 수가 없네요. 정말 어쩔 수 없어요……."

유하린의 안색이 환하게 밝아졌다가, 표정 관리를 하는 듯 금세 원래대로 돌아왔다. 그녀는 조심스럽게 집어든 샌드위치를 한입 베어 물고는 열심히 오물거렸다.

냠냠.

분명 똑같은 치킨 샌드위치를 먹는데, 그녀의 것이 훨씬 더 맛있어 보인다.

'먹방을 보는 사람들이 이런 심리 때문에 먹는 건가.'

군침이 돈 카이는 자신의 샌드위치를 금세 해치웠다. 확실히 아까보다 훨씬 더 맛있는 느낌이었다.
식사를 마친 두 사람은 주점을 나섰다.
"아까 암흑 지대에서 활동하려면 출입증부터 발급받아야 된다고 하셨죠?"
"아, 맞아요. 위치도 다 알아놨으니 저만 따라오세요."
배가 부른 유하린은 낭랑한 발걸음으로 선두를 자처했다. 그녀의 뒤를 따라 도착한 곳은 암흑 지대의 코앞에 세워진 '관리사무소'였다.
"어서 오세요."
"출입증 발급받으려고요."
"네. 그럼 여기 서류에 이름하고 레벨, 직업이랑 소속 길……드?"
말을 이으려던 마피아 길드원은 두 사람을 보고 깜짝 놀라더니 고개를 붕붕 저었다.
"아, 제가 착각했네요. 서류는 작성 안 하셔도 돼요."
땅땅.
순식간에 출입증 두 장을 건넨 길드원은 기본적인 규칙에 대해 설명해 주었다.
"우선 암흑 지대 안쪽에서는 무분별한 PK가 금지되어 있어요. 적발되면 저희 길드와 근처 유저들이 힘을 합쳐서 범인을 죽일 겁니다."
"그건 좋네요."

"감사합니다. 그래서 저희 지역 채널에 가입을 하셔야 해요. 만약 PK범이 나타났거나, 보스 몬스터가 출현했거나. 혹은 고의적 스틸범이 활동하면 채널을 통해 소식을 받으실 수 있어요."

"지역 채널이라……."

말 그대로 지역에서 활동할 수 있는 이들만이 들어갈 수 있는, 일종의 채팅방이었다.

"꼭 대화할 필요는 없죠?"

"네네. 그냥 들어와 계시기만 하면 됩니다. 만에 하나 문제가 생기시면 바로바로 말씀해 주세요. 저희 마피아 길드에서 성심성의껏 케어하겠습니다."

"예."

적당히 채널에 가입한 두 사람은 출입증을 챙겼다.

"아, 그리고 되도록 북쪽으로는 안 가시는 게…… 좋은데 두 분이라면 괜찮을 것 같네요."

"북쪽은 왜요?"

"암흑 지대의 안쪽으로 갈수록 더 어둡고, 강한 몬스터가 나오거든요. 그래서 보통 캠프를 기준으로 서쪽이나 동쪽으로 탐험을 하는 편이지요."

"그렇군요."

"아, 마지막으로 지도 공유받으세요."

"지도 공유라니…… 그것도 서비스입니까?"

"어유, 두 분이서 암흑 지대를 탐험해 주시면 저희가 뭔들 못 해드리겠습니까."

카이가 의외라는 표정으로 중얼거렸다.

"생각보다 서비스가 좋네요."

"저도 놀랐어요. 왜 이런 곳이 커뮤니티에서 욕을 먹고 있을까요?"

"하, 하하……. 커뮤니티야 없던 말도 지어내는 곳이잖습니까. 그 뭐냐…… 익명성! 익명성 뒤에 숨어서요."

길드원이 어색한 미소를 지으며 말하자, 주변에서 이를 구경 중이던 유저들이 코웃음을 쳤다.

"흥. 최상위 랭커 정도는 되어야 저 정도 대우를 받는군."

"그러게. 우린 저거 다 돈 주고 샀는데. 솔로 플레이어는 지도 판매도 거의 강제되고 있고."

"쯧, 서러워서 살겠나. 사냥이나 가자고. 레벨 높아야 대우받는 세상이니."

주변 유저들의 투덜거림을 듣던 두 사람은 그제야 상황이 파악되었다. 하지만 딱히 돌려줄 반응은 없었다. 두 사람도 이 자리에 올라오기까지 무수한 노력을 기울였으니까.

"그럼 가죠."

카이는 유하린과 함께 암흑 지대로 들어섰다.

지도에 표시된 방향은 N, 북쪽이었다.

“예상대로 어둡네요.”

“앗, 왼쪽에 계셨구나.”

암흑 지대는 말 그대로 빛 한 점 들어오지 않는 장소였다.

마치 한밤중에 잠에서 깨어 화장실을 찾아가는 듯한 기분이 들 정도였다. 그뿐만이 아니었다.

[해당 지역에 햇빛이 존재하지 않습니다.]

[태양의 신체 효과가 사라집니다.]

태양이 떠 있을 때 모든 능력을 20%나 상승시켜 주는 패시브 스킬. 태양의 신체 효과가 사라진 것이다.

‘밖은 분명히 낮일 텐데…….’

카이는 고개를 들어 위를 쳐다보았다. 머리 위의 나뭇잎들이 햇빛을 가렸기에 스킬의 발동 조건이 취소된 것 같았다.

“흠. 하린 님.”

“네?”

“잠시 눈 좀 감아주시겠어요?”

“눈이요?”

어차피 보이는 것도 없는데 눈은 갑자기 왜?

유하린은 고개를 갸웃거리면서도 얌전히 눈을 감았다.

"감았어요."

"네, 그럼……."

따악! 카이가 가볍게 손가락을 한 번 튕겼다. 동시에 신성한 빛이 그의 주변으로 떠올랐다. 길이 보이지 않아 진행이 불가능하다고 판단하고 스킬을 사용한 것이었다.

"사무소의 마피아 길드원 말이 맞네요. 외곽 쪽보다 북쪽 길이 더 어두운 것 같습니다."

"어? 혹시 불 키셨어요?"

슬며시 눈을 뜬 유하린은 황급히 주변을 둘러봤다.

"으음. 암흑 지대의 몬스터 중에는 시각이 매우 발달한 몬스터도 있다던데요? 멀리서도 이 빛을 볼 수 있을 거예요."

그녀의 걱정에 카이는 짧게 대꾸했다.

"오면 다 잡으면 되잖아요."

"……생각해 보니 그러네요."

랭킹 1위와 랭킹 3위의 파티다. 심지어 두 사람 모두 신화 등급의 클래스였다.

'이 기회에 하린 씨의 실력도 한번 보자고.'

카이는 예전에 타락의 성지에서 그녀와 함께 손발을 맞춰본 경험이 있었다. 하나 그때는 초보자였고, 지금은 변화의 기사다. 그녀가 얼마나 달라졌을지 기대될 정도였다.

"가볼까요?"

"그래요."

유하린이 힘차게 고개를 끄덕이며 카이의 옆에 섰다.

"카! 아아아아아악!"

"끄워어어억!"

그녀의 경고처럼, 신성한 빛을 발견한 몬스터들이 괴성을 지르며 존재를 드러내기 시작했다.

"제법 몰려오는군요."

전방에 두 마리, 그리고 나무 위를 타고 다니는 몬스터가 한 마리. 총 세 마리의 몬스터, 아니 부나방을 쳐다보던 카이가 중얼거렸다.

"제가 먼저 몸 좀 풀까요?"

"아니요."

우드득, 우득.

유하린은 유연한 몸을 이리저리 돌려 가볍게 스트레칭을 하더니, 무기를 꺼내지 않은 채 주먹을 풀었다.

"마지막에 치킨 샌드위치까지 먹어서 그런지 몸이 좀 무거워요. 그러니 저부터 할게요."

"알겠습니다. 레이디 퍼스트."

카이가 빙그레 미소를 지으며 길을 비켜섰다. 동시에 유하린은 저돌적으로 다가오는 몬스터들을 쳐다보며, 천천히 입을 열었다.

"스킬 사용, 변화."

'변화? 저게 직업 고유 스킬인가 보네.'

카이는 팔짱을 낀 느긋한 자세로 상황을 쳐다보았다. 그럴 일은 없겠지만, 혹시라도 불상사가 발생하면 곧장 튀어나갈 생각이었다.

"후우."

유하린은 천천히 걸어 나가며 앞을 바라보았다. 그녀의 시선은 카이의 신성한 빛이 미처 비춰주지 못한 어둠을 꿰뚫었다.

'스톤 드레이크, 포이즌 스네이크. 그리고…….'

나뭇잎이 거칠게 흔들리는 소리가 들린다. 더해서 나뭇가지가 비명을 내지르는 소리까지. 나무 위에서 언제고 끼어들 틈만 노리는 와일드 몽키가 만들어낸 소리였다.

"크워어어어어!"

가장 먼저 도착한 것은, 벌써 몇 끼째 식사를 못 해 잔뜩 흉폭해진 스톤 드레이크였다. 눈을 제외한 모든 신체가 돌로 이루어져 있기에 근접 클래스의 천적이라 불리는 녀석이다. 하나 유하린은 스톤 드레이크를 보고도 눈 하나 깜빡하지 않았다.

"카오오!"

스스로를 포식자라 생각하는 자신이 무시당했기 때문일까.

아니면 맛있는 인간이 무방비했기 때문일까. 스톤 드레이크는 주저 없이 유하린에게 달려들었다.

"엇……."

이에 당황한 카이가 튀어나가려 하자, 유하린이 왼손을 뒤로 뻗어 카이를 말렸다.

쩌억-!

동시에 스톤 드레이크가 입을 크게 벌렸다. 유하린의 상체 정도는 한입에 씹어먹을 정도로 거대한 입이었다. 스톤 드레이크의 날카로운 송곳니가 유하린의 몸에 박히려는 찰나.

콰드드드득!

바닥에서 돌연 기둥이 솟구치며 스톤 드레이크의 턱을 그대로 올려쳤다.

"캬아아아악!"

턱은 모든 생물이 지닌 치명적인 급소 중 하나다. 아무리 물리 방어력이 뛰어난 스톤 드레이크라고 해도, 불시에 이루어진 그것도 엄청난 크기의 기둥이 턱을 후려치는데 충격이 없을 수는 없었다. 녀석은 머리를 붕붕 휘저으며 뒤로 물러섰다.

'설마 변화 스킬의 효과는 지형을 바꾸는 건가?'

카이의 생각이 끝나기도 전에, 유하린의 몸에서 붉은색 아우라가 피어올랐다.

스르릉!

드디어 검을 잡은 유하린의 기도는 평소와는 달리 거칠고, 난폭했다. 그러한 특성은 그녀의 검술에까지 영향을 미쳤다.

서걱! 콰드득!

검을 한 번 휘두를 때마다 스톤 드레이크의 몸이 부서져 나갔다. 그녀가 지금까지 보여줬던 세련되고 날렵한 검술과는 전혀 다른 스타일의 검술.

그뿐만이 아니다.

"……화속성."

마법사들이 파티 사냥에서 가장 각광받는 이유는 다름이 아니다. 원거리에서 안정적으로 대미지를 넣을 수 있다는 장점도 있지만, 무엇보다 속성 공격이 가능하기 때문이다.

몬스터를 상대할 때 속성만 잘 맞춰도, 몇 배나 되는 대미지를 손쉽게 넣을 수 있다.

'하지만 마검사나 희귀 아이템을 가지지 않은 이상 검으로 속성 공격을 하는 건 무리지.'

때문에 유하린의 화속성 공격은 놀라울 수밖에 없었다.

물론 그게 끝은 아니었다.

"스킬 사용, 변화."

그녀가 한 번 더 스킬을 사용했다. 이유는 뒤이어 도착한 포이즌 스네이크가, 독연을 내뿜었기 때문이다.

[포이즌 마스터 스킬의 효과가 발동합니다.]

[독에 저항합니다.]

[중독당하지 않았습니다.]

[독에 대한 정보를 수집합니다.]

"흠."

카이는 살짝 걱정되는 눈빛으로 그녀를 슬쩍 쳐다보았다.

분석 결과 독의 위험도는 별 다섯 개. 자신은 몰라도 유하린이라면 중독될 시 제법 위험한 독이었다.

허나 그것은 기우였다. 그녀가 쉴 새 없이 뿜어내던 짙은 붉은색 아우라가 갑자기 초록색으로 바뀌었다.

"하앗!"

검술의 스타일도 그에 맞춰 변화했다. 이번엔 바람의 부드러움과 시원함이 느껴지는 검술이었다. 동시에 검을 휘두를 때마다 강력한 검풍이 발생하며 독연을 그대로 흩어버렸다.

'저게 변화 스킬?'

사용할 때마다 지닌 바 검술의 특성이 변하는 것 같다.

'확실히 강력한 스킬이네. 특히 게임 센스가 뛰어난 하린 씨에게 어울리는 직업이야.'

저런 식으로 검술을 변화무쌍하게 바꿔버리면, 상대하는 입장에서는 난감해질 수밖에 없다.

'패턴을 파악 못 하는 건 물론이고, 카운터도 힘드니까.'

게다가 그녀가 몇 번이나 변화할 수 있는지도 모른다.

'어쩌면 변화의 기사는 상성 자체가 없는, 완벽한 무상성의 직업일지도.'

감탄하는 사이에도 유하린의 검술은 몇 번이나 바뀌었다.

'색이 다양하다. 물론 능력도.'

노란색, 하얀색, 푸른색, 심지어 검은색까지 있었다. 매번 검술이 바뀌는 것은 물론이고 검을 휘두를 때마다 속성 공격까지 가능했다.

"끼이이…… 우끼!"

스톤 드레이크와 포이즌 드레이크가 속수무책으로 당해 버리자, 와일드 몽키는 나무에서 내려오지도 않고 그대로 도망치려고 했다.

"안 보내."

유하린의 날카로운 눈빛이 녀석의 등에 박혔다.

"형상 변환."

우드드득!

녀석이 매일 같이 타고 다니던 나무가 꽈배기처럼 뒤틀리며 녀석을 땅에 처박았다.

"끼이! 우끼이!"

발버둥을 치는 녀석의 심장으로 유하린의 검이 꽂혔다.

'형상 변환. 처음에 보여줬던 지형을 움직이는 스킬인가?'

변화의 기사, 생각보다 까다롭다. 다양한 검술을 상대해야 하는 것은 물론, 주변에 영향력까지 행사할 수 있으니까.

"이제 좀 배가 꺼지는 기분이에요."

순식간에 상급 몬스터 세 마리를 처치한 유하린이 배를 통통 두드리면서 돌아왔다.

"농담이시죠? 저희 밥 먹은 지 30분도 안 지났는데요?"

"다, 당연히 농담이죠."

농담 아닌 것 같은데.

피식 웃음을 터뜨린 카이가 입을 열었다.

"그나저나 변화의 기사는 이름 그대로 변화무쌍하네요. 상대하는 입장에선 까다롭겠어요."

"제 생각에도 그래요. 하지만 이 직업의 사기성이 드러나는 부분은……."

유하린은 말끝을 흐리며 카이를 빤히 쳐다봤다.

"뭐, 나중에 차차 알게 되실 거예요."

"잠깐만요. 설마 조금 전에 보여준 게 다가 아닙니까?"

그 질문에 유하린은 배시시 웃으며 대답을 안 해줬다.

"말씀드렸잖아요. 차차 알게 되실 거라고."

대화를 일단락한 유하린이 주변을 둘러보았다.

"상대해 보니 몬스터들 수준은 별로 안 높은 것 같아요. 그냥 쭉쭉 진행하면 되겠어요."

"쭉쭉 진행이라…… 그렇죠."

카이는 의미심장한 목소리로 중얼거리며 앞쪽. 그러니까 어둠에 잠겨 있는 저 너머를 바라보았다.

"변수만 없다면 가능하겠네요."

사냥은 순조로웠다. 어떻게 된 게 초보자 시절 사냥을 하던 것보다 500레벨 넘어서 사냥하는 게 더 편하다.

'물론 선행 스탯과 목격자 칭호 덕분이겠지.'

두 가지 중 하나라도 없었으면 이렇게까지 강하지는 않았을 것이다.

"역시 카이 님은 대단하세요."

짝짝짝.

카이의 사냥을 지켜보던 유하린이 뒤쪽에서 조용한 박수를 쳤다.

"뭐가요?"

"검술 말이에요. 사실 제 검술 스킬 레벨이 고급 8레벨이거든요. 그런데 검을 다루시는 걸 보면 저보다도 더 자연스러워 보이세요."

"그거야 뭐…… 검술 스킬이 고급 9레벨이니까요."

"역시 대단하세요. 하지만 그것뿐만이 아니에요. 상황 판단력과 시기적절하게 스킬을 사용하는 방법. 게다가 좋은 눈에 반사신경까지…… 그야말로 기사가 되기 위한 모든 조건을 갖추셨어요."

"……."

그러고 보니 자신의 직업이 사제라는 걸 적어도 그녀에게는 말해야 한다. 자신은 그녀의 직업명이나 스킬들의 효과까지 대부분 알고 있으니까.

'그런데 저렇게 말하니까 말을 못 꺼내겠네.'

본인이 사제보다 검술 레벨이 낮다는 걸 알게 되면 그녀는 어떤 표정을 짓게 될까. 그에 대한 의문을 뒤로 미룬 카이가 앞을 쳐다봤다.

"그런데 이상하군요. 암흑 지대의 중앙 쪽으로 갈수록 몬스터가 강해진다고 했는데, 오히려 별로 없죠?"

"그러게요. 솔직히 이렇게 대화 나눌 시간도 없이 계속 전투가 이어질 거라 생각했거든요."

카이의 생각도 그녀와 다를 바 없었다. 만약 북쪽 지역이 평소에도 이렇게 널널했다면, 다른 길드들이 진작에 탐사를 하고 남았을 테니까.

"……아무래도 강력한 개체가 있는 것 같아요."

"강력한 개체요?"

카이가 고개를 돌리며 물었다.

"네. 야생에서도 강력한 호랑이가 거주하는 지역에는 다른 맹수들이 돌아다니지 못하거든요."

"음…… 생각해 보니 오히려 입구 쪽에 몬스터가 몰려 있는 느낌이었습니다. 마치 등 떠밀려 나온 것처럼."

"제 말이 그거…… 쉿!"

유하린이 말을 하다말고 길다란 검지를 뻗어 제 입술을 가렸다. 카이는 입을 꾹 다물며 귀에 모든 신경을 집중했다.

[끄으르…… 르르.]

그것은 짐승의 구슬픈 울음 소리였다. 동물 병원에 실려 간 강아지가 낑낑거리는 소리와 비슷하게 들리기도 했다.

"들으셨어요?"

그녀가 작게 속삭였다.

"들었습니다, 어느 방향인지는 잘 모르겠는데, 짐승의 울음 소리처럼 들리던데요."

"저쪽 방향이었어요."

그녀의 손가락이 어딘가를 가리켰다.

"가봐요. 어쩌면 저희가 얘기하던 포식자에 대한 단서를 얻을 수도 있으니까요."

"이번엔 제가 앞장서겠습니다."

선두를 자처한 카이는 조용히 걸음을 내디디며 그녀가 가리켰던 방향으로 걸어 나갔다. 그곳에는 제 가슴 높이까지는 수

풀이 무성하게 자라 있었다. 카이는 유하린과 눈빛을 한 번 교환한 뒤, 수풀을 가볍게 걷어냈다.

"흐읍!"

유하린이 숨을 삼켰다. 수풀의 뒤쪽으로 백 마리가 넘어가는 몬스터들이 있었기 때문이다.

'진정하세요.'

당황한 유하린을 진정시킨 카이는 몬스터들을 살폈다.

'저 녀석들, 리자드맨이잖아.'

그것도 마치 블리자드 녀석처럼 비늘이 새카맣다.

'블리자드 녀석이랑 같은 종족인가? 아니, 그럴 리가 없는데…….'

블리자드는 원래 일반적인 리자드맨 전사였다. 그러다가 뮬딘 교가 주입한 어둠의 정수 때문에 비늘이 검은색으로 바뀐 케이스였다.

'그럼 저 녀석들은 뭐지……?'

카이는 눈을 가늘게 뜨며 녀석들을 살펴봤다. 공교롭게도 녀석들은 모두 상처투성이었다.

"크르으…… 크르…… 크흐륵……."

개중에서 가장 상태가 심각한 녀석은 간신히 숨만 붙은 채 입에서 피를 토하는 중이었다. 아까 들렸던 울음소리도 녀석의 것인 것 같았다. 심지어 지위가 높은 녀석인지, 녀석의 주변을 다른 리자드맨들이 철통같이 호위하고 있었다.

'길고 두꺼우면서도 날카로운…… 마치 발톱 같은 것에 꿰뚫린 상처다.'

포식자. 거기까지 생각이미친 카이는 수풀을 그대로 젖히며 그들에게 다가갔다.

"크, 크르르!"

"캬오오!"

침입자를 발견한 리자드맨들이 무기를 집어 들고 전투적인 자세를 취했다. 허나 카이는 그들의 경계심을 가볍게 무시하며 입을 열었다.

"강화 소환, 블리자드."

순식간에 건장한 체구를 자랑하는 블리자드가 눈앞에 소환되었다. 해룡 세트를 입고 있는 녀석은 주위를 둘러보더니, 입을 열었다.

"마스터, 이 녀석들은 다 뭡니까."

"나도 몰라. 지금부터 그걸 알아보려고."

"그 말씀은……?"

블리자드가 눈을 빛내며 물었다.

"가서 좀 물어봐. 니들 뭐냐고."

"알겠습니다."

말 잘 듣는 블리자드는 투구를 벗어 옆구리에 끼우더니, 앞으로 성큼성큼 걸어갔다. 그는 자신을 경계하는 리자드맨들을 보며 당당하게 소리쳤다.

"카르르르!"

2개 국어(?)를 구사하는 특급 통역병의 위엄이었다.

"카르르르."

"크르르?"

"캬오오."

"커어워, 크워어."

대화(?)는 순조롭게 진행되는 것처럼 보였다. 처음에는 블리자드를 경계하던 녀석들도, 일단 대화가 시작되니 하나둘씩 입을 열었다. 잠시 후, 특급 통역사께선 개선장군처럼 당당하게 돌아왔다. 뭔가 좀 뿌듯해 보이는 표정을 보니 대화도 잘 끝난 듯하다.

"마스터, 대화가 끝냈습니다."

"훌륭해. 쟤네가 뭐래?"

"죽기 싫으면 꺼지랍니다."

"응?"

카이가 눈을 깜빡였다.

"아니, 대화가 잘 되는 것 같더니 왜……?"

"인간에 대한 불신과 거부감이 거대합니다. 마스터의 자비로움과 위대함을 몰라보다니, 같은 리자드맨으로써 부끄러울 따름입니다."

"아니, 그럼 돌아올 때의 그 뿌듯한 표정은 뭐였는데?"

"아, 그건…… 일족의 언어를 오랜만에 써본 건데 하나도 안 까먹었길래……."

블리자드가 송구스럽다는 표정으로 말했다. 이에 황당한 표정으로 녀석을 바라보던 카이는 슬쩍 리자드맨들을 쳐다봤다. 놈들의 살벌한 눈빛을 보니, 안 물러나면 한바탕 전쟁이라도 치를 것 같다.

물론 그들 입장도 이해는 되었다. 저들이 지키고 있는 것은 다름아닌 일족의 새끼와 암컷들이었으니까.

'여기선…… 물러나야겠어.'

블리자드 앞에서 리자드맨 학살자가 되고 싶은 마음은 없었던 카이가 물러나려는 순간.

"끄륵…… 커르륵……."

"크아아아!"

배에 구멍이 뚫려 있던 리자드맨의 상태가 더욱 위독해졌다. 분위기는 급속하게 차가워졌고, 리자드맨들은 안색을 딱딱하게 굳혔다.

블리자드가 그들의 분위기를 살피며 속삭였다.

"아마 저기 쓰러져 있는 녀석이 여기 리자드맨 부족의 우두머리일 겁니다."

"그걸 어떻게 알아?"

"리자드맨은 강자를 대우하고, 존경합니다. 당연히 호위가 저렇게 많이 붙어 있는 존재는……."

"일족의 우두머리이다, 이건가."

하지만 현재 우두머리의 상태는 매우 나빠 보였다. 슬쩍 확인한 녀석은 곧 죽어도 이상하지 않을 정도였으니까.

때문에 카이는 주저하지 않고 입을 열었다.

"일단 저 녀석부터 살리고 얘기하자."

"예? 하지만 다가가는 즉시 공격받으실 겁니다."

"그럼 죽게 놔둘까?"

"그건……."

복잡해 보이는 블리자드의 눈빛을 읽은 카이가 그의 가슴을 툭 쳤다.

"난 네 마스터야. 눈빛만 봐도 생각을 알 수 있지."

"……매번 짐만 되는 것 같아 죄송합니다."

"짐은 무슨. 네가 짐이라면 난 백 개라도 달고 다니겠다. 주렁주렁."

"마스터……."

감동을 받은 블리자드가 뜨거운 눈빛을 보내왔다. 더 이상 오를 호감도와 충성도도 없건만, 부담스럽게.

카이는 애써 녀석의 시선을 피하며 앞쪽을 바라보았다. 블리자드 때문이라고 말했지만, 사실 녀석이 없었더라도 우두머리는 치료했을 것이다.

'그야 헬릭 님이랑 약속한 게 있으니까.'

태양의 사제로 전직할 때, 그녀와 약속했다. 스스로 악인들이 두려워해야 할 대상이자 약자들의 기둥이 되겠노라고.

울음을 터뜨리는 새끼들과 녀석들을 부둥켜안고 안심시키는 암컷들은 그에게 약자로 보였다.

"그러니까, 치료해 줄 거야."

"……아마 반발이 심할 겁니다. 그러니 제가 뚫겠습니다."

"이 녀석 봐라. 개구리 됐다고 올챙이 시절을 다 까먹었네."

"예?"

난데없는 질책에 블리자드가 당황했다.

이에 카이가 질문했다.

"네가 일족의 전사이던 시절을 생각해 봐. 만약 네가 저들의 입장이라면. 무력으로 억압한다고 눈 내려 깔고 길 비켜줄래?"

"……."

그럴 리가. 블리자드는 리자드맨 전사들 중에서도 자존심 하나는 끝내주는 녀석이었다. 실제로 자신의 발목을 붙잡지 않겠다고 혼자 무사 수행까지 떠난 적이 있을 정도니까.

"제 생각이 짧았습니다. 하지만 그렇다면 어떠한 혜안이라도……?"

"혹시 북풍과 태양이라는 이야기 알아?"

"죄송합니다. 모르겠습니다."

"그래? 그럼 무슨 이야기인지 잘 생각해봐. 참고로 너는 북풍이 되려고 했고, 나는 지금부터 태양이 될 생각이다."

카이가 다가가자, 예상대로 리자드맨들이 단숨에 무기를 겨누었다. 블리자드가 다가갔을 때와는 확연히 다른 온도 차이였다.

'우두머리의 상태가 안 좋아서 신경이 날카로워진 상태야.'

두 손을 들어 공격 의사가 없음을 밝혔지만, 소용 없었다.

"크르르, 가르르르."

"캬악! 크라아악!"

리자드맨 언어는 쥐뿔도 모르지만 욕이라는 건 알겠다.

카이는 그들을 진정시켰다.

"괜찮아. 해치지 않아."

"크라아아아!"

문답무용. 날카로운 창과 곡도가 카이를 향해 쇄도했다.

"감히 누구에게……!"

"카이 님!"

상황을 지켜보던 블리자드와 유하린이 무기를 빼들고 나서려고 하자.

"움직이지 마세요!"

단호하게 소리친 카이는 앞을 바라보며 천천히 기운을 끌어올렸다.

우우우웅.

마음 한 구석이 따뜻해지면서, 저항할 생각마저 흐트러트리는 태양교의 성스러운 기운. 대지를 진동시킬 정도의 방대한 신성력이 순식간에 형상화되며 카이의 전신을 휘감았다.

"……예뻐."

황금빛 기운을 휘감은 카이의 뒷모습을 쳐다보던 유하린이 상황도 잊은 채 중얼거렸다. 그녀의 눈에는 카이가 천계에서 강림한 성자(聖者)처럼 보였다.

멈칫.

실제로 카이를 향하던 공격들이 허공에서 멈췄다. 그것은 일종의 본능이었다. 이 사람을 공격하면 안 된다는, 리자드맨들의 DNA에 깊게 각인된 일종의 신호.

카이가 다시 한번 말했다.

"길을 비켜주면 너희의 우두머리를 치료해 주마."

카이와 유하린이 리자드맨의 언어를 모르듯, 리자드맨들도 인간의 언어를 모른다. 하지만 그들은 카이가 휘감은 성스러운 기운을 눈으로 목격하고, 피부로 느끼는 중이었다. 그들은 카이가 불순한 의도를 지니지 않았음을 깨달았다.

"……."

결국 서로의 얼굴을 쳐다보며 어쩔 줄 몰라 하던 녀석들은, 이내 약속이라도 한 것처럼 천천히 무기를 내리며 길을 비켜주었다. 개중에는 머리를 깊이 숙이는 녀석들도 종종 보였다.

아마 우두머리의 치료를 부탁한다는 뜻이겠지.

'그 부탁, 내가 들어주마.'

어떠한 방해도 없이 우두머리에게 다가간 카이는 녀석의 옆에 주저앉았다. 가까이서 본 녀석의 상태는 생각보다 훨씬 심각했다.

'장기까지 깨끗하게 쓸려 나갔다. 말도 못 할 고통이겠어.'

이 상황에서도 정신을 잃지 않은 것에 감탄이 나올 정도.

'이것이 한 무리를 이끄는 자가 짊어진 책임감인가.'

작게 중얼거린 카이는 왼손을 뻗어 연신 부들부들 떨고 있는 녀석의 손을 꼬옥 잡아주었다. 말로 못 할 고통에 정신을 잃은 리자드맨의 날카로운 손톱이 손등을 파고들었지만, 카이는 내색 않고 오른손을 들어 녀석의 배 위에 올렸다.

"햇살의 따스함."

화아아아악!

카이의 전신을 휘감고 있던 신성력이 환하게 빛나며 주변을 대낮처럼 밝게 물들였다. 동시에 리자드맨 우두머리의 뻥 뚫린 복부가 빠른 속도로 치료되기 시작했다. 장기와 뼈가 재생성되고, 살이 돋아나며 그들 사이로 이어진 혈관에선 피가 흐르기 시작했다.

그 기적 같은 광경을 목도한 리자드맨 호위들은 샛노란 눈을 부릅뜨며 경악했다.

'다행이다.'

몬스터라서 혹시 대미지가 들어가는 건 아닌가 걱정했는데, 천운이 뒤따랐다. 카이는 리자드맨이 언데드나 악마 족이 아닌 것에 감사했다.

"휴우."

대상의 상태가 워낙 심각했기 때문에 상당한 신성력을 밀어 넣고 나서야 치료가 끝났다.

그 시간은 대략 5분 정도.

"……크륵."

연신 식은땀을 흘리며 사경을 헤매던 리자드맨 우두머리가 정신을 차리곤 천천히 눈을 떴다. 녀석은 본능적으로 배를 더듬거리더니, 자신의 큰 눈을 깜빡였다.

죽음의 고통을 겪으며 기억이 날아갔던 것일까. 그는 자신의 손을 꼭 잡고 있는 인간의 손을 멀뚱멀뚱 쳐다보기까지 했다. 상황을 눈치챈 호위가 재빨리 몸을 숙여 그의 귓가에 무언가를 속삭였다.

"캬륵."

"크라라?"

믿을 수 없다는 표정을 지은 우두머리가 천천히 자리에서 일어나려고 했다. 허나 카이는 손가락으로 녀석의 어깨를 가볍게 눌렀다.

"아직 끝난거 아니니까 얌전히 누워 있어. 조금 전까지 죽을 뻔했던 녀석이 어딜."

햇살의 따스함은 대상의 체력을 모두 채워주고, 디버프를 없애준다. 하지만 정신력과 스테미너까지 멀쩡하게 회복시켜 주는 것은 절대 아니었다.

'정신적인 고통과 바닥난 체력은 여전할 거야.'

물론 이에 대한 대책도 존재한다.

카이는 두 손을 합장하며 입을 열었다.

"치유의 대지."

동시에 그를 중심으로 엄청난 크기의 신성 마법진이 생성되었다.

"캬악!"

"크르륵!"

리자드맨들이 깜짝 놀랐지만, 그들은 자신들의 체력과 스테미너가 회복되자 빠르게 진정했다.

"후우."

치유의 대지 시전을 끝낸 카이의 이마에는 땀방울이 송골송골 맺혀 있었다.

'이렇게까지 넓은 범위를 커버하려면, 정신을 꽤 집중해야 시전할 수 있네.'

수백 마리의 리자드맨을 동시에 치료하려니 아무리 카이라도 무빙 캐스팅은 불가능했다.

하지만 새로운 스킬의 효과는 단연 압도적이었다. 패잔병처럼 볼품없던 리자드맨들이 하나같이 부잣집 도련님, 영애들마냥 쌩쌩해졌으니까.

벌떡!

눈을 빛낸 우두머리가 돌연 자리에서 일어나더니, 카이 앞에 무릎을 꿇고 고개를 숙였다.

[다크 리자드맨 일족의 우두머리가 당신에게 감사의 절을 올렸습니다.]

[다크 리자드맨 일족은 리자드맨의 원류이며, 그에 걸맞는 강력한 힘을 자랑하는 존재입니다. 그들은 한낱 몬스터에 불과하지만, 당신은 그들을 환자로 취급했습니다. 대상을 몬스터로 분류할지 환자로 분류할지는, 누구도 아닌 당신의 마음에 달린 것입니다.]

[다크 리자드맨 일족의 호감도가 상승합니다.]

[당신은 다크 리자드맨 우두머리에게 블리자드와 결투할 것을 요구할 수 있습니다. 블리자드가 승리할 시, 그는 새로운 우두머리가 되어 다크 리자드맨 일족을 이끌 것입니다.]

[선행 스탯이 15 상승합니다.]

"음?"

카이가 눈을 깜빡였다.

단순히 녀석을 치료해 주고, 그들을 이 꼴로 만든 존재에 대한 정보만 얻을 생각이었는데?

'뭐지. 이거 뭔가…… 데자뷰가 느껴지는데.'

카이가 고개를 돌려 블리자드를 쳐다보았다. 녀석도 옛날 생각이 났는지, 머쓱한 표정으로 뒷머리를 긁으며 자신을 바라보는 중이었다.

"크르르륵."

우두머리가 고개를 들어 입을 열었다. 알아들을 턱이 없던 카이는 통역병을 향해 손짓했다. 이에 냅다 달려온 블리자드는 시키지도 않았는데 알아서 통역을 시작했다.

"우선 일족을 대표하여 감사를 드린답니다. 자신의 이름이 챠-오르라고 합니다."

"내 이름은 카이라고 전해줘. 그리고 무슨 일이 있었는지도 물어보고."

"예."

블리자드와 챠-오르가 열심히 대화를 나누었다.

"대화가 끝났습니다."

블리자드 녀석은 뿌듯한 표정을 짓고 있었다. 그 모습에 불안함을 느낀 카이가 조심스럽게 물었다.

“혹시 이번에도 죽기 싫으면 꺼지라고 한 건 아니겠지?”

“아니요. 이번엔 정말 평화로운 대화를 나눴습니다.”

“그럼 다행이고. 뭐래?”

“우선 이들을 이렇게 만든 존재는 단 한 명의 인간이라고 합니다.”

“음? 인간이라고?”

카이가 미간을 좁히며 되물었다. 그가 파악하기로 챠-오르의 배에 난 상처는 분명 거대한 발톱이 꿰뚫은 흔적이었다.

“예. 그것도 보통 인간이 아니랍니다. 이 지대에 위치한 거대한 사원을 드나드는…… 어둠의 힘을 다루는 인간이라고 합니다.”

“잠깐만. 거대한 사원이라니?”

“아주 오래전부터 있었던 사원이라고 합니다. 그곳에서는 항상 어두운 기운이 뿜어져 나오기에 접근하기 힘들다고 하더군요.”

그 말을 들은 카이가 고개를 돌려 유하린을 쳐다보았다.

카이와 유하린은 서로의 눈을 쳐다보며 누가 먼저랄 것 없이 고개를 끄덕였다.

아무래도 암흑 지대에 위치한 뮬딘 교의 거점.

찾은 것 같다.

111장
파멸의 기사

근육질의 남성이 횃불이 일렁거리는 복도를 지나 꿉꿉한 냄새가 풍기는 방에 들어섰다.

"젠장, 시설하고는……."

들어오자마자 불평을 쏟아낸 남자는 방에서 책을 읽고 있던 이에게 말했다.

"준비는 거의 끝나간다. 사원 주변의 몬스터들을 감옥에 가둬놨어."

"잘했군."

"……잘했군? 예전부터 생각한 건데, 혹시 날 네 따까리라고 생각하는 건 아니겠지?"

근육남이 으르렁거리자, 책을 읽고 있던 남자는 이를 탁 소리 나게 덮으며 입을 열었다.

"그럴 리가. 누가 감히 뮬딘 교의 신화 등급 플레이어를 무시하겠나."

"흥. 항상 말은 번지르르하군. 누군 바빠 죽겠는데 앉아서 책이나 읽고 있으니 한 소리다."

최근 암흑 지대의 몬스터를 포획하느라 바빴던 골리앗은 신경이 예민한 상태였다. 당연히 방에서 한가롭게 책이나 읽는 스팅이 마음에 들 리 없었다. 물론 스팅은 그러한 골리앗의 생각을 일찌감치 알아챈 상태였다.

"앉아서 책만 읽었다니, 너무하는군. 나름대로 바빴는데."

"바빠? 그럼 뭐가 그리 바쁘셨는지 이야기나 들어보지."

골리앗이 의자 하나를 땡겨 거칠게 앉으며 물었다. 이에 스팅은 여유로운 미소를 지으며 나른한 목소리를 뱉어냈다.

"우선 바깥에서 활동하는 마왕 추종자들. 그들을 이용해 소문을 퍼트렸다."

"소문?"

"그래. 암흑 지대에 메인 퀘스트의 새로운 단서가 있다는 제법 신빙성 높은 소문이지. 이것을 위해 위험을 감수하고 각 왕국의 지위가 높은 이들까지 움직였다."

"……그럼 최근 최상위 랭커와 8대 길드 녀석들이 몰려드는 이유가 그것 때문인가?"

"뭐, 전부 내 덕이라고 말하지는 어렵겠지만 어느 정도 영향은 있겠지."

"설마 우리가 준비 중인 일에 대한 정보를 모두 뿌린 건 아니겠지?"

골리앗의 물음에 스팅이 피식 웃었다.

"그럴 리가. 하지만 나무를 숨기려면 숲에 숨겨야 하는 법. 거짓과 진실을 교묘하게 섞어놨으니 그들 입장에선 미끼를 물 수밖에 없었을 거다."

"약은 녀석. 아무튼 덕분에 마피아 녀석들만 살판났겠군."

"문제가 되나? 어차피 그들을 포함해 암흑 지대에 몰려든 이들은 모두 제물일 뿐인데."

"그야 그렇지만…… 계획은 정말 가능성 높은 것 맞나?"

"물론이다. 실제로 아트록 추기경도 이 계획이 마음에 들었기에, 지르칸과 접촉하여 공동 전선을 펼친 것이지."

"흠……."

침음을 삼킨 골리앗이 입을 열었다.

"그럼 이제 슬슬 계획을 시작해도 되는 것 아닌가? 몬스터들도 충분히 포획했으니, 랭커들만 싹 다 죽이면……."

"미안하지만 아직 몬스터가 부족하다. 저번에 말했던 다크 리자드맨 일족은 어떻게 됐지?"

"놓쳤다. 하지만 마지막에 큰 걸 한 방 먹여줬으니 우두머리는 죽었겠지. 암흑 기사들을 풀었으니 머리를 잃은 녀석들을 포획하는 건 큰 문제가 없을 거야."

"그건 좋은 소식이군. 그럼 네 말처럼 슬슬 랭커들을 정리하는 게 좋겠는데."

"미안하지만 그건 우리가 직접 나서야 한다."

"물론이다."

자리에서 일어난 스팅이 입가로 진한 미소를 띠었다.

"오랜만에 반가운 얼굴들을 만나겠군."

"몬스터들을 포획해 간다고?"

다크 리자드맨들에게 식량을 나눠주는 유하린을 쳐다보던 카이가 블리자드에게 물었다.

"예. 포획된 몬스터들은 암흑 지대 중앙의 사원. 그곳으로 끌려간다고 합니다."

"뭐, 새삼스럽지도 않네. 또 이상한 실험을 하려는 거겠지. 어둠의 정수를 이용해서."

그들이 만들어낸 아오사나 할리, 혹은 블리자드 같은 경우를 떠올린 카이가 중얼거렸다.

"하지만 이번 경우는 조금 이상합니다. 실험을 하는데 몬스터가 수천 마리나 필요할까요?"

"나야 모르지. 하지만 실험이 아니라면 뮬딘 교가 몬스터를 포획해 갈 이유가 없잖아."

"그건 그렇습니다만…… 느낌이 좋지 않습니다."

블리자드가 불안해하는 모습에 카이는 미간을 찌푸렸다.

'이 녀석 감은 유난히 좋은 편인데. 이렇게까지 불안해하니 나까지 걱정이 되네.'

그가 걱정 어린 표정을 짓자 유하린이 다가오며 물었다.

"표정이 안 좋아 보이세요. 무슨 일 있나요?"

"아닙니다. 그냥 뮬딘 교가 또 무슨 일을 꾸미고 있나 걱정이 되어서요."

"너무 걱정하진 마세요. 그들이 뭘 꾸미고 있든, 그걸 저지하기 위해 저희가 온 거니까요."

마음을 편하게 만들어주는 예쁜 웃음을 피운 그녀는 인벤토리에서 도시락을 꺼냈다.

"카이 님도 식사 안 하셨죠? 이건 요즘 최고로 인기 있는 도시락인데 좀 드셔보세요."

"요즘은 식량이 이렇게 도시락으로도 나옵니까?"

"네. 유통 기한 길고 맛있어요. 맛도 다양해서 좋구요."

먹을 것에 대해선 빠삭한 그녀와 함께 자리에 앉은 카이는 도시락을 까먹었다.

"오, 맛있네요."

"그렇죠?"

뿌듯한 웃음을 흘리던 유하린이 물었다.

"그런데 이제 저들은 어떻게 하실 생각이세요?"

"다크 리자드맨들이요?"

"네. 저희가 계속 데리고 다닐 수도 없잖아요."

"그건…… 그렇죠."

자신과 유하린은 지금부터 암흑 지대에 위치한 사원으로 갈 생각이었다.

당연히 다크 리자드맨들을 데리고 가기에는 너무 위험한 길이었다.

'보호하면서 움직이기에는 수가 너무 많아.'

게다가 수백 마리가 넘는 이들을 주렁주렁 데리고 다니면 당연히 눈에 띌 수밖에 없다.

"이럴 때 누군가에게 도움을 요청할 수 있다면 좋겠는데……."

카이가 중얼거리자, 어느새 세 번째 도시락의 포장을 벗기던 유하린이 조심스럽게 말했다.

"근처에 천화 길드가 있던데. 그들에게 한 번 도움을 요청해 보는 건 어떨까요?"

"천화 길드요? 음……."

확실히 카이와 유하린.

두 사람 모두 천화 길드와의 사이는 나쁘지 않았다.

오히려 우호에 가까운 수준.

'하지만 그들도 나름의 계획을 가지고 움직이는 중이겠지.'

이렇게 개인적인 일로 폐를 끼치기는 싫었다. 게다가 한 가지 부탁을 하게 되면, 훗날 그들의 부탁을 하나 들어줘야 한다. 이 세상은 기브 앤 테이크인 법이니까.

그런 것이 싫었던 카이가 끙끙 앓는 사이. 세 번째 도시락까지 싹싹 긁어서 클리어한 유하린이 몸을 부르르 떨었다.

"어?"

"왜 그러세요?"

카이의 질문에 유하린이 인터페이스를 조작하며 대꾸했다.

"지역 채널 채팅 진동으로 켜놨거든요. 갑자기 울려서요."

"아, 전 그거 꺼놨는데."

사용할 일이 없을 것이라고 생각했으니까. 하지만 소식을 듣자 궁금해지는 것도 사실이었다.

"뭐래요?"

"어……."

채팅을 읽던 유하린의 눈빛이 흔들렸다. 그 묘한 반응을 쳐다보던 카이는 재차 묻지 않고, 그냥 자신도 채팅창을 열었다. 가장 먼저 눈에 들어오는 것은 다급한 외침이었다.

-동쪽 뮬딘 교 암흑 기사단 출현, 지원 바람. 좌표는…….

-뭐? 뮬딘 교라고?

-메인 퀘스트 떡밥 찌라시가 한 번 돌기는 했는데…… 그게 진짜였나?

"……뮬딘 교."

얌전히 사원에 숨어 있을 거라 생각했던 그들이 기사단을 이끌고 나왔다?

그 상황이 이해되지 않았던 카이는 심각한 표정으로 채팅을 계속 읽어나갔다.

-가만, 발신인이 워리어스 쪽이네?

-그러게. 저번에 한 번 도움 받은 적 있는데…….

-씁. 그런데 이쪽에서 동쪽까지 지원 가려면 시간 좀 걸려.

대부분의 게임이 그렇지만, 최상위 랭커들끼리는 결국 알음알음 알게 되는 법이다. 결국 그 바닥이 그 바닥인 셈이니까. 특히나 워리어스는 세계 8대 길드 중에서 신사적인 이미지로 인기가 많은 곳. 당연히 위험천만한 암흑 지대에서 워리어스의 도움을 받은 이들은 제법 있었다.

'하지만 지금 당장 워리어스를 도와줄 수 있는 사람은 근처에 없다.'

그것은 카이의 눈에 거대한 기회처럼 보였다.

"하린 씨."

카이가 자리에서 일어나며 그녀의 이름을 강하게 불렀다.

"네, 네?"

예상치 못한 박력에 압도된 유하린이 더듬거리며 대꾸했다.

"함께 여기 좀 가시죠."

"여기라면…… 혹시 동쪽의 워리어스 쪽 말인가요?"

"예. 그들을 도와준 뒤. 상황을 설명하고 사원 공략에 보탬이 되도록 만드는 게 나을 것 같아요. 저희가 사원 쪽으로 다가갈수록, 이곳에 숨어 있는 리자드맨들은 안전해질 테니까요."

"리자드맨들을 이곳에 두고 움직여도 괜찮을까요? 안전한 장소까지는 데려다주는 편이……."

"상황이 바뀌었잖아요. 이 난장판 속에 안전한 장소는 없을 것 같습니다."

"……그건 그러네요."

뮬딘 교의 군세가 활개를 치고 있고, 몬스터들은 외곽으로 몰린 상태. 엎친 데 덮친 격으로 그 둘을 상대할 유저들까지 우르르 몰려다니게 될 것이다. 그러니 비교적 안전한 이곳에 두는 편이 나을 것이다. 적어도 움직이다가 플레이어와 마주치는 불상사는 일어나지 않을 테니까.

"게다가 블리자드 녀석을 두고 가면 큰 걱정은 하지 않아도 될 거구요."

현재 블리자드 녀석은 랭커를 아우르는 실력은 물론, 유저들과 대화까지 할 수 있다.

"여차하면 내 이름 팔아. 건드리면 나를 적으로 돌리게 될 거라고."

"명심하겠습니다, 마스터."

블리자드가 눈을 번뜩이며 고개를 끄덕였다.

"아마 서둘러야 할 겁니다."

카이가 동쪽을 바라보며 중얼거렸다.

"누구보다 빨리 도착해야 하니까요."

별다른 이유는 없었다.

그래야 워리어스가 느낄 고마움이 더욱 커질 테니까.

"좌측에서 새로운 암흑 기사들이 나타났습니다."

"뒤쪽도 막혔습니다! 이 새끼들, 제대로 판을 짠 모양입니다!"

"젠장, 대체 언제부터 설계가 들어간 거야!"

"으음……."

워리어스의 발칸은 미간을 찌푸리며 침음을 삼켰다.

'암흑 지대에 다음 메인 퀘스트의 단서가 있다는 정보는 진작 얻었다.'

바로 워리어스 길드 정보부의 견해였다.

발칸은 그 보고를 받는 즉시 길드 내부에서 인재를 뽑아 최정예 부대를 꾸렸다. 암흑 지대 같은 장소에서는 대군을 이끄는 것보다, 소규모 스쿼드가 더 효율적이었으니까.

'모두 순조로웠다. 대체 언제부터?'

사냥 당한다는 느낌은 전혀 들지 않았다. 아니, 오히려 암흑 지대에서의 사냥은 지루할 정도였다. 워리어스의 최정예 부대 앞에서 몬스터들은 맥을 추리지 못했으니까. 하지만 정신을 차리고 보니, 전후좌우 가득 물든 교의 기사단이 들어선 상태였다.

황급히 정신을 차린 발칸이 빠르게 입을 열었다.

"암흑 기사들의 수는?"

"전 방향 다 합치면 못해도 사백은 넘을 것 같습니다."

"사백이라……."

50명의 길드원과 비교하면 압도적인 격차다.

'하지만…… 못할 것도 없다.'

길드에서 고르고 고른 최정예들이다. 적어도 암흑 기사들보다는 무조건 강할 것이다.

'시간은 우리 편이다.'

발칸은 지금이야말로 평소에 뿌려놓은 씨앗이 발화할 순간이라고 생각했다. 워리어스가 암흑 지대에서 목숨을 구해준 유저들만 두 자릿수였으니까. 실제로 지역 채널에선 잡던 사냥감도 내팽개치고 달려간다는 채팅들이 제법 달렸다.

"……지원은 온다."

스르릉.

발칸이 검을 뽑자, 그의 주변을 보호하고 있던 길드원들이 제각각 무기를 뽑으며 전투태세를 취했다.

"그러니 그때까지 죽지 말고 싸워라!"

"예!"

"우리가 왜 워리어스인지 보여줍시다!"

"오히려 눈앞에 나타나 주니 좋군요. 다 잡으면 메인 퀘스트 단서 하나는 떨어지겠지!"

아군의 사기를 북돋은 발칸은 뒤에 숨지 않았다. 오히려 가장 먼저 달려 나가며 암흑 기사 하나의 목을 그대로 베어 버렸다.

촤아아악!

뿜어져 나오는 피를 뒤집어쓴 발칸은 검을 몰아쳐 암흑 기사를 빠르게 마무리했다.

'역시. 암흑 기사들의 수준이 그렇게 높지는 않다. 이 정도 수준이라면 가능해.'

암흑 기사들의 평균 레벨은 400 정도. 지금의 길드원들이라면 충분히 상대할 만한 수준이었다.

'가능하다.'

질풍처럼 움직인 발칸의 검은 자비도 모른 채 암흑 기사들을 짚단처럼 베어 넘겼다.

'가능해.'

그의 생각이 점점 확고해지려던 찰나 뒤쪽에서 별안간 비명이 터져 나왔다.

"끄아아아아악!"

귀에 익은 목소리였다.

"이건…… 로이스의 목소리?"

부하의 비명에 발칸이 뒤를 돌아봤다.

그 순간 그의 눈이 부릅 뜨여졌다.

"이게 무슨……."

콰과과과과과과!

한 명의 거한이 손을 휘두를 때마다, 길드원들은 속수무책으로 튕겨져 나갔다. 그것만 해도 놀랄 일이었지만, 더 큰 놀라움은 바로 도살자의 정체였다.

"너는……."

이제는 사라진 타이탄 길드의 마스터, 골리앗. 다시는 볼 일이 없을 줄 알았던 그가 돌아왔다.

"혈색이 좋은 걸 보니, 그동안 잘 지냈나 보군."

그것도 예전엔 한 번도 보이지 않았던, 여유로운 미소를 지으면서.

발칸은 빠르게 상황을 정리하기 시작했다.

'리벤지 길드.'

물 밑에서 조용히 활동하던 그들은 카이에 의해 수면 위로 드러난 집단이다. 구성원은 전원 검은 별과 타이탄 길드의 잔당들로 이루어져 있다.

'그런 녀석이 암흑 지대는 왜…….'

두 가지 의문이 발칸의 머리를 채웠다.

첫째. 어째서 골리앗이 이곳에 있는가. 그리고 둘째, 어째서 골리앗이 자신들을 공격했는가. 하지만 그러한 의문들은 떠오른 것만큼이나 빠르게 사라졌다.

'이유야 어쨌든…….'

일단 뺨을 얻어맞았다. 게다가 길드원들 중 몇 명은 놈의 손에 의해 로그아웃까지 당한 상태. 발칸은 이런 상황에서 머리보다는 가슴으로 대답하는 남자였다.

후우우웅!

발칸의 몸에서 넘실넘실, 희미한 푸른색 오라가 뿜어져 나왔다. 3차 전직을 마친 전사가 배울 수 있는 '배틀 포스'였다. 효과는 힘과 체력, 민첩 스탯을 대폭 상승시켜주며 상태 이상과 마법 저항력이 증가한다.

"크, 배틀 포스인가? 그래…… 너와는 꼭 한 번 승부를 겨뤄 보고 싶었지."

골리앗이 짐짓 근엄한 목소리로 말하자, 발칸이 저도 모르게 피식 웃었다.

"그랬나? 마주치는 족족 자리를 피하길래 날 두려워하는 줄 알았는데."

"……개소리. 시나리오 쓰는 수준 하나는 제법이군."

짜증이 난 듯 잔뜩 인상을 구긴 골리앗은 주먹으로 손바닥을 치며 전의를 다졌다.

"뭐, 네가 날 어떻게 생각하고 있었는지는 관심 없다. 중요한 건 지금이지."

이에 발칸은 한 손으로 대검을 들어 올리며, 검극을 골리앗에게 겨누었다.

"동의한다. 그러니 전력으로 와라."

"전력? 큭…… 크흑. 크하하!"

어깨를 들썩거리며 웃음을 터뜨린 골리앗이 고개를 끄덕였다.

"그렇게까지 부탁하니, 옛정을 생각해서 가주지. 전력으로."

동시에 골리앗이 왼손을 대각선 위로 긁었다.

파아악!

암흑 지대의 바닥에 깔린, 오염된 흙들이 비산하며 발칸에게 날아들었다. 동시에 골리앗의 신형이 튕기듯 앞으로 날아갔다. 발칸은 시야를 덮은 흙더미를 쳐다보며 생각했다.

'어차피 흙은 속임수.'

저것을 쳐낸다고 대검을 휘두르면, 그 뒤에 있을 골리앗의 후속타를 피할 방도가 없다. 남들이라면 뒤나 옆으로 크게 물러서서 공격을 한 번 피하겠지만, 발칸은 그러질 않았다.

'무도가에게 거리와 흐름을 내주면 골치 아파진다.'

특히 골리앗 같은 집요한 성격의 소유자에게 주도권을 내주면 더더욱 피곤해진다. 때문에 발칸은 오히려 땅을 박차고 앞으로 튀어나갔다. 워리어의 전용 스킬, 대쉬였다.

'흙을 통과할 땐 눈을 보호한다.'

왼팔을 들어 얼굴을 가린 발칸이 흙더미를 빠져나왔다.

"오, 그 짧은 시간에 파훼법을 생각하다니 제법이군."

흙더미의 뒤에는 예상했던 대로 골리앗이 기다리고 있었다. 그가 장비한 거대한 건틀렛에 박혀 있던 날카로운 송곳니가 한 차례 빛났다.

"하지만 이번엔 선택을 잘못했어."

골리앗이 입꼬리를 올렸다.

"도망쳤어야지."

동시에 그의 오른손이 대포알처럼 튀어나갔다. 발칸은 들고 있던 대검을 그대로 내리며 다가올 충격에 대비했다.

까드드드드득!

건틀렛의 송곳니가 대검의 검면을 그대로 강타했다.

"읍!"

발칸은 골리앗의 패턴을 모두 파악했지만 단 한 가지.

그 공격에 실린 힘까지 파악하지는 못했다.

'무슨 힘이…….'

덩치라면 어디서도 딸리지 않는 발칸의 몸은 방어 자세 그대로 허공에 붕 떴다. 이에 당황한 발칸이 황급히 검을 휘둘러 골리앗의 접근을 차단하려던 순간.

"이런, 내 공격 아직 안 끝났는데. 벌써 검을 내리면 어떡하나."

이를 드러내며 웃은 골리앗이 왼손을 쏘아냈다.

콰드드드득!

"크윽!"

건틀렛은 그대로 발칸의 옆구리에 박혔다. 그 충격으로 10미터나 날아간 발칸은 거대한 나무에 부딪히고는 땅에 떨어졌다.

"흠. 역시 스폰서가 많아서 그런지 장비도 좋은 걸 입었군. 손맛 좋은데?"

골리앗이 자신의 주먹을 쥐었다 펴기를 반복하며 말했다. 손에서 느껴지는 반탄력이 그를 아주 오랜만에 흥분시켰다.

"그래, 전투라면 응당 이래야지. 발버둥치고 꿈틀거리는 맛이 있어야 더 짓밟을 맛이 나니까."

"여전히…… 양아치 근성은 못 버렸군."

대검을 지팡이 삼아 땅을 짚고 일어선 발칸이 인상을 찡그리며 말했다.

"양아치? 웃기는군. 설마 게임에서 페어플레이라도 강조하고 싶은 거냐?"

"그게 옳으니까."

"옳은 거 너나 많이 해라. 신사인 척, 관대한 척하면서 유저들한테 사랑 많이 받고……."

골리앗이 다시 한번 달려들었다.

"나한텐 좀 뒤지게 맞자."

다가오는 골리앗을 보는 발칸의 눈은 착 가라앉아 있었다.

'시간을 끈다고 이길 수 있는 상대가 아니다.'

단 한 번의 공방으로 그것을 깨달았다. 이유는 모르겠지만, 골리앗은 예전과는 차원이 다른 힘을 손에 넣은 상태였다. 그것은 게임의 부조리함 중 하나였다.

장비, 레벨, 스킬, 직업. 골리앗이 얻은 것이 무엇인지는 모르겠지만, 그 하나가 이 엄청난 격차를 발생시켰다.

'다음 한 번의 공격에 모든 것을 담는다.'

전력이 드러나는 것을 걱정하면서 기술을 아낄 때가 아니었다. 지금 자신이 무너지면 후방의 길드원들도 몰살될 것이 뻔했으니까. 때문에 워리어스 길드의 마스터는, 부하들을 위해 자신의 모든 힘을 아낌없이 개방했다.

"용맹의 함성, 기사도, 폭풍 칼날, 파괴본능!"

상위 전사가 사용할 수 있는 고급 버프와 유니크 스킬들이 순차적으로 그를 휘감았다.

'지속 시간은 짧지만, 이것으로 내 다음 공격은…….'

각오를 다진 발칸이 검의 손잡이를 꽉 쥐었다.

"내츄럴 그립."

손에 착 감겨오는 검은 마치 자신의 신체 일부인 것처럼 편안했다. 동시에 공격력이 다시 한번 더 상승했다.

그것으로 준비는 끝났다.

'나의 전력이다.'

본인이 낼 수 있는 가장 빠른 속도와 가장 강한 파괴력. 두 마리 토끼를 모두 잡은 발칸이 옅은 숨을 내쉬며 두 발을 살짝 구른 순간.

퍼어어엉!

바닥에선 폭발물이라도 터진 것처럼 굉음이 터져 나왔다. 골리앗이 저도 모르게 하늘로 비산한 흙더미를 올려다보는 순간.

"참수!"

발칸의 대검은 이미 공기를 찢어발기며 그의 정수리 앞에 도착한 상태였다.

"……."

골리앗은 코앞까지 도달한 발칸의 대검을 말없이 쳐다보았다.

'이 녀석은…… 나의 공백 기간 동안 스스로의 단점을 극복한 건가.'

파괴력이 강한 대검 전사가 지닌 유일한 옥의 티는 다름아닌 속도였다. 그 어떤 강력한 공격이라 해도, 상대를 맞추지 못하면 의미가 없는 법이니까.

'……대단하군.'

물론 단점을 극복한 이 공격은 일회성일 확률이 다분히 높았다. 그럼에도 불구하고 골리앗은 순수히 발칸의 노력에 감탄했다. 그는 자신이 한때는 열등감을 느꼈을 정도로 재미없고, 고지식하며 유능한 사나이다. 그를 인정하고 싶지 않은 마음은 굴뚝같았지만, 노력만큼은 존경받아 마땅하다.

'정말 대단하다.'

때문에 골리앗은 진한 슬픔과 함께 분함을 느꼈다.

'나에게 시간이 충분했다면…… 분명히 나의 힘만으로도 뛰어넘을 수 있었을 텐데.'

나름 라이벌이라 느끼던 상대를. 이렇게 쉽게. 그것도 압도적인 힘으로 무너뜨려야 하는 현실이 마음에 들지 않았으니까.

하나 현실은 냉정했다.

까아아앙!

자신은 뮬딘의 힘을 계승한 신화 직업. '파멸의 기사'로 전직했다.

"……유감이군."

골리앗은 편안한 자세로, 자신의 몸을 두른 얇은 막 너머에 있는 발칸을 쳐다보았다.

주인이 위험에 빠지자, 반응형 스킬인 '다크 배리어'가 자동 시전된 것이었다. 그것은 발칸의 모든 힘이 담긴 공격을 완벽하게 차단해 주인을 보호했다.

스윽.

골리앗은 천천히 손가락을 들어 발칸의 검면을 툭 밀었다.

"크윽!"

단순한 행동에 담긴 미증유의 힘에 검을 놓친 발칸은 제 손목을 내려다보았다. 골절된 손목이 덜렁거렸다.

"마지막 공격은 정말 의외였다. 이 직업이 아니었다면 당했을 수도……."

쓴웃음을 지은 골리앗이 천천히 손을 뻗었다. 그러자 그의 상체만큼 거대한 건틀렛이 발칸을 드리웠다.

"너와는 조금 더 즐기고 싶었지만, 정말 유감이다."

골리앗은 그대로 발칸의 몸을 쥐었다. 거대한 건틀렛에 사로잡힌 발칸의 전신이 비명을 내질렀다.

우드드드득.

"크아…… 윽……!"

이빨을 꽉 깨문 발칸의 입에서 비명이 터져 나왔다.

"마스터!"

"발칸 형님! 이 새끼가……!"

목숨을 걸고 암흑 기사들을 저지하던 워리어스 길드원들은 그 비명을 듣곤 눈이 뒤집혔다.

그들은 상대하던 암흑 기사들을 등진 채, 자신들의 마스터에게 달려갔다. 당연히 뒤쪽에서 날아온 공격들을 고스란히 몸으로 받아내야 했지만, 상관없었다.

"골리앗, 이 쥐새끼 같은 놈이!"

"감히 누굴 건드리는 거냐!"

"죽여주마!"

분노로 눈이 뒤집힌 이들에게 화면이 붉어지고, 생명력이 떨어지는 일 따위는 사소한 것에 불과했으니까.

'오지마라…… 멍청이들…….'

골리앗의 손아귀에 사로잡힌 발칸은 점점 흐릿해지는 시선으로 길드원들을 돌아봤다. 몸 상태를 보니 이제 곧 로그아웃을 당하게 될 것이다.

"……이렇게 존경을 받는다는 점도 나름 부럽군."

타이탄이 몰락했을 때, 자신을 버리고 도망친 길드원들이 떠오른 골리앗이 중얼거렸다. 하나 그는 상념을 지워냈다.

"뭐, 덕분에 나는 강력한 힘을 손에 넣었으니까."

그는 다가오는 워리어스 길드원들을 향해 왼손을 뻗었다.

콰아아아아아!

"크아아악!"

"이, 이건 무슨……!"

광범위한 어둠의 신성력이 넓게 퍼지며 다가오는 적들을 그대로 밀어냈다.

"버텨!"

"이까짓…… 거……."

이를 악물고 버티는 워리어스 길드원들의 생명력과 장비 내구도가 빠른 속도로 떨어졌다.

'멍청한 녀석들.'

자신을 구하겠다고 달려드는 부나방 같은 부하들을 보며, 발칸은 끝내 미소를 지었다.

'로그아웃이 되면…… 오늘은 저 녀석들을 불러서 술이나 한잔 기울여야겠군.'

그가 곧 다가올 로그아웃을 대비하며 눈을 감는 순간.

쿠르르르르르릉!

'……!'

이상한 소리와 함께, 자신의 몸을 조이고 있던 힘이 사라져 버렸다.

"크윽……."

자연스럽게 땅에 엉덩방아를 찧은 발칸은 황급히 앞을 쳐다보았다. 흐릿해졌던 시야가 점차 선명해졌다.

'골리앗이 없다?'

시야의 어디에서도 골리앗의 신형은 찾아볼 수 없었다. 그뿐만이 아니라, 어둡던 암흑 대지에 정체를 알 수 없는 벽들이 세워진 상태였다.

"이 벽은 대체……."

발칸이 중얼거릴 때, 길드원들이 달려와 그를 부축했다.

"괜찮으십니까?"

"아, 그러게 누가 멍청하게 혼자 싸우래요."

"예전에는 골리앗 이긴다고 하더니, 꼴이 뭡니까 이게."

"……시끄럽다."

술을 사주고 싶은 마음이 싹 사라진 발칸은 평소의 무뚝뚝한 목소리로 물었다.

"대체 어떻게 된 일이냐."

그 질문에 길드원들이 서로의 얼굴을 쳐다봤다. 하나 같이 영문을 모르겠다는 표정들이었다.

"저희도 잘…… 갑자기 땅에서 벽들이 솟아오르던데요?"

"제가 마지막으로 본 광경은, 하얀 사슬이 날아오더니 골리앗이 휙 하고 끌려가던 겁니다."

"이 벽들이 갑자기 솟아올랐다고?"

자신의 머리로는 도저히 이해하지 못할 상황에 발칸이 고개를 갸웃거리는 순간.

부르르르.

길드원 하나가 돌연 몸을 떨었다. 그는 자신에게 집중된 시선을 보며 머쓱한 표정을 지었다.

"아, 죄송합니다. 제가 지역 채널 채팅을 진동 설정으로 바꿔놔서……."

"맞다. 그 채팅창 좀 봐봐. 지원 온다던 새끼들이 왜 이렇게 늦어?"

"온다고 한 놈이 몇인데, 여태까지 너무 조용한데?"

"그럼 잠깐만."

빠르게 인터페이스를 조작해 채팅창을 살피던 길드원의 얼굴이 딱딱하게 경직되었다. 그 모습을 쳐다본 발칸이 불안한 눈빛으로 물었다.

"무슨 일이지? 설마 온다던 이들이 마음을 고쳐먹고……."

"아, 아뇨. 그건 아닙니다만……."

마치 귀신이라도 본 것처럼 핼쑥한 표정을 지은 길드원은, 아무 말 없이 채팅창을 돌렸다. 단번에 모두의 시선은 5분 전에 떠오른 두 개의 메시지에 고정되었다.

-저희 파티가 갑니다.

-거의 다 도착했어요. 아, 참고로 추가 지원은 필요 없어요.

발신인은 각각 카이와 유하린이었다.

발칸을 비롯한 워리어스 길드원들이 알 수 없는 벽의 미로에 갇혀 있던 시각. 골리앗은 잘 훈련된 개가 이끄는 썰매처럼 울퉁불퉁한 바닥을 질주하는 중이었다.

그것도 두 다리가 아닌, 등으로.

"큭, 윽! 어윽!"

등이 바닥과 부딪칠 때마다, 그의 입에선 비명이 터져 나왔다. 마음 같아선 일어서고 싶었으나 그럴 수도 없었다. 현재 그의 목에는 굵직한 신성 사슬이 휘감긴 상태였으니까.

발칸의 전력이 담긴 일검조차 막아냈던 다크 배리어가, 고작 신성 사슬을 막지 못한 것이다.

"흐음. 이 정도까지 왔으면 된 건가."

인간 썰매의 주인, 카이는 슬쩍 뒤를 보더니 들고 있던 사슬을 앞으로 휘둘렀다.

짜아아악!

"크헉!"

그러자 끝에 묶여 있던 골리앗이 바닥에 나자빠지며 신음을 토해냈다. 그는 아직 이 상황이 이해되지 않은 상태였다.

'이게 무슨…… 어떻게 된…… 뭐지?'

자신은 어둠의 학살자다. 미드 온라인에서 가장 등급이 높은 신화 클래스의 유저. 카이만 없다면 이 게임의 절대자로써 군림할 수 있는 '선택 받은' 존재다.

그런 자신을 짐짝처럼 다루다니?

'건방진…….'

카아악, 퉤!

가래침과 함께 입안에 씹히던 텁텁한 모래를 뱉어낸 골리앗이 자리에서 일어났다. 그는 입가에 묻은 피를 닦아내며 카이를 노려봤다.

"……드디어 만났군."

"난 쭉 만나고 싶었어. 네가 쥐새끼처럼 도망만 다녀서 여태 못 만난 거지."

"큭, 그랬던가?"

자신을 비하했음에도 불구하고 골리앗은 여유로운 표정을 짓고 있었다.

"만나면 꼭 묻고 싶은 것이 있었다. 물어봐도 되겠나?"

카이가 고개를 한 번 끄덕이자, 골리앗이 기다렸다는 듯이 물었다.

"어떻게 '사제' 따위가 그렇게 강한 거지?"

한 방 먹였다. 골리앗의 얼굴 위로 떠오른 표정은 딱 그러했다. 곧 카이의 안색이 굳을 것을 생각하니, 사이다를 병째 드링킹한 것 같은 기분마저 느껴졌다.

"글쎄?"

하나 기대와는 다르게 카이는 그리 당황하지 않았다. 아니, 오히려 자신의 직업이 밝혀지든 말든 큰 상관이 없다는 기색이었다.

이에 당황한 것은 골리앗이었다.

"무슨…… 왜 그리 당당하지? 네놈은 여태까지 본인이 사제라는 것을 숨겨오지 않았나?"

"초반에는 그랬지. 그런데 지금은 딱히."

게임 초반에야 그 사실을 숨겼다. 왜냐하면 사제라는 것이 들킬 경우, 게임 플레이에 지장이 생길 수도 있었으니까.

하지만 지금은 상관없었다. 이제는 자신이 사제라는 걸 알아도 감히 시비를 걸 수 있는 이가 없기 때문이다.

"그리고 지금 네가 걱정해야 할 건, 내 직업이 사제인지, 아닌지 따위가 아니야."

촤르르륵.

카이는 몸을 숙여 자세를 낮추고, 마치 신발끈을 묶는 것처럼 신성 사슬을 제 발에 감았다.

"나한테 어떻게 도망칠지를 고민해야지."

"도망이라…… 좋아, 인정하지. 과거에 네놈을 잠깐 피해 다니던 시기가 있긴 했다."

"잠깐이라고? 못해도 반년은 된 것 같은데."

"하지만 그것도 오늘로 끝이다."

눈을 번뜩이는 골리앗의 전신에선 뮬딘 교의 신성력이 줄기줄기 흘러나왔다. 보는 것만으로도 기분이 불쾌해지는 칙칙한 검은색 기운이었다.

"네놈을 무너뜨리기 위해 사람들의 눈을 피해 다니며 숨죽여 살아왔다."

고통스러운 시간이었다. 항상 누군가를 짓밟고 군림해 오던 그가, 비루하고 누추한 곳만 드나들며 힘을 키웠으니까. 하루하루가 자존심에 상처를 입는 것 같은 짜증 나는 나날이었다.

'하지만 눈앞에 나타나니…… 도저히 못 참겠군.'

스팅은 아직 카이를 잡는 것이 시기상조라고 했지만, 골리앗의 생각은 달랐다.

'카이의 클래스는 결국 사제. 게다가 나와는 극상성의 기운을 지닌 녀석이다.'

자신은 태양교의 신성력에 두 배의 피해를 입지만, 그건 카이도 마찬가지다. 그 또한 뮬딘 교의 신성력에 두 배의 피해를 입으니까. 결국 서로가 서로에게 막대한 피해를 줄 수 있는 존재라는 뜻이다.

'모든 조건이 같다. 그러니 결정적인 차이를 만들 수 있는

건…… 바로 스킬의 유무지.'

당연하게도 그것은 사제 같은 지원형 클래스가 아닌, 전투형 클래스인 자신이 우위에 있다.

'사제의 공격 스킬은 뻔할 수밖에 없어.'

게다가 카이와는 이미 두 번이나 싸운 경험이 있었다.

끼리릭.

'난 녀석의 스킬을 대부분 파악하고 있다.'

게다가 상대방은 자신을 두 번이나 이겼다.

사람인 이상 방심을 하고 있을 터.

그러니 오늘만큼은 다르다. 모든 준비를 마친 자신과, 아직 파멸의 기사에 대한 정보를 모르는 카이. 당연히 이 차이는 싸움에 들어서는 순간 눈덩이 굴러가듯 커질 것이다.

'이 싸움은 내가 최소 절반은 먹고 들어가는 싸움.'

그 사실에 자신감에 차오른 골리앗은 카이를 향해 천천히 걸어가기 시작했다. 그의 다리가 조금씩, 아주 조금씩 빨라지기 시작했다. 점점 가속이 붙은 다리는 이내 눈에 보이지도 않을 만큼 빨라졌다. 그 속도는 발칸이 전력을 다했을 때의 속도를 가볍게 상회했다.

'하지만 놈은 반응하겠지.'

골리앗은 긴장을 늦추지 않았다.

카이가 강하다는 것을 누구보다 잘 알고 있었으니까.

때문에 그는 카이가 자신의 움직임에 반응할 수 있다는 전제하에 움직였다.

'첫 번째 공격은 페이크!'

화아아악!

거대한 건틀렛이 음속을 돌파하며 튀어나갔다.

하지만 이 엄청난 공격은 허수에 불과했다. 상대방이 맞거나 흘리거나, 혹은 피해 버려도 상관없는 미끼라는 소리.

하나 카이는 끝까지 건틀렛을 쳐다보더니, 손을 뻗었다.

'……이걸 걸린다고?'

카이라면 당연히 허수라는 것을 알아차리고 적당히 공격을 흘릴 줄 알았다. 헌데 그는 예상을 뒤집고 정직하게 팔을 내뻗는 중이다.

'녀석에 대한 내 기대가 너무 컸나?'

혹시 카이에게 두 번이나 패배하면서, 그를 스스로 너무 과대평가한 것이 아닐까?

'그게 사실이라면…… 실망이군, 카이.'

실망과는 별개로, 찾아온 기회를 놓칠 골리앗이 아니었다.

"죽어라!"

골리앗은 자신의 건틀렛과 카이의 조그마한 손이 맞닿는 것을 보며 입꼬리를 올렸다.

'이겼……!'

기쁨의 비명을 터뜨리려는 찰나 골리앗의 세상이 180도로 뒤집어졌다.

우드득!

동시에 시야가 어지러워지고 골이 흔들리더니, 척추에서 엄청난 고통이 밀려들었다.

“크으……?”

도대체 무슨 일이 일어난 건지 파악할 틈 따윈 없었다. 그런 사소한 의문보다 먼저, 한 가지 생각만이 그의 머리를 가득 채웠다.

‘일어나야 한다!’

그는 정신을 차리기도 전에 본능적으로 몸을 뒤집어 자리에서 일어났다. 아니, 정확히는 일어나려고 했다.

콰드드득!

신성 사슬을 감아놓은 카이의 발이 아주 깨끗하게 그의 복부를 파고들었다. 그대로 날아간 골리앗의 신형은 나무를 세 개나 부러뜨린 후에야 멈췄다.

“커…… 으윽…….”

정신이 그대로 날아갈 것 같은 아찔한 고통과 함께 입에서는 침이 줄줄 흘러내렸다. 하나 골리앗은 눈을 부릅뜨며 뇌가 녹아내릴 것 같은 고통을 참고 견뎌냈다.

‘한 번…… 딱 한 번이다…….’

더도 말고, 덜도 말고. 단 한 번.

자신의 공격을 한 번만 명중시키면 모든 것을 뒤집을 수 있다. 그 생각만이 그를 지탱하는 희망이 원천이었다.

발차기 한 번에 절반 가까이 날아간 생명력은 빠른 속도로 차오르기 시작했다. 파멸의 기사가 지닌 특성 중 하나인 '급속 재생'의 효과였다. 이토록 그의 직업은 수많은 패시브가 비호하는 근접형 클래스였다.

그뿐만이 아니다.

'나에겐 악행 스탯이 있다.'

나쁜 일을 할 때마다 상승하는 고유 스탯.

'지난 몇 달 동안 이 스탯을 올리기 위해 수천 명의 NPC를 죽였다.'

한창 떠들썩하던 'NPC 실종 사건'의 범인이 바로 그였다.

비교적 치안이 안 좋은 시골 마을의 주민들만 골라 죽인 그는 악행 스탯을 착실히 쌓아왔다.

'태양의 사제도 비슷한 개념의 스탯이 분명 있겠지.'

하지만 단언컨대, 자신의 악행만큼 빠르게 쌓을 수는 없었을 것이다. 실제로 현재 자신의 모든 스탯은 평균 1,000 정도 수준. 그건 악행으로 쌓을 수 있는 최대 스탯의 값이 1,000으로 제한되어 있기 때문이었다.

"마음 같아서는 나의 스탯창을 놈에게 보여주고 싶군."

절망하라는 의미에서 말이다.

'물론 방금 전에는 조금 실수하긴 했지만.'

첫 격돌이어서 전력을 다하지 않았을 뿐이었다.

'하지만 저 녀석은 전력을 다한 것 같군. 내가 움직임을 놓칠 정도였으니까.'

얼마나 긴장했으면 첫 격돌부터 최선을 다했을까.

"크, 크큭……."

그 사실은 골리앗에게 오히려 희열을 안겨주었다. 왜냐하면 자신은 지금부터 힘을 끌어올릴 생각이었으니까.

"사도화."

스킬 사용과 동시에 체내에 잠들어 있던 어둠의 신성력이 휘몰아치며 대지를 진동시켰다.

'크윽, 뜨겁군.'

온몸의 혈관이 녹아 없어질 것처럼 뜨거워졌다. 하나 그것은 고통이나 두려움보다는, 짜릿한 해방감을 안겨줬다.

화르르르륵!

혈관과 피부를 넘어 뿜어져 나온 신성력은 마치 불꽃처럼 타올랐다. 그것은 이내 골리앗의 전신을 불태우기 시작했다. 하나 고통은 눈곱만큼도 느껴지지 않았다.

'아아, 이런 기분인가…….'

오히려 그 불꽃이 자신을 덮은 뒤로, 그는 크나큰 안정감을 느꼈다. 전신을 휘감은 어둠의 불꽃이 선사하는 포근함과 자신감.

그것은 바로 압도적인 강함만이 줄 수 있는 강자의 여유였다.

"사용해 보는 건 처음인데…… 제법 괜찮군."

악행 스탯 50을 소모해야만 사용할 수 있는 '사도화' 스킬. 신성 공격력은 몇 배나 증가하고, 고작 10분이긴 하지만 모든 스탯이 20% 상승한다.

"이런 모습인가."

팔과 다리를 내려다본 골리앗이 중얼거렸다. 자신의 몸은 더 이상 인간이라고 부르기에는 어폐가 있었다. 인간보다는 오히려 옛 이야기에 나오는 악마의 형상에 가까웠다.

"재미있어…… 아주 재미있어."

골리앗은 미소를 머금으며 다시금 걸음을 옮겼다.

화르륵, 화르르륵.

그의 걸음걸이마다 바닥이 타오르며 녹아내렸다. 골리앗은 전신에서 용솟음치는 압도적인 힘에 전율했다.

'누구라도 죽일 수 있을 것 같은 기분이다.'

이러한 힘을 지니고도 패배한다는 것이 그의 머리로는 도저히 상상이 되질 않았다.

"음?"

카이는 자신의 바뀐 모습에 의문을 표했다.

"……네 몸. 불타고 있는데."

"신경 쓸 필요 없다. 아니, 이 경우엔 오히려 신경 쓰라고 말해줘야 하나?"

지금부터 사도화로 얻은 이 강력한 힘 모두를 쏟아부을 생각이었으니까.

골리앗은 가볍게 손가락 하나를 튕겼다.

핏!

동시에 카이의 뺨에 혈선이 그어지며 피가 주르륵 흘러내렸다. 눈 하나 깜빡하지 않은 걸 보니, 자신이 공격 받았다는 사실조차 인지하지 못한 듯했다.

"큭, 크큭…… 크하하하하!"

이에 골리앗은 웃음을 터뜨렸다. 자신의 공격에 반응조차 못 하는 그 한심한 작태를 보자니 웃음을 참을 수가 없었기 때문이다. 잠시 후 겨우 웃음을 멈춘 골리앗이 입을 열었다.

"아마 지금의 이 상황이 이해되지 않을 것이다."

"어, 뭐…… 네가 왜 그렇게 웃는지 잘 이해가……."

"내가 고작 반년 만에 이토록 강력한 힘을 얻은 방법. 알려줄까?"

골리앗이 마치 악마의 속삭임처럼 달콤한 목소리로 중얼거렸다. 그는 카이가 '아니'라고 대답하기도 전에 먼저 입을 열었다.

"혹시 NPC 실종 사건에 대해서 들어봤나?"

"토스트 먹다가 TV에서 봤지. 기사로도 몇 번."

"나의 작품이다."

골리앗의 목소리는 칭찬을 받고 싶어 하는 아이처럼 안달이 난 듯했다. 하지만 카이는 오히려 안색을 딱딱하게 굳히며 질문했다.

"NPC를 실종 사건의 범인이 네놈이라고?"

"그렇다."

"실종된 이들은 지금 어디에 있지?"

그 질문에 골리앗은 톡톡, 손가락으로 심장을 두드렸다.

"나의 스탯이 되었다. 그들에게도 영광스러운 죽음일 테지."

"……죽였다고?"

"그렇다고 말했다만."

"내가 들은 실종자 수천 명이 넘는데?"

"정확히 세지는 않았지만, 아마 2천 명 가까이 될 거다."

"……허."

저도 모르게 입을 벌린 카이가 헛웃음을 뱉어냈다.

그는 어처구니가 없다는 표정으로 골리앗을 쳐다봤다.

"내가 진짜 웬만해선 욕을 잘 안 하는데…… 넌 진짜 개새끼다."

"그깟 데이터 쪼가리 좀 없앴다고 욕을 하는 건가?"

"그럼 넌 그깟 데이터 숫자 몇 개를 올리기 위해 사람을 죽인 거냐?"

"어차피 진짜 사람도 아닌데 무슨 상관이지? 너, 나, 그리고 모든 유저는 데이터 쪼가리인 몬스터를 잡고 레벨을 올린다. 생김새만 다를 뿐, NPC나 몬스터는 다 같은 데이터에 불과하지."

"……사이코패스 새끼."

"내가 살기 위해 적을 죽인다. 강해지기 위해 약자를 짓밟는다. 그것은 원시시대 때부터 이어져 내려온 우리 '인간'의 본성이자 사회의 기초적인 룰이지. 난 룰에 충실했을 뿐."

"진심으로 그렇게 생각한다면, 다행이다."

성검을 낚아챈 카이가 차가운 목소리로 말했다.

"강자에게 짓밟히는 것에 대해 큰 불만은 없어 보이니까."

물론 카이도 NPC들이 페가수스 사에서 개발한 가상인격이라는 것을 안다. 하지만 머리로 이해하는 것과 가슴으로 받아들이는 것. 그 사이의 갭은 상상이상으로 거대했다.

실제로 카이의 주위에는 NPC가 훨씬 더 많았다.

우선 그의 영지민부터가 그러하다. 인어족, 엘프족, 드워프와 조인족은 물론. 태양교의 성혈단과 아르칸 아카데미의 교수진들. 마지막으로 소환수와 귀여운 신들까지.

사실 그의 게임 라이프에서 NPC를 빼면 사람 자체가 몇 남지 않는다. 확실히 이것은 유저들끼리만 뭉쳐 다니는 다른 플레이어의 모습과는 사뭇 달랐다.

'물론 NPC는 프로그램이다. 하지만…….'

그들은 사람처럼 생각하고, 말과 행동을 하며 스스로 감정까지 느낀다. 때문에 골리앗의 말은, 자신의 게임 플레이 스타일 모두를 부정하는 것과 다름없었다. 무엇보다, 강해지기 위해서라면 아무런 죄책감 없이 주민들을 죽이는 그를 용서할 수 없었다.

"내가 갈까? 아니면 네가 올래."

카이는 아직 그 어떤 버프 스킬조차 사용하지 않은 상태였다. 말 그대로 순정 상태.

그 모습을 쳐다보던 골리앗이 오만한 목소리로 말했다.

"네가 와라. 그리고…… 그 상태로 괜찮겠나? 보아하니 아직 버프를 걸지 않은 것 같은데."

"버프?"

"난 뒷말이 나오는 것을 싫어한다. 괜히 나중에 딴소리하지 말고, 처음부터 전력으로 덤벼라."

"……."

골리앗의 요구에 카이는 천천히 고개를 끄덕였다.

"내가 전력을 다하는 것이 네 소원이라면."

가볍게 손가락을 튕기자, 네 개의 신성마법진이 회전하며 그의 몸에 끝없는 축복을 걸었다.

"호오. 확실히 이제야 좀 상대할 맛이 나는군."

카이의 전신을 휘감은 황금빛 신성력을 보며 골리앗이 만족스러운 표정을 지었다.

'너의 전력을 나의 전력으로 부숴주마.'

골리앗은 마치 미래가 보이는 듯했다.

자신의 발치에 무릎 꿇은 채 허망한 표정을 짓는 카이.

그런 그를 내려다보며 웃음을 터뜨리는 자신. 그때의 희열감은 이루 말할 수 없을 정도로 클 것이 분명했다.

'아아…….'

골리앗은 당장에라도 상대를 찢어버리고 싶어 부르르 떨리는 자신의 두 손을 내려다봤다.

'마음 같아선 체통을 지키고 싶지만.'

솔직히 말하자면 자신이 없다. 욕망을 참을 자신이.

'지금 당장 놈을 찢어 죽이고 싶다.'

강렬한 살의가 빚어낸 '의지'는 곧 '현상'으로 이어졌다.

파스스스슥.

뮬딘은 어둠과 악, 죽음을 다루는 신.

당연히 그의 신성력이 지나간 장소는 죽음만이 남게 된다.

지금도 마찬가지였다. 골리앗이 신성력을 극성까지 끌어올리자, 주변의 나무와 잡초들이 재가 되어 사라졌다. 그럼에도 불구하고 햇빛은 두 사람을 비추지 못했다. 오히려 일대를 가득 메운 골리앗의 신성력 때문에 이전보다도 더 어두워진 상태.

골리앗은 스스로가 만들어낸 현상에 굉장한 성취감을 느꼈다.

"놀랍지 않나? 그저 기운을 발산한 것만으로도 게임의 지도를 바꿔는 경지에 이르렀다는 게."

물론 카이가 그 말을 받아줄 리는 없었다. 오히려 무표정한 얼굴로, 천천히 검을 들어 올렸다. 그 모습에는 천하의 골리앗조차 긴장했다.

'나의 힘이 아무리 강력하다고는 하나, 상대도 신화 등급의 클래스인 카이다.'

엄청난 공격이 곧 쏟아질 것이다. 어쩌면 오늘의 싸움으로, 암흑 지대라는 곳 자체가 지도에서 사라질지도 모른다.

골리앗이 끓어오르는 고양감과 긴장감을 느끼기를 잠시.

카이는 차갑기 그지없던 두 눈동자로 자신을 쳐다보며 검을 다시 내려놓았다.

그리고 입을 열었다.

"이것이 네가 무의미한 학살을 일삼으며 쌓아 올렸던 모래성의 실체다."

'……음?'

그 말을 끝으로 카이는 등을 돌려 자리를 떠나려 했다.

'미친놈! 갑자기 어딜 도망치는 것이냐!'

어처구니가 없어진 골리앗이 손을 뻗으며 소리쳤다. 하나 시야의 어디에도 자신의 손은 보이지 않았고, 입 밖으로 목소리도 흘러나오지 않았다. 한껏 당황한 골리앗의 귓가로 무거운 알림만이 울렸다.

[사망했습니다.]

[숙적인 태양의 사제에게 패배했습니다.]

[률딘 교도의 전체 사기가 대폭 하락합니다(30일).]

[어둠의 신 률딘이 당신에게 굉장한 실망감을 드러냅니다.]

[직업, '파멸의 기사'를 박탈당합니다.]

[고유 스탯, '악행'이 사라집니다.]

[직업이 '초보자'로 바뀝니다.]

'이, 이게 무슨……!'

아까와 마찬가지로 목소리는 나오지 않았다.

카이는 딱 일검을 휘두른 뒤, 쿨하게 등을 돌렸다.

골리앗이 자신의 공격을 막거나 피하리라는 생각은 애초부터 하지 않았다.

왜냐하면…….

'후, 괜히 도발에 넘어가서 선행 스탯만 날렸어.'

자신은 그의 요구대로 현재 낼 수 있는 '전력'을 다했으니까.

-……하늘을 가르는 검을 쓸 정도로 강한 상대였나?

소환된 패트릭이 질문했다. 이에 카이는 천천히 고개를 저었다.

"아니요. 패트릭님이 없어도 쉽게 처치할 수 있는 시시한 녀석이었습니다."

-그런데 왜 날 불렀지?

그 질문에 카이는 잠시 고민하는 표정을 지었다. 따지고 보면 홧김에 열이 받아서 도발에 걸려든 것뿐이다. 어쩌면 오늘 밤 자기 전에 이불을 뻥뻥 차게 될지도 모르지.

"그냥…… 격차란 이런 것이라는 걸 좀 알려주고 싶었어요."

-그래서. 그 격차라는 것은 확실히 보여줬나?

이번에 카이의 얼굴 위로 떠오른 것은 고민이 아닌, 확신이었다.

"보여줬습니다. 그것도 아주 확실하게."

띠링!

[숙적인 파멸의 기사에게 승리했습니다.]

[태양교도의 모든 사기가 대폭 상승합니다(30일).]

[태양신 헬릭이 당신의 승리에 박수갈채를 보냅니다.]

[파멸의 기사는 대대로 태양의 사제를 괴롭혀온 숙적이었습니다. 하나 당신은 아주 깔끔하게, 그 어떠한 변명의 여지도 없이 상대를 압도했습니다. 이 영광스러운 결투를 모두 지켜본 태양신 헬

릭이 축복을 내립니다.]

[선행 스탯이 30 상승합니다.]

[태양 목격자의 효과로 선행 스탯이 15만큼 추가됩니다.]

[레벨이 올랐습니다.]×2

[스탯 포인트를 10개 획득했습니다.]

-음?

골리앗이 죽은 자리. 그곳에서 폭발하는 기운을 느낀 패트릭이 놀란 표정을 지었다.

-설마 그대가 상대하던 것이 파멸의 기사였나?

"어라, 어떻게 아십니까?"

-모를 수가 없지. 항상 우리 사도들을 방해하며 안 좋게 얽히던 녀석들이었으니까.

그는 뿌듯한 미소를 지으며 카이의 어깨를 두드렸다.

-아주 잘 해주었다. 이것으로 당분간 파멸의 기사는 세상에서 볼 수 없겠군.

"모험가라서 또 금세 부활할 겁니다."

-아무리 모험가라도 이번엔 무리일 것이다. 혹시 파멸의 뜻을 알고 있나.

"파괴하여 없애다 아니에요?"

-맞다. 파멸의 기사는 상대를 파멸시킬 때마다 점점 더 강해

지는 악독한 직업. 하나 반대로 자신이 패배하게 될 시에는 이룩놓은 모든 것을 잃어버리는 이들이지.

"……그 말씀은?"

-아마 그대가 상대했던 파멸의 기사는 모든 것을 잃고 폐인이 되었을 것이다.

이런 상황은 아마 뮬딘조차 상상하지 못했을 것이다.

우르르르르.

예고 없이 솟아올랐던 미로는, 마찬가지로 예고 없이 사라졌다. 황급히 경계 태세로 주변을 살피던 워리어스 길드원들이 벙찐 표정을 지었다.

"어……?"

"이게 무슨."

자신들을 집요하게 괴롭혔던 뮬딘 교의 암흑 기사들. 그들은 모두 차가운 시체가 되어 암흑 지대에 누워 있었다.

촤아아악!

그 일을 행한 존재는 검에 묻어 있던 피를 가볍게 털며 등을 돌렸다. 그게 누구인지를 단숨에 알아본 길드원들이 침을 꿀꺽 삼켰다.

'유, 유하린이다.'

'카이랑 베이스 캠프에 도착했다는 소식은 들었는데…….'

'설마 진짜 우리를 도와주러 올 줄이야.'

그 자리에 있는 이들은 모두 랭커였지만, 카이나 유하린, 크리스. 이런 슈퍼스타들은 랭커 중의 랭커라고 불린다. 유명 인사의 등장에 몸이 딱딱해진 길드원들 사이로, 발칸이 걸어 나왔다. 그는 아주 깨끗하게 정리된 주변을 돌아보더니 유하린에게 가볍게 고개를 숙였다.

"도움에 감사를."

"별로. 내 의견도 아니었으니까요."

시크하게 받아친 유하린의 말에, 정신이 번쩍 들었다.

"아, 골리앗! 그러고 보니 아직 골리앗이……."

"괜찮아요. 카이 님이 끌고 갔으니까."

"……언노운이?"

발칸의 안색이 파랗게 질렸다.

"이런! 아무리 카이라도 골리앗을 상대로 방심하면 안 되는데. 그 녀석은……."

"제가 뭘요?"

뒤쪽에서 느껴지는 익숙한 목소리에 발칸이 황급히 몸을 돌렸다. 그의 눈에는 옷매무새조차 흐트러지지 않은 카이가 보였다. 아니, 자세히 보니 볼 부근에 혈선이 하나 살짝 나 있긴 하다. 그것도 아주 사아알짝.

발칸은 혹시나 싶은 심정으로 조심스럽게 물었다.

"혹시, 골리앗은……?"

"죽었습니다."

덤덤한 목소리에 발칸은 힘이 쭉 빠지는 기분을 느꼈다.

'……그래. 뭐, 생각해 보니 원래 이런 남자였지.'

남들이 못하거나 안 하는 것을 그냥 해버리는 사람. 그렇기에 인기도 많은 것이리라.

"두 분의 도움에 감사합니다."

"뭘요. 다친 데는 어떻습니까."

그 물음에 발칸이 길드원들을 쳐다봤다.

서로를 살핀 이들이 빠르게 보고했다.

"12명 사망, 총 38명 생존입니다."

"으으음……."

"생각보다 많이 죽었네요."

"젠장, 베르스 녀석은 레벨 업이 코앞이었는데……."

최상위 랭커 12명의 죽음은 길드 입장에서는 배가 아플 수밖에 없다. 하지만 발칸은 생각을 달리했다.

'12명이 죽은 것이 아니라, 38명이나 살아남은 것이다.'

물론 그것이 가능했던 이유는 카이와 유하린의 존재 덕분이었다.

"그만. 도움을 주신 분들 앞에서 할 얘기가 아니다."

"엇……."

"무, 물론 두 분을 폄훼하려는 의도는 전혀 없었습니다. 정말입니다."

길드원들의 입을 닫은 발칸은 고개를 돌렸다.

"이 은혜를 어떻게 갚아야 될지."

그 말이 나오기를 기다렸다는 듯이, 카이가 입을 열었다.

"그럼 저희 좀 도와주시죠."

"내용은?"

도움을 받았다고 해서 무슨 부탁이든 막 들어줄 수는 없었다. 그도 한 집단을 이끄는 수장이었으니까.

툭툭,

카이가 암흑 기사의 시체가 떨어트린 투구를 밟으면서 입을 열었다.

"근처에 뮬딘 교의 거점이 있습니다. 저희 두 사람은 지금부터 그곳에 갈 생각이구요."

"지원군이 필요하군."

역시 척하면 척. 머리가 잘 돌아가는 사람과 대화하면 이런 부분이 좋았다. 입 아프게 말할 필요가 없었으니까.

"예. 도와주실 수 있으십니까?"

발칸은 대답 대신, 벗어놨던 투구를 다시 고쳐 썼다.

“이런 머저리 새끼가…….”

서쪽의 천화 길드를 정리하기 위해 이동하던 스팅이 욕지거리를 내뱉었다. 골리앗이 사망과 함께 로그아웃을 당한 것이다. 당연히 그의 계획에 큰 차질이 생겼을 수밖에 없다.

‘시간이 촉박하다.’

예정대로였다면 랭커들을 죽이고, 다크 리자드맨 일족을 제물로 바쳐야 했다. 그래야만 자신과 골리앗이 계획했던 ‘제물’의 양을 맞추는 것이 가능해진다.

‘하지만 이대로는 턱도 없다.’

카이와 유하린이라는 괴물이 돌아다니는 숲에서 랭커들을 잡는다? 불가능한 일이었다.

스팅은 빠르게 머리를 굴렸다.

‘나 혼자서 워리어스와 천화를 처리하고, 카이와 유하린을 따돌리는 건 불가능. 그렇다면…….’

우선은 뮬딘 교의 군대를 최대한 불러 모아서 이곳에서 수성을 하는 수밖에 없다. 결국 자신은 이곳에서 진행 중인 ‘계획’ 때문에 다른 곳으로 갈 수 없었으니까.

스팅이 옆에 있던 뮬딘 교 신관에게 명령했다.

"지금 당장 후퇴 명령을 내려라."

"……예?"

"상황이 바뀌었다. 골리앗이 죽었으니 지금 당장 회군시키는 게 맞아. 서둘러라."

그의 논리는 정당했지만, 신관은 고개를 저었다.

"죄송하지만 스팅 님에게 교의 군대를 지휘할 권한은 없으신 걸로 알고 있습니다."

정답이었다. 아무리 동맹군이라고는 하지만, 뮬딘 교가 외부인에게 그 정도의 권력을 줄 일은 없었으니까.

'젠장. 골리앗 녀석이 이래서 필요하던 거였는데…….'

이럴 때 이용하기 위함이 아니었다면, 진작 치워 버렸을 것이다. 멍청한 녀석이 죽어서까지 자신에게 피해를 입히자 스팅은 이빨을 꽉 깨물었다.

'그렇다면 남은 방법은…….'

머릿속으로 계산기를 두드리던 스팅이 눈을 질끈 감았다.

'하나밖에 없군.'

천천히 눈을 뜬 스팅의 시선이 신관의 뒤통수를 향했다.

그의 눈동자가 살기로 번들거렸다.

'뮬딘 교 녀석들을 죽여서 제물의 숫자를 맞출 수밖에.'

112장
신세계

암흑 지대에 위치한 뮬딘 교의 사원. 최신식 마나 램프 같은 설비는 일절 없는 매우 오래된 곳이었다. 복도나 방에 걸려 있는 횃불을 꺼버리면 칠흑 같은 어둠에 잠기게 되는 것은 물론이고, 항상 벌레들이 기어 다녀서 그런지 꿉꿉한 냄새조차 났다.

"흐흐음."

빈말로도 좋은 곳이라고 하기 힘든 사원의 복도에서, 한 남자가 콧노래를 흥얼거렸다. 그는 자신의 앞을 기어 다니는 이들을 쳐다보며 손가락을 휘저었다. 마치 교향곡을 지휘하는 마에스트로처럼, 우아하고 교양 있는 움직임이었다.

"제발……."

"사, 살려……."

촤아아아악!

목숨을 구걸하는 이들의 몸이 마법에 의해 갈기갈기 찢어졌다. 그저 장난스럽게 손가락을 휘저은 것만으로도 이 같은 일을 해낸 남자는 계산을 시작했다.

"이걸로 56명째 죽였고, 삼십 정도만 더 죽이면 되나."

파멸의 마법사 스팅. 카이와 유하린의 방해로 다른 제물을 구하지 못한 그는 끝내 동맹을 파기했다.

그 결과가 지금은 제법 마음에 들었다.

'평소에 마음에 안 들던 것들을 깨끗하게 치우니, 쓰레기를 청소하는 기분이 드는군.'

물론 여전히 이 상황 자체는 마음에 들지 않는다.

'골리앗. 그 병신이 맡은 일만 제대로 했어도.'

이미 그들은 모든 제물을 구한 뒤 '신세계' 프로젝트를 가동시켰을 텐데.

하지만 이미 엎질러진 물을 어쩔 수는 없는 법.

스팅은 최대한 빠르게 사원 내부를 돌아다녔다.

"어딜!"

촤아아아악!

앞으로 달려가던 유하린이 다가오는 암흑 기사의 가슴을 사선으로 크게 베었다.

그녀가 잠깐의 틈을 만든 사이. 뒤에서 달려오던 카이는 적들의 위치를 파악하고 손가락을 튕겼다.

"네 개의 창."

스킬을 시전하자 그의 등 뒤로 신성력이 형상화된 창 네 개가 소환되었다. 일반적인 창보다 족히 두 뼘은 더 길고, 두꺼운 창이었다. 동시에 카이의 눈동자가 데굴데굴 굴러가며 표적들을 하나씩 지정했다. 그러자 창들이 움직임을 개시했다.

사아악!

엄청난 빠르기로 움직인 네 개의 창은 마치 살아 있는 생물처럼 느껴졌다. 부드럽게 회전을 하고, 곡선을 그리며 날아간 창들은 적들의 심장과 머리를 터뜨렸다. 물론 그 효과가 말도 안 되게 좋은 만큼, 페널티 또한 있었다.

'이거 생각보다 다루기 힘드네.'

바로 계속해서 창들의 위치를 컨트롤해 줘야 한다는 것이었다.

하나 엄살을 피울 시간은 없었다.

'워리어스가 벽을 세우고 있는 동안 최대한 돌파한다.'

현재 카이와 유하린의 양 옆으로는 워리어스 길드원들이 위치하고 있었다. 그들은 좀비 떼처럼 달려드는 암흑 기사와 이단심판관들을 저지하는 벽이 되었다.

그런데도 빠져나오는 암흑 기사들이 있을 정도였다.

'다 합치면 천 명은 가볍게 넘겠어.'

발칸과는 작전을 시작하기 전에 약속해 놨다.

"한계라고 생각되면 그땐 빠지셔도 됩니다. 은혜를 갚으려고 죽을 필요는 없으니까."

"고맙군. 최대한 지원하지. 더 이상 무리라는 생각이 드는 순간 신호를 주겠다."

카이는 몰려드는 적들의 숫자를 보며 입을 열었다.

"하린 씨, 워리어스는 한계입니다. 곧 물러날 거예요."

"괜찮아요. 조금만 더 가면 도착이니까."

챠-오르에게 받은 좌표의 위치는 코앞이었다. 그 때문인지 암흑 기사들의 방벽이 더욱 두터워졌다.

"크윽, 이봐, 언노운! 우린 여기까지다!"

"더 이상 못 버텨!"

양옆을 지탱해 주던 워리어스 길드원들이 잔뜩 상처를 입은 채 소리쳤다. 카이는 뒤도 돌아보지 않고 소리쳤다.

"충분합니다! 이제 빠지세요!"

"건투를 빌지!"

끝까지 응원을 보낸 발칸이 길드원을 이끌며 서서히 달리던 속도를 늦췄다. 불과 몇 초 만에 점이 되어 사라진 그를 보던 유하린이 황급히 입을 열었다.

"이런, 카이 님! 앞에 삼십 명 더 와요!"

"……쯧. 끝이 없네."

워리어스 길드의 빈자리가 확 실감 나기 시작했다. 양옆을 막아주던 방파제 같은 이들이 사라지자마자, 모든 공격은 그들에게 집중되었다.

"하린 씨, 저 좀 올려주세요!"

카이의 요청에 유하린의 몸이 빙그르르 반 바퀴 돌아갔다. 그녀는 대검을 옆으로 눕히며 밟기 좋은 위치에 갖다 댔다.

카이는 주저 없이 땅을 박차고, 그녀의 검을 발판삼아 하늘 높이 떠올랐다.

파지지직!

동시에 그가 장비한 자탄의 중력 장갑에서 스파크가 튀어 올랐다.

"중력장!"

방대한 마나가 썰물처럼 빠져나감과 동시에 서른 명의 암흑 기사들이 하늘 높이 떠올랐다. 중력장 내부에는 강력한 전기가 흐르는 중이었기에 초마다 대미지가 들어가는 중.

하지만 그들을 띄워 올린 가장 큰 이유는 따로 있었다.

'움직임이 멈춰있으면…….'

목표로 설정하기 쉬우니까.

눈동자를 이리저리 움직여 적들의 위치를 모두 파악한 카이가 창을 쏘아냈다.

쇄애애애액!

바람을 찢으며 날아간 네 개의 창은, 두둥실 떠있는 적들을 그대로 관통한 뒤 돌아왔다.

"읏차."

카이가 바닥에 안전하게 착지하자, 그의 뒤를 이어 암흑 기사들의 시체가 바닥에 떨어졌다.

쿵! 쿵!

정확히 서른두 번의 소리가 들렸다.

"와…… 방금 좀 멋있으셨어요."

유하린이 엄지를 척 들며 감탄했다. 평균 레벨 400이 넘는 암흑 기사 서른 명을 이토록 깔끔하게 처리하다니. 조금 더 분발해야겠다고 생각한 유하린이 고개를 돌려 앞을 쳐다봤다.

"드디어 도착했네요."

그들의 눈으로 오래된 사원이 들어왔다. 겉모습만 보면 마치 앙코르와트의 사원들 같기도 하다. 오래된 돌의 겉면에는 이끼와 잡초들이 무성하게 자라난 상태였다.

"저곳에 정말 아트록의 영혼함이 있을까요?"

"글쎄요. 하지만 뭔가 있기는 한 것 같네요. 병력이 이토록 많은 걸 보니."

대화를 나누는 사이 또 두 사람을 포위한 끈질긴 적들.

스르릉. 유하린이 검을 꼬옥 잡으며 눈을 빛냈다.

"이번엔 제가 뚫을게요."

스팅의 움직임이 분주해졌다.

"이 괴물 같은 놈들…… 어떻게 그 병력을 이토록 짧은 시간에 뚫느냔 말이다!"

골리앗이 암흑 지대에 풀어놓은 병력만 2천이 넘는다. 당연히 스팅은 카이와 유하린이 사원까지 당도하는데 못해도 이틀은 걸릴 줄 알았다. 헌데 고작 여덟 시간밖에 안 걸렸다.

꿀꺽.

목울대를 크게 출렁인 스팅의 등에서 식은땀이 흐르기 시작했다. 요즘도 가끔씩 악몽으로 나오는 '그날'이 떠올랐기 때문이다.

'그 날의 무대도 숲이었지.'

바로 카이와 천화 길드에게 검은 별이 패배하던 날이었다. 특히 당시 언노운의 존재는 공포 그 자체였다. 숲 전체에 퍼트려놓은 길드원들은 분 단위로 죽어나갔으니까.

'후우. 진정하자. 흥분해서 좋을 것은 없어.'

정신을 가다듬은 스팅은 지하의 거대한 공동에서 계획의 마무리를 짓고 있었다.

"젠장. 일손이 없으니 혼자서 해야 할 일이 많아지는군."

단순한 일을 거들어줄 부하만 몇 명 있었어도 진행 속도는 훨씬 빨라졌을 것이다. 하나 평소에는 골리앗을 시켜 부리던 신관들을 자신이 모두 죽여 버렸다. 당연히 현재 사원에는 부릴 수 있는 사람이 남아 있지 않았다.

'이 계획만큼은 절대적으로 성공시켜야 한다.'

마왕 추종자들이 유수한 세월 동안 준비한 것이 바로 이 '신세계' 계획이었다. 그리고 스팅은 이것이야말로 카이를 뛰어넘을 수 있는 유일한 방법이라고 생각했다.

'멍청한 골리앗 놈. 애초에 우리가 지금부터 성장해서 카이를 뛰어넘는 건 글렀다고 말했거늘.'

방법은 모르겠지만, 카이 녀석은 신화 등급 직업을 매우 일찍 획득했다. 당연히 500레벨이 넘은 현재까지 차곡차곡 쌓아 올린 능력치는 어마어마할 것이다.

'어쩌면 상위 랭킹 2위에서 5위…… 아니, 10위까지 다 덤벼도 못 이길지도 모른다.'

그런 괴물을 직접 잡으려고 생각하는 것부터가 큰 착각이자 오만이다.

'괴물은 얌전히 괴물끼리 싸우게 해야 하는 법.'

그것을 위한 신세계 프로젝트였다. 마계, 그 저주받은 공간에 있을 악마를 소환하기 위한 계획이었으니까.

'만에 하나 대악마라도 소환된다면…… 페가수스 사에겐 미

안하지만 이 게임은 나의 뜻대로 주무를 수 있다.'

마치 모바일 게임의 뽑기를 돌리는 것 같은 두근거림이 스팅의 심장을 노크했다.

"후우."

뮬딘 교 사원의 지하 공동에는 거대한 문이 세워져 있었다. 그것은 과거 마계의 악마들이 이 땅으로 건너올 때 사용했다는 지옥문이었다. 666명의 인간을 재료로 만들어진 이 문은 쳐다보는 것만으로도 정신력을 갉아먹는다.

'준비는 모두 끝났다.'

솔직히 말하자면 제물이 살짝 모자라기는 하다. 하지만 더 이상 손을 쓸 방법이 없었다.

'내가 사원을 직접 나가서 제물을 구해오는 방법이 있긴 하지만…….'

그건 너무 위험하다. 암흑 지대를 배회하는 괴물 두 마리가 언제 사원에 도착할지는 아무도 몰랐으니까. 결국 스팅은 바닥의 거대한 마법진에 마력을 불어넣기 시작했다.

우우웅!

이내 파랗게 빛난 마법진은 어두운 공간을 은은하게 비췄다. 그 빛은 이내 잔뜩 녹이 슬어 있던 지옥문으로 스며들기 시작했다.

'지금이다.'

스팅은 손가락을 튕겨 미리 준비해 놨던 시체와 핏물들을 마법진 위에 쏟아부었다. 오랜만에 식사를 시작한 마법진은 더욱 탐스럽게 피와 살을 먹어치웠다.

그러기를 잠시. 삐걱 거리는 소리와 함께 기나긴 세월 동안 단 한 번도 열리지 않았던 지옥문이 비명을 내질렀다.

'……마법진이 성공적으로 발동되었다는 신호다.'

지옥문 너머에 어떤 존재가 있을지는 스팅조차 알지 못했다. 그저 두 주먹을 꽉 쥔 그는, 강력한 악마가 소환되었기만을 빌고 또 빌었다.

삐걱삐걱!

지옥문의 손잡이가 점점 더 거칠게 흔들리기 시작했다.

반대쪽에 있는 악마의 성격이 어지간히도 급한 모양.

그리고 마침내 끼이익 소리와 함께 지옥문이 손가락 하나 들어갈 크기만큼 열렸다.

'드, 드디어……!'

스팅이 두 눈을 크게 뜨며 지옥문을 쳐다보는 순간.

우르르르릉!

천장이 무너졌다.

카이와 유하린은 암흑 기사 수백 명을 뚫고 사원으로 들어왔다. 물론 그 녀석들을 모두 죽인 것은 아니었다.

[뮬딘 교…… 저주받을 족속들!]

[흠. 빛 한 점 들어오지 않는 숲이라. 제법 마음에 드는 장소로군.]

사원의 바깥쪽에선 할리와 데스몬드가 그들을 상대하고 있었다. 그 틈에 안쪽으로 들어온 두 사람은 빠르게 내부를 돌아다녔다.

"이제 뭐 어떡하죠?"

들어오는 것만 목표로 삼았지, 들어와서 뭘 해야 할지 몰랐던 유하린이 물었다.

"음. 우선……."

물론 그것을 모르기는 카이도 마찬가지였다. 하나 그는 유하린과 크게 다른 점이 하나 있었다.

[보물 사냥꾼의 효과가 발동합니다. 아래쪽에 저주받은 유물이 존재합니다.]

오랜만에 보물 사냥꾼의 효과가 발동한 것이다. 게다가 가리키는 대상도 의미심장했다.

'가만, 저주받은 유물이라면…… 혹시 영혼함?'

눈을 반짝인 카이가 입을 열었다.

"하린 씨, 아무래도 밑으로 내려가야겠습니다."

"밑이요? 그럼 계단을 찾아봐야겠어요."

두 사람이 주변을 꼼꼼하게 수색했지만, 아래로 내려가는 계단은 발견할 수 없었다.

"혹시 아래층이 없는 거 아닐까요?"

"음. 그럴 리가 없는데……."

보물 사냥꾼이 거짓말을 할 리는 없다. 실제로 예전 사룡의 레어에서도 숨겨진 비밀 공간을 찾아낸 전적이 있었다.

'그렇다는건……'

아마 비밀 통로가 있다는 소리겠지.

하지만 지금 비밀 통로를 찾는 건 너무 비효율적이다.

'할리와 데스몬드가 얼마나 버텨줄지는 모르는 일이니까.'

결국 카이는 바닥을 향해 손을 뻗었다.

이를 본 유하린이 깜짝 놀라 물었다.

"카, 카이 님. 설마 지금…… 바닥을 부술 생각이세요?"

"예. 다른 방법이 없잖아요."

"그럼 저 귀 막고 있을게요."

멀찍이 떨어진 유하린은 제 귀를 꼼꼼하게 막으며 눈을 감았다. 그 모습을 확인한 카이는 천천히 입술을 벌렸다.

"태양광자포."

콰아아아아앙!

홀리 익스플로전과는 비교조차 안 되는 광선이, 사원의 지하 네 개 층을 그대로 무너뜨렸다. 카이는 뻥 뚫린 바닥을 잠시 쳐다보더니, 망설임 없이 구멍으로 뛰어들었다.

"카, 카이 님!"

귀를 막고 있던 유하린이 깜짝 놀라 그의 뒤를 따랐다.

"중력장."

중력장을 사용해 낙하 속도를 늦춘 카이는 마치 계단을 밟는 것처럼 허공을 걸어 내려왔다. 그의 날카로운 시선이 거대한 공동을 빠르게 훑었다.

'무언가…… 실험하는 장소 같아.'

정체를 알 수 없는 액체로 가득 찬 유리관이나, 각종 몬스터의 사체들. 그리고 고대어가 빼곡히 적혀 있는 종이들이 가득한 장소였다.

"혼자 가시면 어떡해요."

카이의 뒤를 따라 안전하게 착지한 유하린이 주변을 둘러보며 인상을 찌푸렸다.

"……그리 좋은 장소는 아닌 듯하네요."

"숨어서 뭔가를 꾸미는 녀석들이 다 그렇죠."

카이는 무너진 천장의 잔해들을 밟으며 걸어 나갔다.

그때 그의 시야에 들어온 것은 잔뜩 당황한 스팅이었다.

"역시. 바늘 가는 데 실이 안 따라갈 리가 없지."

"스팅, 그도 여기 있었네요."

"이 괴물 새끼들…… 진짜 와버리다니."

스팅은 자신을 발견하곤 흉흉한 기세를 뿜어내는 카이와 유하린에게서 뒷걸음질을 쳤다. 하지만 그의 신경은 온통 뒤쪽을 향해 있었다.

'젠장. 악마 소환진은 제대로 작동되었을 텐데? 역시 제물의 수가 모자란 것이 문제였나?'

지옥문은 분명 열리긴 열렸지만, 딱 손가락 하나가 나올 정도만 열렸다. 저래서야 그 어떤 악마도 나올 수 없을 터.

'제물이 더 필요한데…….'

하지만 더 이상 제물로 쓸 만한 이들은 남아나질 않았다. 스팅이 타는 듯한 갈증을 느끼고 있을 때, 카이의 시선이 지옥문에 고정되었다. 스스로의 의지를 가지고 그런 것이 아니라, 지옥문이 뿜어내는 존재감 때문이었다.

"으음."

동시에 카이가 경계심을 표출하기 시작했다. 힘을 최대치로 끌어올린 골리앗을 상대할 때도 눈 하나 깜짝 않던 그가 긴장한 것이었다.

'저건 대체 뭐지?'

아주 살짝 열려 있는 지옥문에선 말도 안 되는 수준의 기운이 흘러나왔다. 그저 같은 공간에 있다는 것만으로도 기분이 불쾌해질 정도의 불순하고 끈적한 기운.

뒤늦게 이를 발견한 유하린의 눈빛 또한 흔들렸다.

"카이 님. 아무래도 저건……."

"예, 위험하네요. 그것도 굉장히."

스팅은 두 괴물조차 긴장하게 만든 지옥문을 쳐다보며 안타까움을 금치 못했다.

'저 녀석들이 저 정도로 반응하는 것을 보면…… 분명 문이 열리기만 하면 최소 대악마가 소환될 느낌인데.'

발만 동동 구르던 그에게 카이가 천천히 다가왔다. 그는 시작부터 성의를 차려입고, 손에는 성검을 든 상태였다. 처음부터 전력을 다해 널 쓰러트리고 뒤에 있는 지옥문도 파괴하겠다. 차림새만 봐도 그러한 생각이 엿보이는 듯했다.

"너와 골리앗이 대체 뭘 꾸미는지는 모르겠지만, 그 문을 파괴해야 한다는 건 알겠네."

"젠장……."

죽는 한이 있더라도 지옥문을 포기할 수는 없었던 스팅이 마기를 일으켰다.

"최대한 싸움을 피하고 싶었는데…… 이렇게 된 이상 어쩔 수 없지."

그의 손이 곧장 카이를 향했다. 타겟팅 스킬의 대상을 지정하기 위함이었지만, 그가 손을 뻗었을 때 이미 카이는 그 자리에 없었다.

'빠르다……!'

아무리 자신이 마법사라고 하지만, 움직임을 놓칠 정도의 빠르기라니?

'이 괴물 녀석은 저 정도의 속도에 적응했다는 건가?'

미드 온라인에서 힘 스탯을 올려 신체 능력이 아무리 향상되더라도, 변하지 않는 것이 하나 존재한다. 바로 사고력.

100미터를 3초 만에 주파하는 신체를 지니고 있다 해도, 사고력이 몸의 속도를 따라오지 못하면 아무짝에도 쓸모없는 법.

그런 면에서 카이는 거의 완성된 플레이어였다. 각각이 수천에 다다르는 스탯들을 다룬 것도 벌써 몇 달. 뛰어난 성능의 하드웨어에 소프트웨어가 최적화 되기에는 충분한 시간이었으니까.

화아아악!

뒤쪽에서 느껴지는 날카로운 예기에 스팅은 주저없이 스킬을 사용했다. 순식간에 연기가 되어 흩어진 그의 신형이 저 멀리서 나타났다.

"이건…… 익숙한 기술이네."

애꿎은 허공을 벤 카이가 중얼거렸다. 자신의 기억이 맞다면, 저 기운과 기술은 지르칸의 것이다.

"골리앗은 뮬딘 교였고…… 넌 마왕 추종자 쪽이랑 연관되어 있구나.”

그렇다면 차라리 상대하기는 편하다.

‘스팅 녀석의 마법 이해도는 높지만, 지르칸보다는 아닐 테니까.’

이미 그의 상위 호환이라고 칭해도 부족함이 없는 자를 쓰러트려본 적이 있다. 때문에 카이는 그가 어떤 기술을 쓸 것인지도 대강 유추해 낼 수 있었다. 실제로 스팅이 쏟아내는 스킬들은 다 어디선가 한 번씩 보던 것들뿐이었다.

‘지르칸 스킬의 하위 버전인가? 범위도, 대미지도 부족해.’

파악이 끝난 카이는 더 이상 승부를 지체하지 않았다.

그는 자신을 덮쳐오는 마기의 파도를 향해 손을 뻗었다.

“절대 영도.”

쩌저저적!

순식간에 얼어버린 파도의 끝은 스팅의 왼쪽 팔과 연결되어 있었다.

‘끝났다.’

이미 검을 든 유하린이 스팅의 배후를 점한 상태. 푸욱! 부드러운 소리와 함께 그의 가슴이 열리며 대검 한 자루가 앞으로 빠져나왔다.

“끄윽…… 마, 말도 안…….”

스팅이 말을 잇기도 전에, 대검을 거칠게 뽑아낸 유하린이 그대로 팔을 휘둘렀다. 칼 라샤교의 신성력이 담긴 대검은 그의 목을 두부 가르듯 매끄럽게 긋고 지나갔다.

그것으로 전투는 종료.

"생각보다 시시했네요."

"예. 하지만 상성 자체도 저희가 좋았습니다. 둘 다 신화 등급 직업에, 근접 전투력까지 뛰어나니까요."

골리앗 때와는 달리 그 어떠한 메시지도 떠오르지 않았다. 그저 상대가 죽었다는 것을 증명해 주듯, 폴리곤만 남아 있을 뿐.

잠시 그 모습을 바라보던 유하린이 말했다.

"그럼 이제 다시 영혼함이라는 걸 찾으면 되죠?"

"네. 하지만 그전에……."

카이가 지옥문을 향해 걸어갔다. 꽉 쥔 성검은 문으로 다가갈 때마다 공명하듯 부르르 떨렸다.

마치 위험하다고 경고를 날리는 것처럼. 이에 한층 더 긴장감을 끌어올린 카이는 지옥문의 앞에 섰다.

멀리서 볼 때도 느낀 거지만, 사람의 뼈를 이용해 만들어진 이 문을 쳐다보는 건 괴롭다.

'영화 같은 데서 보면 꼭 이런 거 앞에서 늑장부리다가 일 터지더라. 서두르자.'

알 수 없는 불안감에 휩싸인 카이는 주저없이 지옥문을 내려쳤다.

쩌저적!

문의 두개골이 그대로 박살 나고, 뼈들이 산산조각나며 문지방이 뒤틀렸다. 그럼에도 불구하고 문은 전체적으로 멀쩡하다.

'내구도가 상당히 높아.'

하지만 그래봤자 사물 오브젝트.

콰앙! 콰앙!

성검이 계속해서 문을 가격할수록, 뼈가 박살 나며 사방으로 퍼져 나갔다.

헌데 이를 쳐다보던 유하린이 다가오며 카이를 말렸다.

"저…… 카이 님. 이거 정말 부숴도 되는 거 맞을까요?"

"무슨 뜻입니까?"

"음. 이런 식으로 계속 공격하면 오히려 안쪽에서 뭔가가 튀어나오는 게 아닌가 싶어서요."

그녀는 걱정스러운 표정으로 문을 쳐다봤다.

"그리고 이건 제 착각일지도 모르겠는데요, 처음에는 열린 공간이 이것보다 좁지 않았나요?"

그 말을 듣고 문을 쳐다보니, 확실히 문이 조금 더 열린 것 같다.

'아까는…… 손가락 하나 정도 드나들 정도의 공간이었지?'

지금은 그것보다 아주 살짝 더 열린 상태였다.

손가락 두 개를 겹쳐도 여유롭게 드나들 정도.

"확실히 하린 씨 말이 맞는 것 같……."

카이가 말을 잇던 순간, 두 사람의 고개가 뒤쪽을 향했다.

그쪽에서 무언가 움직이는 소리가 들렸기 때문이다.

허나 그곳에는 아무것도 없었다.

아니, 정확히 말하자면 무언가 있기는 했다.

"저건…… 폴리곤?"

"스팅이 죽으면서 남긴 폴리곤이에요."

바닥을 하얗게 반짝이던 폴리곤들이 도르륵 도르륵 굴러왔다. 카이와 유하린이 그 기묘한 현상에 고개를 갸웃거리는 순간.

우우우웅!

"……!"

"카, 카이 님!"

그들이 서 있던 공동의 바닥에서 거대한 마법진이 떠오르더니, 푸른빛을 뿜어내기 시작했다.

"이건…… 마법진?"

"스팅이 마지막에 무슨 짓을 한 게 틀림없어요!"

그녀의 말은 반은 맞고, 반은 틀린 것이었다. 현재 떠오르고 있는 마법진은 스팅이 악마를 소환하기 위해 발동시켰던 것이었으니까. 제물이 모자라 완성되지 못한 마법진은, 아이러니하게도 시전자의 시체를 먹어치운 뒤에야 완성되었다.

드드드드드.

그들이 서 있는 사원이 지진이라도 난 것처럼 흔들리기 시작했다. 다음 순간, 벽과 기둥이 붕괴되고 천장이 무너져 내렸다.

"잠시 실례하겠습니다!"

유하린의 허리에 손을 두른 카이가 두 눈을 번뜩였다. 초인에 가까운 신체 능력, 그리고 그에 버금가는 사고력. 그 두 가지 능력을 겸비한 카이는 아오사 레이드 때의 기적을 다시 한번 이루어냈다. 아니, 오히려 난이도는 그때보다 더 쉬웠다. 중력장이 쓰러지는 천장과 기둥들을 위쪽으로 올려 보내주었으니까.

고오오오.

하지만 흡족한 식사를 마친 마법진은 밥값을 하고 싶어했다. 눈앞의 먹잇감들을 놓치기 싫어한다는 뜻이었다.

끼익, 끼이익.

카이가 엉망진창으로 부숴놓은 지옥문이 덜컹거리며 몇 번이나 흔들렸다.

"카이 님. 문이 막 흔들려요!"

"젠장…… 꽉 잡으세요!"

마나를 더 퍼부어 중력장의 효과를 높인 카이의 몸이 총알처럼 빠르게 위로 솟구쳤다. 허나 그보다 한발 먼저, 지옥문이 개방되었다.

끼이익.

그나마 카이가 거대한 지옥문을 부숴놓았기 때문인지, 온전히 열리지는 않았다.

"다, 다행이다. 안쪽에 뭔가가 있는 것 같긴 한데 밖으로는 못 나오네요. 문이 다 안 열려서."

유하린이 놀란 가슴을 쓸어내리며 말했다. 하지만 그것은 다행이 아닌 불행이었다.

화아아아아악!

지옥문 밖으로 나갈 수 없게 된 존재는, 화풀이를 하듯 주변의 모든 것을 빨아들이기 시작했으니까.

"크윽……!"

기세 좋게 위쪽으로 솟구치던 카이의 몸에 막대한 부하가 걸렸다. 처음에는 우뚝 멈춰서더니, 마치 늪에 빠지듯 아래쪽으로 떨어지기 시작한 것이다.

"변화!"

유하린이 지원을 시작했다. 천장의 잔해와 기둥들이 뭉쳐 지옥문으로 날려 보낸 것이다. 허나 그것은 마치 민들레 씨앗처럼, 날아가던 도중 소멸해버렸다.

"마, 말도 안 돼."

뮬딘 교가 생물의 죽음을 관장하는 짙은 사기(死氣)라면, 마기는 그것과는 조금 다르다. 마치 싸우지 못해 안달 난 것 자의 투기(鬪氣)와 비슷하다. 죽음과는 별개로, 상대를 무조건 짓밟겠다는 강한 원념이 실린 기운이다.

"크윽, 업그레이드! 신성 사슬! 중력장!"

카이는 신성력과 마나를 아낌없이 쏟아부었다. 무수한 신성 사슬이 거미줄처럼 튀어나가며 사원의 기둥을 휘감았다.

동시에 중력장을 통해 자신의 몸을 위쪽으로 우겨 밀었다.

드드드드득.

하지만 그럼에도 불구하고 그의 몸은 점점 가라앉았다.

'말도 안 되는 흡력……!'

결국 버티다못한 신성 사슬이 끊어졌고, 카이와 유하린은 빠르게 추락했다.

바닥에서 그들을 기다리고 있던건 반쯤 열린 지옥문이었다. 안쪽의 무언가는 미처 나오지 못했지만, 인간 두 명이 통과하기엔 충분한 공간이었다.

카이는 추락할 때 유하린을 제 품에 끌어안아 그녀의 충격을 최소화시켰다.

콰드드드득!

지옥문을 통과한 카이는 곧장 바닥인지, 벽인지 모를 딱딱한 것과 부딪혔다.

"크윽!"

몸을 몇 바퀴 굴린 카이가 고개를 번쩍 들었다. 예상과는 다르게 주변에는 아무것도 없었다.

"……."

하지만 그 정도가 조금 심해서, 말 그대로 아무것도 없었다. 눈에 보이는 것이라고는 마치 용암 지대에서나 볼 법한 검붉은 바닥. 그리고 생기라고는 일절 느껴지지 않는 삭막한 풍경과 잿빛의 하늘뿐.

"여긴…… 대체 어딜까요."

카이의 물음에 대답한 것은 유하린이 아닌, 시스템 메시지였다.

[마계에 입장했습니다.]

[플레이어 중 최초로 마계를 발견했습니다.]

[레벨이 올랐습니다.]

[레벨이 …….]

[스탯 포인트를 35개 획득했습니다.]

[파티장인 카이가 스페셜 칭호, '마계를 발견한 자'를 획득했습니다.]

[파티원인 유하린이 스페셜 칭호, '마계 탐사대원'을 획득했습니다.]

[마계는 나약한 생명이 살아갈 수 없는 약육강식의 세계입니다. 살고 싶다면 강해지십시오. 세 달 동안 획득하는 경험치가 세 배, 드랍률이 두 배 증가합니다.]

[중간계와의 연결이 끊깁니다.]

왜일까? 문득, 귀여운 여신님이 해주셨던 말이 떠오른다.

'악마족들이 거주하는 지옥의 땅 마계.'

'약한 자는 죽고 강한 자만이 살아남는 지독한 공간이다. 싸움으로 하루를 시작하고, 싸움으로 하루를 마치는 이상한 세계지.'

'절대, 절대로 그쪽 동네에는 관심 갖지 말거라.'

"진짜 징하네요, 징해."

부하의 혀 차는 소리에, 페가수스 사 한국 지부장 강민구는 저도 모르게 고개를 끄덕였다.

"……확실히 징하군."

단체 야근이 확정된 사무실에서 그런 반응이 나오는 것은 당연했다.

카이와 유하린. 두 사람은 고작 여덟 시간 만에 암흑 지대를 중앙 부근까지 돌파하는 기염을 토해냈으니까. 그것이 최소 2년 뒤에 일어났어야 할 일이었다는 걸 생각해 보면, 벌써부터 머리가 지끈거릴 지경이다.

"컨텐츠 개발 부서는 어떻지?"

"아, 그렇지 않아도 미국 본사의 동료랑 연락을 해봤는데, 거기도 말만 자유의 나라지. 단체 야근 확정이라던데요?"

"후우……."

이번에도 '징크스'는 어김없이 발동했다. 카이가 무슨 일을 벌일 때마다 페가수스 사는 뒷수습을 해야 하는 징크스. 때문에 회사에선 카이가 뭔가를 하려고 할 때마다 항상 초긴장 상태로 돌입했다. 하지만 오늘은 아니었다.

"스팅은 뭘 하고 있지?"

"그 미친 새끼. 기어코 지옥문 열려고 하고 있습니다."

카이보다 더 한 놈이 두 명이나 미친 척하고 미친 짓을 벌이는 중이었으니까.

지옥문. 그것은 유저들의 메인 퀘스트 진행률이 막바지에 이르렀을 때 등장시킬 계획이었다.

'뮬딘 대 인간 대 마족.'

마치 옛 삼국지의 위, 촉, 오처럼 멋진 삼파전을 일으킬 비중있는 메인 시나리오였다. 허나 그것이 틀어져 버렸다.

'따지고 보면 이것도 카이 때문이긴 하지.'

태양의 사제로 전직한 카이는 번번이 뮬딘 교의 행사를 방해하면서, 그들이 힘을 회복하지 못하게 만들었다. 그 결과는 뮬딘 교의 아트록 추기경이 마왕 추종자가 손을 잡는 말도 안 되는 일로 이어졌다.

"그것 때문에 추후 메인 시나리오 퀘스트랑 대사들 싹 다고치는 것만 해도 머리 아픈데……."

이번에는 무려 지옥문이다. 저게 열리면 그때는 단순히 퀘스트 좀 고치고, 대사 뜯어고치는 것으로는 수습이 안 된다.

"제가 다른 건 모르겠는데, 이번만큼은 본사 결정이 틀린 것 같네요. 그러게 신화 등급 클래스 조건을 왜 하향시켜 줬답니까?"

"……그러게 말이다."

준비되지 않은 자에게 막대한 힘이 주어지자, 그들은 그 권리를 일으켜 패악을 일삼았다.

'악행 스탯과 마기 스탯을 올리기 위해 대학살을 일으키는 쓰레기들이라니.'

그들은 게임사의 입장에서 봐도 그렇지만, 일개 유저의 눈으로 봤을 때도 변함없는 쓰레기다. 하지만 다행스럽게도 오늘 그중 한 놈이 명을 달리했다.

"그나마 다행인 건, 이제 골리앗이 끝났다는 것이겠네요."

골리앗. 그가 카이에게 1초 컷을 당하면서 무대에서 퇴장했다.

"골리앗은 확실히 끝났다."

강민구가 부하의 말에 동조하며 고개를 끄덕였다. 만약 일반적인 유저였다면 초보자가 되어도 새로 전직을 해서 정상적인 플레이를 할 수도 있었을 것이다.

'하지만 골리앗, 네놈은 너무 설쳤어.'

문제는 그가 페가수스 사를 상대로 빅엿을 제대로 먹였다는 점이었다. 그것도 NPC 대학살이라는 최악의 문제로.

"아마 게임 속에서 한평생 쫓기면서 살아가게 되겠죠?"

"그렇겠지."

현재 그의 악명은 높을 대로 높아진 상태여서 각 제국과 왕국에 수배가 내려진 상황이다. 그 빡센 추격은 절대 전직도 못한 초보자가 뿌리칠 수 있을 만한 것이 아니다.

'인벤토리에 있는 골드와 값비싼 장비들을 현금화하지도 못하고 평생 감옥에서 썩겠어.'

당연한 말이지만, 페가수스에서는 그를 철저히 모니터링해서 십 원짜리 한 장조차 현실로 가져가지 못하게 할 셈이었다. 말 그대로 실패한 악당에게 걸맞은 최후다.

"오늘만큼은 카이가 미워 보이지 않네요. 아니, 야근을 하니까 그래도 미워해야 하나?"

그것이 오늘 페가수스 직원들이 그들을 번번이 물 먹였던 카이를 응원하는 이유였다. 사실 페가수스 입장에서는 셋 다 게임의 근본을 무너뜨리는 놈들이었지만, 적어도 카이는 눈살 찌푸려지는 짓을 하는 악당은 아니었으니까.

"사장님도 좀 드시면서 모니터링하시죠?"

"난 괜찮아."

강민구의 정중한 거절에 부하 직원은 고개를 끄덕이며 햄버거의 포장지를 벗겼다. 그리고 그것을 크게 한입 베어 먹으려던 순간, 사건이 터졌다.

"어, 어어! 코드명 Hell Door! 지옥문 열렸습니다!"

"뭐?"

강민구가 심각한 표정을 지으며 모니터를 노려봤다. 하지만 불행 중 다행히도, 대악마가 소환하는 마법진은 발동하지 않았다.

"제물이…… 조금 부족한 것 같습니다."

"휴우. 다행이네요."

"와, 게임 망하는 줄 알았네요."

"하아……."

정말 다행이다. 만약 대악마가 소환되었다면, 일반 유저들에게는 지옥과도 같은 악몽이 되었을 것이다.

'그리고 회사 입장에서도 끔찍한 일이었겠지.'

대악마의 힘은 일반적인 유저나 NPC들이 감당할 수 있는 수준이 아니다. 만약 녀석이 작정하고 게릴라전을 펼친다면, 엄청난 피해를 야기시킬 수 있다는 뜻.

'그렇게 되면 죽임을 당한 유저들이 욕을 하면서 게임을 접어도 할 말이 없어.'

오히려 페가수스 사에서 막대한 피해보상을 토해내야 했을 터. 모니터링을 하던 직원들이 자리에서 일어나 서로를 얼싸안고, 하이파이브를 하며 서로의 노고를 치하했다.

그때였다.

"어? 카이가 사원에 진입했습니다!"

"뭐? 벌써?"

"이 녀석 진짜 괴물은 괴물이네. 뮬딘 교 병력 싹 다 뚫고 들어왔어."

부하들의 잡담에 강민구가 팔짱을 끼며 물어봤다.

"카이와 유하린이 스팅과 조우하기 까지는 어느 정도의 시간이 걸리지?"

"글쎄요. 아무리 두 사람이어도 이건 시간이 좀 걸릴 걸요? 애초에 암흑 지대의 사원 자체가 거대한 던전처럼 모델링 된 공간이라서……."

"흠. 사원 내부의 모든 뮬딘 교 군은 스팅이 제물로 바치긴 했는데, 그걸 감안해도 42종의 함정을 뚫으려면, 아무리 저 두 사람이라도 함정 해제 스킬이 없는 이상……."

콰르르르르릉!

안타깝게도 카이는 뒤가 없는 남자였다. 바닥을 그대로 뚫어버린 그의 과감함과 비상식적인 행동에 직원들이 입을 멍하니 벌렸다. 동시에 강민구가 지시했다.

"변수 파악해. 스팅이 이겼을 경우와 카이가 이겼을 경우. 어떤 경우가 우리에게 이득이지?"

"어……. 이런 말씀 드려서 죄송합니다만, 스팅이 이길 가능성은 한없이 0%에 수렴합니다."

"그리고 현재 입장만 보면 카이가 이기는 편이 낫죠. 스팅이 미친 척하고 밖으로 나가서 제물을 더 끌어오면 대악마가 진짜 소환되어 버릴지도 몰라요."

"그렇다면…… 다행이군."

강민구가 한시름을 놓았지만, 그는 '카이 징크스'를 너무 얕보았다.

"어? 이, 이런 미친!"

"스팅이 제물이 되서…… 지옥문 열립니다!"

"아, 아니. 정확히 말하면 반 정도만 열렸어요."

"제물이 여전히 부족합니다! 대악마가 밖으로 나오지는 못해요!"

모니터링에 온갖 숫자가 떠오르고, 붉은빛이 번쩍거렸다. 지금 수준에서는 절대 열리지 말았어야 할 코드들이 대량으로 풀려났다는 뜻이었다.

그 잠깐의 태풍이 지나간 후.

사무실의 직원 중 누구도 입을 열지 않았다.

오직 상황 파악이 끝나지 않은 강민구만이 입을 열었다.

"지금……. 대체 뭐가 어떻게 된 거지? 카이와 유하린은?"

"끄, 끌려갔습니다."

"뭐?"

"마계에 끌려갔어요."

"덕분에 지옥문이 닫히기는 했는데……."

직원들이 강민구를 쳐다보며 울먹거리기 시작했다.

"사장님. 혹시……. 혹시 말입니다. 카이랑 유하린이 마계의 추후 콘텐츠를 싹 다 독식해 버리면 어떡하죠?"

"재, 재수 없는 소리!"

강민구가 일갈을 내질렀으나, 그의 등도 식은땀으로 축축해진 상태였다.

'저 두 사람이라면 정말 저질러 버릴지도 모르는데……'

다급해진 강민구가 정보를 요구했다.

"마계에 대한 정보를 싹 다 모아. 현 시점에서 유저가 마계에 진입할 시 어떤 일이 일어나지?"

"어……. 우선 스페셜 칭호, 마계를 발견한 자를 얻을 겁니다."

"그리고 레벨도 오를 거예요. 아마 카이 기준에서는 5레벨은 오르지 않을까요?"

"아! 게다가 능력들도 조금 봉인될 겁니다."

"아마 바로 인간계로 넘어오지는 못할 거예요."

"그리고 인간의 냄새를 맡은 악마들이 그들을 방문할 겁니다."

부하들의 연이은 보고를 듣던 강민구가 고개를 획 돌리며 질문했다.

"잠깐. 인간계로 바로 넘어오지 못한다니? 그 녀석에겐 신출귀몰이 있다."

신출귀몰. 헬릭이 자신의 사랑스러운 대리자에게 제멋대로 만들고 유포해 버린 최악의 스킬. 한 번 방문한 장소라면 어디든 재방문할 수 있는 효과를 지닌 스킬이다.

"아, 그게요. 마계는 우선 신성력과 마나라는 개념 자체가 없습니다."

"게다가 유저들이 마계 대륙 방문하는 시기가 플랜상으로는 못해도 3년 뒤로 잡혀 있어요."

"마계에 진입하면 각종 스킬과 능력들이 봉인되고, 페널티를 받거든요."

"그 말은…… 신출귀몰도 페널티를 받아서, 카이와 유하린이 당분간 돌아오지 못한다는 뜻인가?"

"예. 어쩌면 거기서 죽을 수도 있죠."

직원들의 보고를 듣던 강민구가 천천히 고개를 끄덕였다.

"뭐, 그건 우리의 손을 떠난 일이니 어쩔 수 없군. 그리고 본사 직원들에게 싹 다 메일 보내."

"무슨 내용으로 뿌릴까요?"

"각종 매체와 기자, 유저들이 두 사람의 행방을 물어도 절대. 절대로 발설하지 말라고."

[충격! '카이와 유하린' 랭킹표에서 사라져.]

[페가수스 사 입장 표명. '그저 오류가 아니라는 것만 말할 수 있어'.]

[사상 초유의 사태! 과연 두 사람의 행방은?]

커뮤니티에선 난리가 났다.

전체 랭킹 1위와 3위. 최상급 랭커 두 사람이 한날한시에 랭킹표에서 흔적도 없이 사라졌기 때문이다.

당연히 유저들의 의견 또한 분분했다.

-내가 아는 형한테 들었다니까? 둘이서 캐삭빵 뜨다가 무승부 떠서 동시에 삭제한 거라던데.

ㄴ네 다음 카더라 통신.

-위엣 분 허풍이 심하시네. 제 친구의 친구가 페가수스 직원인데, 둘이서 눈 맞아서 같이 사랑의 도피 한 거래요. 캐릭터도 삭제하고.

-아니, 댓글창 수준 무엇? 신춘문예판인 줄.

-흠. 소문은 무성한데 그 끝은 거의 다 비슷하네. 결국 두 사람이 캐릭터를 삭제했다는 건가?

ㄴ그게 아니면 갑자기 랭킹에서 사라질 리가 없지.

ㄴ이게 신빙성이 있는 게, 전체 랭킹은 비공개도 안 되거든. 목록에서 없으면 그냥 그 캐릭터가 없는 경우밖에 없지.

-저희 언노운님이 캐릭터를 삭제하실 리가 없습니다ㅠㅠ

지금 이 상황은 호사가들에겐 그 무엇보다도 재미있는 이벤트였다. 사람들이 머리를 맞대고 현재 상황을 추리하고 있는 한편, 이 일을 통해 가장 큰 수혜를 받은 것은 다름 아닌 크리스였다.

"어라……. 자고 일어나니까 랭킹 1위네."

크리스는 얼떨떨한 표정으로 랭킹표를 수십 번이나 스크린샷으로 찍었다. 혹시라도 이게 단순한 오류라면, 자신이 다시 2위로 내려갈 테니까.

"흠."

잔뜩 신난 크리스의 모습을 지켜보던 자칼, 아니, 고스트가 침음을 삼켰다.

'카이 님이 캐릭터를 삭제했다고?'

잠시 생각하던 그가 고개를 내저었다. 투기장에서 한 달 남짓 관찰한 것이 전부였지만 그렇게 무책임한 성격의 소유자는 아니었다.

'지금 카이 님이 캐릭터를 삭제하면 그가 다스리는 라시온의 동부 지역은 물론, 수많은 아인종들이 허공에 떠버린다.'

그런데 그들을 모두 버리고 캐릭터를 삭제했다?

고스트는 그럴 리 없다는 쪽으로 무게 추를 기울였다.

동시에 생각이 많아졌다.

'그렇다면 우리도 준비를 해야겠군.'

랭킹 1위와 3위가 사라졌다. 그중에서 카이는 게임에서 지대한 영향력을 펼치던 사람이다. 당연히 그의 빈 자리를 노리는 이들도 하나둘 나타날 것이다.

'카이 님의 권력과 땅을 원하는 사람은 한둘이 아니다.'

거기까지 생각이 미친 고스트는 자리에서 일어나며 망토를 걸쳤다.

"이 시간부로 회원들에게 전부 대기 발령 내려."

"예? 그게 무슨……."

초유의 사태에 부 회장이 깜짝 놀라 묻자, 고스트가 담담하게 대꾸했다.

"내 감이 맞다면, 당분간 바빠질 거다."

그때 누군가로부터 메시지가 도착했다.

[미네르바 : 대화를 좀 나누고 싶은데, 시간 좀 내주시겠어요?]

세계 8대 길드 중 하나인 프레이 길드의 마스터로부터 온 연락이었다.

'굳이 상대해 줄 필요는 없겠지.'

고스트가 손을 휘저어 메시지창을 닫으려는 순간, 추가 메시지가 도착했다.

[미네르바 : 카이 님의 말씀을 전하러 왔어요. 약속 지키라고 하시던 데요.]

그 순간 움직임을 멈춘 고스트는 입꼬리를 말아 올렸다.

자신의 예상대로, 바쁜 일이 생길 것 같다.

흑룡, 소속 길드원만 2,200만 명을 거느린 초거대 길드. 명실상부 미드 온라인 최대 규모인 흑룡의 길드 하우스는 '하우스'라는 단어가 어색할 정도로 거대했다.

왜냐하면 쟈오 린은 기존의 길드 하우스를 허물고, 2천 평의 토지를 구입해 중국식 궁을 새로 세웠기 때문이다.

그것이 바로 흑룡이 자랑하는 용궁(龍宮). 방송에도 몇 번이나 소개된 적이 있는 흑룡 길드의 하우스였다.

"다 모였나 보군."

평소에는 시끌벅적한 용궁은 침묵에 젖어 있었고, 회의실에는 수백의 간부들이 모여 있었다.

쟈오 린이 간부들을 모두 소환해 회의를 연 것이다. 붉은 융단이 깔려 있는 대전, 황금색 용이 각인된 옥좌 위에 앉아 있던 쟈오 린이 입을 열었다.

"그럼 시작하지."

그 명령과 함께 고개를 조아린 간부들이 하나둘 물어온 정보들을 풀기 시작했다.

"카이의 실종은 그 어떤 거짓이나 꾸밈이 없다는 것이 현재 정론입니다."

"정보 길드에 수천 골드씩 뿌려 몇 번이나 검증을 한 사실이니 확실합니다."

"페가수스 사에 문의해 본 결과, 유저가 의도적으로 랭킹표에서 이름을 숨길 수 있는 방법은 없다는 답변이 돌아왔습니다."

"흐음."

자신이 원하는 답들만 연이어 들려오자 쟈오 린이 흡족한 표정으로 고개를 끄덕였다.

그는 자신을 바라보는 간부들을 보며 입을 열었다.

"그럼 라시온 침공에 대한 그대들의 생각은 어떻지?"

용주의 질문에 간부들이 저마다 대답을 쏟아냈다.

"모든 신호가 청색을 가리키고 있습니다만…… 시기가 너무나 공교롭습니다."

"맞습니다. 저희가 라시온 북부 섬멸전을 일으킨 지 얼마 되지 않아 이런 일이 일어났으니……."

"미끼다?"

"그럴 가능성이 농후해 보입니다."

"제 생각도 같습니다. 하지만 카이와 유하린의 이름이 랭킹에서 사라진 것은 분명한 사실. 조금 더 기다리셨다가 그들이 사라진 것이 확실하다고 판단되면, 그때 움직이셔도 늦지 않을 것 같습니다."

"게다가 리벤지 길드에서도 무언가를 준비 중이라고 했습니다. 일이 끝나면 연락을 준다고 하였으니, 그들을 기다려 보는 것도 나쁘지 않아 보입니다."

"또 기다림인가…… 그대들은 항상 기다리라는 말만 반복하는 것 같군."

톡톡.

손가락으로 옥좌의 팔걸이를 규칙적으로 두드리던 쟈오 린이 한쪽 팔로 제 턱을 짚었다. 그가 한참이나 생각을 이어가자, 간부들은 서로 눈치만 보며 시선을 아래로 내렸다.

"흠, 정했다."

허리를 꼿꼿이 세운 쟈오 린이 말문을 열자, 모두의 시선이 그에게 향했다.

"기다림이란 예로부터 승자가 갖춰야 할 필수 덕목이었다. 하나 나는 기다림이 과해져 아군이 겁쟁이 무리가 되는 것이 두렵구나."

"그럴 일은 없습니다!"

"대흑룡의 둥지는 겁이라는 단어와 어울리지 않습니다."

"명령만 내려주신다면 저흰 언제라도 무기를 들 준비가 되어 있습니다."

간부들의 반박에 쟈오 린이 입 꼬리를 씨익 말아 올렸다.

"그렇다면 문제없겠군. 길드원들의 레벨링 속도에 박차를 가하고 돈을 풀어 장비와 군량을 모아라. 앞으로 한 달간 상황을 지켜본 뒤, 그때까지 이변이 없다면 진격하겠다."

그 갑작스러운 선언에 간부들이 놀란 표정을 지었지만, 내색하는 이는 없었다.

"충!"

그저 고개를 조아릴 뿐.

"오늘 배울 내용은 어찌하여 태양교가 대륙의 제일교가 되었는지에 대한 논리적인 근거와……."

돋보기안경을 쓴 알버트가 강단에 서서 강의를 시작했다. 이를 지켜보는 수백의 학생들은 그의 말을 토씨 하나 빠트리지 않기 위해 집중했다.

헬릭과 라샤라고 다르지 않았다. 공부를 열심히 하고 있으라는 카이의 말을 잘 듣는 두 소녀는 매 수업에 집중했고, 덕분에 성적도 최상위권이었다. 특히 신학에 대해선 헬릭과 라샤의 방대한 지식을 따라잡을 이가 없었다.

"앗."

"어머."

어느 때와 같이 수업을 잘 듣고 있던 헬릭과 라샤가 동시에 짧은 탄식을 터뜨렸다. 그러자 학생들의 시선이 그녀들에게 향했다.

"무슨 일이라도 있니?"

알버트의 물음에 두 사람이 고개를 도리도리 흔들었다. 그 귀여운 모습에 인자하게 웃은 알버트는 그녀들이 수업을 방해한 것을 너그러이 봐주었다.

"집중하려무나."

짤막한 말과 함께 다시 강연에 들어간 알버트의 등을 바라보던 두 사람이 서로를 쳐다봤다.

'라샤, 방금 그건…….'

'너도 느꼈어?'

각각 카이, 유하린과 연결되어 있던 희미한 선이 끊어졌다. 그것은 신과 대리자 사이에 존재하는 어떠한 유대이자, 신성력으로 이어진 끈이었다.

동시에 두 사람의 낯빛이 딱딱해졌다. 언제 어디서도 느낄 수 있는 대리자의 기운이 사라졌다는 것은 단 한 가지를 의미했다. 천계, 인간계와는 채널 자체가 다른 곳, 바로 마계에 입성했을 경우. 그것을 제외하고는 설명할 수 없는 일이었다.

'어, 어떡하지? 하린 님은 아직 마계에서 활동하기에는 너무 연약한데…….'

라샤가 발을 동동 구르며 걱정하자, 헬릭이 그녀를 안심시켰다.

'안심하거라, 카이는 고작 마계에서 죽을 정도로 약하지 않으니라.'

물론 그것도 조우하는 상대에 따라 다르겠지만…… 헬릭은 굳이 뒷말을 내뱉지 않았다.

'……무사히 돌아오거라.'

떨고 있는 라샤 앞에선 보일 수 없는 속마음이었으니까.

"으음."

카이는 척박한 땅을 둘러보며 침음을 삼켰다. 눈에 보이는 것은 여전히 적색의 땅과 잿빛 하늘뿐이었다.

"마계라니…… 스팅은 무슨 악마라도 소환하려고 했던 걸까요?"

"아마도요. 다만 저희 때문에 일이 틀어진 것 같습니다."

그 결과 두 사람은 무려 마계로 끌려왔다.

'좋지 않은데.'

헬릭에게 마계의 위험성에 대해 몇 번이나 들었던 카이가 다시 한번 미간을 찌푸렸다.

"그, 혹시 신출귀몰은 사용하실 수 없나요?"

유하린이 슬쩍 던진 질문에 카이는 쓴웃음을 지었다.

"사실 그게……."

[신출귀몰 스킬을 사용하려면 30일을 기다려야 합니다.]

[강림 스킬을 사용할 수 없는 장소입니다.]

[신벌 스킬을 사용할 수 없는 장소입니다.]

카이가 지닌 몇 가지 스킬에 제약이 걸렸다.

신출귀몰 스킬을 통해 빠져나가려고 했지만 30일의 사용 제한이 걸렸고 가장 중요한 강림 스킬은 아예 사용 불가능 판정을 받았다.

'음. 체란티아와 시미즈, 패트릭의 영혼이 마계에 오지 못해서인가.'

이래저래 골치 아프기는 매한가지다. 후우, 짧은 한숨을 내쉰 카이는 우선해야 할 일부터 차근차근 시작해 나갔다.

[마계를 발견한 자]

등급 : 스페셜

내용 : 마계를 최초로 발견한 자에게 주는 칭호.

효과 : 마계에서의 모든 능력이 +50%

(이 효과는 칭호를 장착하지 않아도 적용됩니다.)

“흠. 이건 제법…….”

운이 좋다. 척박한 땅에 떨어져 강림 스킬도 사용하지 못하는 카이에게는 한 줄기 빛과 같은 칭호였다.

“와아.”

옆에서 유하린의 감탄이 터져 나왔다.

“카이 님, 스페셜 칭호 효과 보셨어요? 마계에서 모든 능력치가 15%나 증가해요!”

“……축하드립니다.”

카이는 어색한 미소를 띠며 축하를 건넸다.

“그것보다 먼저, 우선 30일 동안은 마계를 빠져나가지 못할 것 같으니 연락을 좀 돌려놓겠습니다.”

“연락이요? 누구에게요?”

유하린의 질문에 카이는 빙그레 미소를 지었다.

“제가 자리를 비운 동안, 제 영지를 지켜줄 이들에게요.”

인간계와의 메시지창은 먹통인 상태였기에, 카이는 인터넷 창을 열어 미네르바에게 이메일을 보냈다.

‘이것으로 당분간 안심이겠지.’

성혈단과 프레이 길드, 그리고 적색여명회가 철벽처럼 지키는 자신의 영지는 안전할 것이다. 물론 그 안전이 언제까지 갈지는 모르겠지만.

'그 안에 최대한 빨리 이곳을 빠져나갈 방법을 찾자.'

계획을 세운 카이는 자신의 상태창을 확인했다.

[카이]

[직업 : 태양의 사제]

[레벨 : 535]

[칭호 : 신의 대리자]

[생명력 : 243,700]

[신성력 : 416,000]

[능력치]

힘 : 3,312 / 체력 : 2,437

지능 : 2,929 / 민첩 : 1,767

신성 : 4,160 / 위엄 : 1,579

남은 스탯 : 55

선행 : 709

독 저항력 +30

마법 저항력 +101.5%

자연친화력 +200

암흑 지대에서 골리앗을 잡아 2레벨이 올랐고, 뮬딘 교 군대를 상대하며 또 2레벨이 올랐다. 게다가 마계에 입장하며 상승한 7레벨까지. 535레벨을 기록한 카이는 남은 스탯을 어디에 배분해야 할지를 고민했다.

'우선 더 이상 신성력을 올리는 건 큰 의미가 없을 것 같은데.'

현재 자신의 스탯 중 가장 높은 수치이기도 했고, 지금만 해도 충분한 효과를 보이고 있었다.

'최근 중력장의 쓰임새가 쏠쏠하니 지능에 조금 더 투자를 해야겠다.'

카이는 지능에 30스탯을, 체력에 25스탯을 투자했다.

목격자 칭호로 또 뻥튀기가 된 스탯들을 바라보던 카이가 그제야 유하린을 쳐다봤다.

"……하린 씨? 지금 뭐 하세요?"

그녀는 큰 눈을 예쁘게 깜빡거리며 허공을 쳐다보는 중이었다.

"카이 님. 혹시 랭킹표 보셨어요?"

"랭킹표요? 갑자기 왜요?"

"일단 한 번 보세요."

그녀의 요청에 고개를 갸웃거리며 랭킹표를 열었다.

[마계 랭킹]

1. 유하린 (0)

1. 카이 (0)

"어? 랭킹이 왜……."

"아무래도 마계에서는 랭킹이 따로 잡히는 것 같아요. 저희 지금 공동 1위예요."

카이는 고개를 끄덕이며 입을 열었다.

"이름 옆 괄호 안의 숫자는 아무래도……."

"이곳에서 잡은 악마와 관련이 있는 숫자 아닐까요?"

"역시 그렇겠죠?"

그녀와 생각이 일치했다.

"신출귀몰의 사용이 풀릴 때까지 앞으로 30일. 그동안 싸움을 계속 피할 수는 없을 겁니다."

"그래서 더 두근거리지 않으세요?"

"뭐가 말입니까?"

카이가 그녀를 빤히 쳐다보며 물었다.

갑자기 두근거림이라니?

"저희가 의도한 건 아니었지만, 결과적으로 십억이 넘는 유저 중에서 저희 두 사람만이 탐험할 수 있는 지역이잖아요. 마계."

"……생각해 보니 그건 그러네요."

카이는 그녀의 긍정적인 사고방식에 감탄했다.

“그리고 이미 구현된 지역이니 NPC나 퀘스트도 있지 않겠어요?”

“퀘스트라…….”

사고방식을 아주 조금 비틀었을 뿐인데, 카이는 유하린이 하고 싶은 말이 무엇인지 알 것 같은 기분이 들었다.

‘하린 씨의 말을 듣고 보니 확실히 조금 두근거리긴 해.’

결국 두 사람은 게이머.

남들이 가지 않은 지도에 발자국을 남기고, 퀘스트를 깨며, 새로운 몬스터를 잡는 것에 희열을 느끼는 사람들이다.

마계라는 새로운 지역이 어떤 매력을 품고 있을 지를 확인할 수 있는 사람은, 지구상에서 오직 그녀와 자신뿐이다.

“게다가 집 주인들은 저희를 편하게 해줄 생각이 없어 보이는데요?”

유하린이 하나둘 모습을 드러내는 몬스터들을 바라보며 중얼거렸다. 인간계에서는 한 번도 보지 못한 모습의 몬스터들로, 하나같이 강력해 보였다. 카이 또한 그들을 눈에 담으며 몸을 풀었다.

“예전에 헬릭 님에게 여쭤본 적이 있습니다. 마족과 비교한다면 제가 어느 정도의 수준이냐고.”

“뭐라고 하시던가요?”

"제 수준으로는 죽기 딱 좋으니 마계 쪽으로는 관심도 갖지 말라고 하시더군요."

"헉. 그럼 어떻게 해요."

설마 마계의 존재들이 그토록 강한 줄은 몰랐던 유하린이 깜짝 놀라 반문했다. 카이는 피식 웃으며 그녀를 안심시켰다.

"너무 걱정하지는 마세요."

우우웅.

카이는 소환된 성스러운 검을 꽈악 쥐며 말을 끝맺었다.

"그게 벌써 석 달 전의 이야기니까."

113장
광산

"그, 그런데 갈수록 많아지네요?"

유하린이 사방을 둘러보며 살짝 위축된 목소리를 뱉어냈다. 아닌 게 아니라, 마계에서 보기 드문(어쩌면 처음일지도 모르는) 인간의 등장에 주변의 악마란 악마는 죄다 몰려온 듯한 기분이다. 그 수가 무려 이백을 넘어섰는데, 우습게도 동일한 개체는 단 한 마리도 없었다.

"이건…… 솔직히 자신이 없네요."

"이제 와서요?"

유하린이 발을 동동 구르자 카이가 낮은 웃음을 흘리며 웃었다.

"농담이죠. 질 자신이 없다는 말이었어요."

그 말이 단순한 허세가 아니라는 것을 증명이라도 하듯, 그는 입고 있던 옷을 성의 니케로 바꾸었다.

이유는 간단했다.

[세트 : 사도의 길]

사도의 성물 세 개를 모두 장착할 시 효과 적용.

모든 스탯 +100.

신성력을 소모하는 모든 스킬의 효과 +30%.

모든 스킬의 신성력 소모량 -30%.

모든 스탯의 상승과 신성력 스킬의 소모량 감소, 효과 대폭 증가. 게다가 세 개의 성물에 달려 있는 악마/언데드 공격 시 추가 대미지를 모두 합하면 50%.

'그리고 여기에 마계를 발견한 자의 칭호까지.'

마계에서의 모든 능력치가 50% 상승한다.

이것으로 끝이냐고? 천만에.

'그리고 기본적으로 신성력을 쓰는 직업군은 뭍딘 교나 악마, 언데드에게 50%의 추가 대미지를 입힐 수 있어.'

안 그래도 스탯이 괴물 반열에 접어든 카이였다. 하지만 인간계에서의 강력함은, 그가 마계에서 선보일 수 있는 힘의 반절도 채 되지 않았다.

"그럼 시작해 볼까요."

카이는 가볍게 걸음을 내디뎠다. 괴물 같은 스탯을 한 몸에 우겨 넣은 몸 치고는 굉장히 가뿐한 발걸음이었다.

"크릘르르르!"

가장 먼저 달려든 것은, 눈이 달랑 하나 달려 있는 집채만한 괴물이었다. 녀석이 달려들자 다른 악마들은 가만히 상황을 지켜만 보고 있었다.

'이 녀석이 이 자리에서 가장 강한 녀석인가?'

카이는 미소를 지으며 입을 열었다.

"광휘의 검."

마계에는 존재하지 않는 태양의 기운이 성검을 물들였다. 그 검은 곧장 코뿔소처럼 달려드는 악마를 향해 드리워졌다.

"횡 베기."

문자 그대로, 좌에서 우로 그어지는 정직한 검격. 그 공격 한 번에 외눈박이 괴물의 다리 여덟 개가 모두 잘려 나갔다.

"키에에에엑!"

먹잇감이라고 생각했던 존재의 힘이 상상이상으로 강력하다. 다리를 잃고 무게 중심이 흐트러진 악마는 그대로 고꾸라졌다.

콰드드드드득!

녀석의 거대한 몸은 정확히 뒤쪽에 있던 유하린의 앞에 멈춰 섰다.

"마무리 좀 해주세요."

"네……. 아, 네!"

허둥지둥 검을 뽑은 유하린이 에잇! 괴물의 외눈을 찔러 마무리를 했다.

"캬아아아아아악!"

외눈박이 괴물이 죽기 전 내지를 단말마, 그것은 일종의 신호가 되었다.

"……."

누가 먼저랄 것 없이 몰려들던 악마들이 움직임을 멈췄다. 태도를 손바닥 뒤집듯 바꾼 그들 중 일부는 미련이 없다는 듯 아예 자리를 떠났다. 단 일격으로 이 자리의 포식자가 누구인지를 알려준 카이는 스윽. 주변을 둘러봤다. 그 시선을 정면에서 마주하는 악마는 단 한 마리도 없었다.

'그렇구나. 외눈박이 녀석이 가장 강했던 게 아니야.'

녀석은 일종의 총알받이였던 것이다.

외눈박이의 죽음으로 자신의 실력이 드러나자, 머리가 있는 녀석들은 죄다 자리를 떠났다. 자리에 남아 있는 것은 이도저도 못하는 조금 덜 떨어진 녀석들뿐.

'애초에 마계란 이런 곳이라고 했지.'

철저한 약육강식의 세계. 빈틈을 보여주면 미친 듯이 달려드는 악마들이 존재하는 공간이지만, 반대로 절대적인 힘을 보여주면 누구도 덤빌 생각을 못 한다.

'지금 남아 있는 녀석들의 평균 레벨은 660정도인가.'

이 녀석들이 마계의 정예일 리는 없다. 오히려 외눈박이가 죽자 미련 없이 자리를 떠난 악마들이 진짜 강자들일 터.

“뭐, 사냥하다 보면 녀석들과도 만나게 되겠지.”

카이는 산책을 나온 사람처럼 여유롭게 걸음을 내디뎠다.

“……!”

“크, 크르륵?”

움직이는 악마들은 없었다. 아니, 정확히 말하면 움직일 수 있는 악마들이 없었다.

“중력장은 여덟 배 정도면 충분한가.”

푸른빛이 일렁이는 카이의 눈동자는 새로운 경험치들을 탐스럽게 훑었다.

“와, 경험치가 이렇게 잘 올라도 괜찮은 걸까요?”

유하린이 국자를 휘휘 저으며 잔뜩 신난 목소리로 묻자, 카이가 대꾸했다.

“뭐, 그건 개발자들이 생각할 문제죠.”

아닌 게 아니라 두 사람은 정확히 악마 23마리를 사냥하고 각각 3레벨씩 올랐다. 그것은 적들의 레벨이 높은 이유도 있었지만, 마계 최초 발견자 버프 덕분에 세 배의 경험치를 획득했기 때문이었다.

보글보글.

유하린은 보라색 기포가 터져 나오는 수프를 저으며 해맑게 웃었다.

“시장하시죠? 조금만 기다리세요. 제가 밥 해드릴게요.”

“아니…… 그런데 그거 먹어도 되는 거 맞습니까?”

현재 냄비 안에서 끓고 있는 것은 방금 전 그들이 사냥한 악마들 중, 소 모양을 하고 있던 녀석의 고기였다.

“괜찮을 거예요. 소고기잖아요.”

눈이 열두 개 달려 있고, 뿔이 여섯 개 나 있다는 점에서 이미 일반적인 소는 아닐 텐데.

“그리고 저 요리 스킬 중급 4레벨이에요. 전 정말 자신 있어요.”

제가 자신이 없습니다. 그걸 먹을 자신이.

하지만 카이는 차마 그 말을 입 밖으로 내뱉지는 못하고 어색하게 웃었다. 열심히 사냥했다고 음식을 해주겠다는데 어찌 거절하겠는가. 게다가 자신에게는 포이즌 마스터 스킬도 있으니 먹어도 죽지는 않을 것이다.

“음! 맛있네요.”

국자에 담긴 수프를 살짝 맛보던 유하린이 활짝 웃었다. 그녀는 이내 인벤토리에서 그릇을 꺼내 수프를 담더니, 숟가락과 함께 내밀었다.

"드셔보세요."

"……평소에 식기까지 일일이 챙겨 다니시는 겁니까?"

"아무래도 솔플하는 사람이니까요. 한 번 사냥하러 나가면 최소 열흘은 마을에 못 돌아가잖아요? 결국 자급자족하는 수밖에 없죠, 뭐."

카이는 항상 돈으로 음식을 빵빵하게 준비하던 과거를 반성했다.

'그러고 보니 하린 씨는 다방면에서 뛰어난 사람이었지.'

예전에 타락의 성지를 함께 공략하면서 알 수 있었다. 그녀는 온갖 스킬을 둘둘 배우고 있다는 것을. 재봉, 요리, 제련, 수리, 약초학과 연금술……. 남들이라면 한 번에 하나 이상 배우지 않는 것들을 가리지 않고 터득한 상태였다.

생각이 거기까지 미친 카이는 그릇을 받으며 피식 웃었다.

"왠지 하린 씨는 망치랑 못만 드리면 집도 만드실 수 있을 것 같아요."

"음…… 현실에서는 못 하지만 게임에서는 할 수 있어요. 저 건축 스킬 초급 9레벨이거든요."

"……아니, 건축 스킬은 또 왜 배우셨습니까?"

"야영을 하다 보니까, 침낭에서 자는 것보다는 간단한 거처가 있는 게 더 안전할 것 같아서……."

네, 제가 졌습니다.

카이는 그녀답다는 생각을 하며 보라색 수프를 한입 크게 퍼먹었다.

"음……!"

한 입을 먹어본 카이가 놀란 표정을 짓더니, 연거푸 세 숟가락을 입안에 쑤셔 넣었다.

"마, 맛이 어떠세요?"

유하린은 마치 마스터셰프 코리아에 출전한 참가자라도 되는 양 잔뜩 긴장해서 물었다.

이에 카이는 솔직하게 자신의 심정을 얘기했다.

"맛있네요. 아니, 그것보다 이거 설렁탕 맛 나는데요?"

"그쵸? 맛있다니까요."

"솔직히 색깔이 너무 보라색이라서 뭔가 독 같이 느껴졌는데, 먹어보니까 맛있네요." 밥이랑 김치만 있으면 더할 나위 없을 것 같은데.

카이가 아쉬운 마음을 삼키자, 유하린이 인벤토리를 슬쩍 열면서 물었다.

"혹시 밥이랑 김치는 필요 없으세요? 있는데……."

"헐."

정신없이 고개를 끄덕였다. 그러자 베시시 웃은 그녀는 밥 한 공기와 먹음직스러운 김치를 꺼내놓았다.

"요즘 수도에는 한국 반찬집도 있더라구요. 그래서 가끔 사

먹어요."

"최고로 맛있습니다."

보라색 설렁탕과 흰 쌀밥, 그 위에 얹은 아삭아삭한 김치까지. 카이와 유하린은 황홀한 식사를 마쳤다.

"동쪽과 북쪽이 심상치 않습니다."

"천박한 것들. 허구한 날 싸움질이라니, 대악마의 기본 소양조차 겸비하지 못했구나."

고블린 악마의 보고를 듣던 미남자가 와인잔을 우아하게 흔들며 말했다.

"뭐, 그래 봐야 이번에도 어깨에 힘만 잔뜩 주고는 스리슬쩍 없던 일로 만들겠지."

"그게…… 이번에는 다른 것 같습니다. 두 대공 모두 휘하의 군단장들을 전선으로 이동시켰습니다."

그 말에 백옥의 피부를 지닌 미남자가 눈을 반짝였다.

"호오? 진짜 전쟁이라도 치를 셈인가?"

"현재 상황만 보면 그럴 가능성이 높습니다."

"그 겁쟁이들이 웬일로…… 그렇다면 서쪽의 반응은 어떻지?"

"저희와 마찬가지로, 직접적으로 엮이지 않았으니 우선 지켜보자는 생각 같습니다."

"흐음. 그렇다면 중앙의 그년은?"

그 질문에 고블린 악마는 침을 꿀꺽 삼키며 목소리를 가늘게 떨었다.

"그, 그분께서는 미동조차 없으십니다. 언제나 그렇듯, 중앙의 고성에 칩거해 계십니다."

"쯧. 이래서 감정 기복이 심한 노처녀는…… 정말이지 알다가도 모르겠군."

없는 자리에서는 나라님도 까는 법. 미남자는 중앙의 대악마를 떠올리며 짜증 섞인 표정을 지었다.

"되었다. 북쪽과 동쪽, 서쪽의 감시 체계를 강화해라."

"알겠습니다."

"곧 수확의 시기인데, 광산들은 어떻게 되어가고 있지?"

"대부분의 광산들은 수확량을 맞출 것 같습니다. 다만……."

고블린 악마가 미남자의 눈치를 보며 힘겹게 입을 열었다.

"몇몇 광산에 해방군이 또……."

"뭐?"

미남자의 고운 표정이 왈칵 일그러졌다.

"그 미친놈들은 시대가 어느 때인데……."

"죄, 죄송합니다. 최대한 신속히 배제하겠습니다."

"자네가 미안할 게 무엇이 있나. 모두 우매한 그놈들의 잘못이지. 안 그러나?"

반달처럼 곱게 휘어진 눈을 마주한 고블린 악마는 몸을 사시나무처럼 떨었다. 저 눈웃음이 기분이 좋아서 나오는 웃음이 아니라는 것을 알고 있기 때문이었다.

"제, 제가 관리를 조금 더 잘했어야 했는데……."

"하하하. 그걸 알고 있다니 다행이군."

빙그레 웃은 미남자가 고블린 악마를 격려했다.

"실수해도 좋아. 실수해. 살다 보면 실수도 하고 그래야 또 악마미가 느껴지는 거 아니겠나."

"예, 예에……."

"그런데."

미남자는 여전히 웃고 있었지만, 눈웃음 사이로 엿보이는 눈동자는 서릿발처럼 차가웠다.

"자신이 실수했다는 것을 알고 있고, 어떻게 해야 된다는 것도 아는 녀석이 그 대책을 마련하지 못한다면. 그건 무능한 거겠지?"

"무, 물론입니다."

"그래그래. 나 말은 안 해도 자넬 항상 믿고 있어."

미남자는 웃는 낯으로 부하를 응원했지만, 고블린 악마는 그를 믿지 않았다. 아니, 믿을 수 없었다. 그의 와인잔에 담겨 있는 붉은 액체는, 불과 이틀 전에 목이 달아난 선임의 피였으니까.

"그, 그리고 또 보고드릴 것이 있습니다."

"흠? 뭔가."

"인간이…… 나타났다고 합니다."

그 말에 미남자가 처음으로 놀란 표정을 지었다.

"인간? 내가 아는 그 인간이 맞는 건가?"

"예. 중간계에 거주하는 그 인간들이 맞다고 합니다."

"그건, 놀랍군. 어떻게 인간이 마계에 올 수 있는 거지?"

"자세한 사항은 모르겠으나, 상당한 실력자들이라고 합니다. 남자 하나와 여자 하나입니다."

"그래 봐야 아랫것들 수준에서 상당한 실력이겠지."

"어떻게 하시겠습니까? 명령만 내려주신다면 당장 끌고 오겠습니다."

"으음, 아니야아니야. 우선 놔둬라."

미남자는 와인잔을 한 입에 마시고는 입술을 혀로 닦았다.

그의 얼굴 위로는 재미있어 죽겠다는 표정이 떠올랐다.

"재미있는 게 생각났으니까."

슥슥, 삭삭.

헝겊과 숫돌로 열심히 자신의 검을 제련한 유하린은 마무리로 입김을 불어 넣었다.

"후우우우."

그것으로 끝. 오늘도 깔끔하게 무기 손질을 마친 그녀의 표정은 밝았다.

"검이 반짝거리네요."

"그렇죠? 이때가 제일 좋아요. 무기 손질 마치고 나면 검이 엄청 예리해지거든요. 막 휘두르고 싶어진달까……."

황홀하다는 표정을 지으며 검집을 꼬옥 끌어안는 유하린.

웃음을 머금고 그녀를 바라보던 카이는 고개를 돌렸다.

두 사람의 시야에는 끝도 없이 펼쳐진 지평선만이 보였다.

"이곳에 마을이란 게 있긴 할까요?"

"음. 솔직히 저도 모르겠어요. 마계에 도착한 지 일주일이나 지났는데, 장소가 똑같으니까."

두 사람이 마계에 떨어진 지도 일주일. 그 시간 동안 꾸준히 앞을 향해 걷기만 했다. 물론 그들을 괴롭히는 악마들은 셀 수도 없이 많았지만, 모두 한 줌의 재가 되어 쓰러졌다.

그런 와중에도 그들이 바라보는 경치는 바뀌지 않았다.

잿빛의 하늘, 검붉은 대지. 그것이 전부였다.

'나나 하린 씨나, 30레벨을 넘게 올릴 때까지 조그마한 마을 하나 보이지 않다니…….'

이쯤되면 마계 지역이 완벽하게 구현된 것이 맞는지 의심이 들 지경이었다.

"아, 그리고 슬슬 새로운 가죽을 찾아봐야 할 것 같아요."

유하린이 뒤집어쓰고 있던 회색의 가죽을 가리키며 말했다.

그녀가 새로 맞춘 장비 대신 넝마나 다름없는 가죽을 덮어쓴 이유는 간단했다.

'마계, 지옥 같은 곳이라는 말이 사실이었어.'

지난 일주일간 학습한 바에 의하면, 마계의 공기는 굉장히 독특했다. 우선 일반적인 장비는 대기에 노출된 것만으로도 내구도가 매우 빠른 속도로 줄어들었다. 게다가 24시간 떠올라있는 붉은 달은 찌는 듯한 더위를 선사했다.

이 두 가지 악조건을 돌파하기 위해 두 사람이 마련한 대안은 다름아닌 악마들의 두꺼운 가죽이었다. 마계의 대기에 저항력이 높은 가죽은 볼품이 없다는 것만 제외하면 내구도도 제법 쓸 만했고, 무엇보다 무더운 공기를 거의 완벽하게 차단해 주었다. 그런 이유로 성물들의 내구도가 무한인 카이조차 악마 가죽을 덮어써야만 했다. 가죽을 덮지 않으면 미칠 듯한 폭염에 버틸 수가 없었으니까.

"슬슬 내구도가 다해 가나요?"

"네. 아무래도 저희가 잡는 악마들의 수준이 낮아서 그런가 봐요. 길어야 이틀이네요."

"조금 더 상위 개체를 잡아야 될 것 같아요."

"……보여야 잡죠."

유하린이 투정을 부렸다. 그녀의 말대로, 두 사람에 대한 소문이 퍼졌는지 요즘은 악마들이 근처에 얼씬조차 하지 않았다.

'악마들이 일반적인 몬스터처럼 다짜고짜 달려드는 놈들이었다면 레벨 업 속도도 훨씬 빨라졌을 텐데.'

아쉬운 마음을 삼킨 카이가 고개를 돌렸다.

"……어쩔 수 없죠. 저 산에 마을이라도 있기를 기도할 수밖에."

현재 두 사람이 목적지로 삼은 곳은 이틀 전부터 보이기 시작한 산이었다. 어찌나 거대한지, 제법 가깝다고 생각했는데 꼬박 이틀을 걷고 나서야 근처에 도착했다.

"이제 마을은 바라지도 않아요. 제발 상급 악마종이라도 있었으면 좋겠어요. 기왕이면 가죽을 많이 뜯어낼 수 있는 큰놈으로요."

파사삭. 유하린이 만지기만 해도 바스러져 가는 가죽을 쳐다보며 울상을 지었다.

거대한 규모의 광산이었다. 개발이 완료되어 채굴 중인 갱도의 수만 여덟이었고, 새롭게 파고 있는 갱도는 열셋. 이 정도 크기의 광산은 드넓은 마계에서도 족히 100위 안에 드는 엄청난 규모였다.

"서둘러!"

"끄응, 몇 시간 쉬지도 못했는데……."

여유로운 마계 대악마들에게는 시간의 구분이 없다지만, 그건 대악마들의 경우일 뿐. 노예처럼 부려지는 하급 악마들은 누구보다도 철저하게 시간을 지켜야만 했다. 그것이 이유였다.

"정렬!"

"줄 하나 제대로 못 맞추나!"

"이래서 쓰레기들은……."

짜악!

채찍과 단봉을 장비한 감독관들의 잔소리를 들으며, 물경 천에 다다른 하급 악마들이 헐레벌떡 광산 입구로 모여들었다.

"다 모였나?"

"예! 관리자님."

갱도에서는 누구도 덤빌 자 없다는 감독관들이 침을 삼키며 긴장했다.

마계에서 악마들의 등급을 가리는 것은 단연 힘이다. 그리고 그 힘을 구분하기 쉬운 방법은, 머리에 달려 있는 뿔을 살펴보는 것이었다. 힘이 강력한 악마들은 최소한 하나씩 지니고 있는 것이 뿔이었기 때문이다. 이 뿔은 상위종으로 갈수록 크기가 거대해지거나 숫자가 많아지거나, 혹은 형태가 더 멋있어지는 식으로 변해갔다.

"오셨습니까!"

"일동, 관리자님께 인사!"

감독관들이 허리를 꾸벅 숙여 자리에 등장한 관리자에게 인사했다. 뿔이 달려 있는 머리를 내린다는 것은 곧 복종한다는 의미였다.

"음."

감독관들의 머리에 박힌 뿔들이 성인 남성의 손가락 하나 크기인 반면, 막 등장한 관리자의 이마에는 그들보다 족히 세 배는 두꺼운 뿔이 박혀 있는 상태였다.

"오늘도 관리자님의 뿔은 멋있군."

"나도 언젠가 저렇게 우람한 뿔을 가지는 것이 꿈이다."

존경과 두려움이라는 모순적인 감정을 한 몸에 받은 관리자는 콧김을 짧게 뿜어냈다. 키네사 대공이 다스리는 마계 남부의 악마 서열 152위. 바로 그들이 위치한 제4 광산을 관리하는 드라켄의 정체였다.

"흐으음."

무언가 심기가 불편한 표정으로 악마들을 훑어본 드라켄이 천천히 입을 열었다.

"들어라, 쓰레기들아."

꿀꺽.

여기저기서 침 넘어가는 소리가 들려왔다. 야단이 난 것이다. 여태까지의 경험으로 미루어볼 때, 드라켄의 기분이 이리 좋지 않을 때면 악마 몇은 반드시 죽어 나갔다.

"9광산과 비교했을 때 면적과 인부의 숫자가 족히 두 배는 많은 우리 광산의 저번 달 생산량이, 놀랍게도 9 광산과 비슷하더군."

그 끔찍한 발언에 악마들이 눈을 질끈 감았다. 부디 드라켄의 잔혹한 손속이 향하는 곳이 자신은 아니기를 바라면서.

"허나 난 너희 쓰레기들을 탓하지 않겠다."

드라켄이 희미하게 웃었다. 물론 그 미소를 바라본 악마는 몇 없었다. 대부분 두려움에 떨며 고개를 숙인 상태였기 때문이다.

좌아아아아악!

드라켄이 가볍게 손을 들자, 어디선가 분수가 치솟는 소리가 들렸다.

"너희 같은 쓰레기들이 뭘 알겠느냐. 너희를 사용하는 녀석들이 머저리인 탓이겠지."

심드렁하게 말을 내뱉는 그의 손에는 감독관 하나의 머리가 들려 있었다. 자신이 죽었다는 것조차 인지하지 못한 감독관의 몸뚱이가 잠시 후 뒤로 넘어갔다.

드라켄은 들고 있던 악마의 머리를 뒤로 던지며 감독관들을 하나씩 노려봤다. 그의 시선이 닿을 때마다, 감독관들은 몸을 덜덜 떨었다. 뿔이 있는 악마라고 할지라도, 절대적인 강함을 지니지 못한 존재는 결국 자신보다 더 강한 상대에게 언제든지 죽임을 당할 수 있는 곳이 바로 마계였다.

"어이, 감독관들."

"네헤…… 네!"

공포에 목소리가 갈라진 감독관들이 억지로 소리를 쥐어 짜냈다.

"수확량 늘려라. 이번 달에도 날 실망시킨다면, 너희들의 목을 전부 날려 버리겠다."

"며, 명령을 받들겠습니다."

"넓으신 아량에 가, 감사를……."

살해당한 것이 자신이 안도감과 생명이 연장되었다는 소소한 기쁨. 그다음으로 느껴진 것은 분노였다. 쓰레기 같은 하급 악마들 때문에 자신의 목숨이 위험해졌다는 데에서 기인한 순수한 분노.

"쓰레기들 관리 잘해라. 난 두 번 말하지 않아."

"예!"

감독관들에게 강렬한 본보기를 보여준 관리자가 이번엔 악마 노예들을 쳐다보았다.

"명심해라 쓰레기들. 마계에선 한 번 쓰레기가 영원한 쓰레기를 의미하지 않는다. 강자로 태어난 이가 약자로써 죽기도 하고. 약자로 태어난 이가 모든 것을 먹어치우고 강자로서 군림하기도 한다."

쿵, 쿵.

드라켄이 연설대를 돌아다니며 소리쳤다.

"도태되고 싶지 않다면 스스로의 유능함을 증명해라!"

그러곤 근처에 있던 감독관 하나의 어깨에 팔을 둘렀다.

"허, 허억……!"

"보아라! 실제로 너희들을 감독하는 이 녀석들 역시 한때는 너희처럼 하루 종일 허리 한 번 펴지 못하고 마정석만 캐던 놈들이다. 하지만 이 녀석들은 스스로의 가치를 증명했고, 강해지고자 하는 욕망이 있었다. 태어나기를 쓰레기로 태어났지만, 이들은 스스로의 운명을 바꾸었다. 다른 무엇도 아닌, 스스로의 노력으로 말이다!"

그것은 일종의 동기 부여였다. 하루살이처럼 갱도에 처박혀 마정석만 캐는, 하급 악마들을 위한 달콤한 속삭임.

"기회를 주지. 이번 한 달 동안 가장 많은 마정석을 캐내는 3명에게 뺄이 돋아날 만큼의 마정석을 지급하겠다."

"……!"

그것은 파격적인 제안이었다. 노예들이 하루 20시간 가까이 꼬박 일해도 받는 것은 고작 마정석 부스러기가 전부다. 그걸 먹고, 기력을 약간이나마 보충한 뒤 다시 네 시간 후에 일을 나가는 것이다. 당연한 말이지만 죽어 나가는 이들은 하루

에만 수십이었다.

미래라고는 없는 그 암울한 이들에게 뿔이 돋아 난다?

더 이상 노동을 할 필요도 없고, 삼시세끼 밥을 꼬박꼬박 챙겨 먹을 수도 있다. 바퀴벌레처럼 모여서 하루 네 시간 동안 쪽잠을 자야 할 필요도 없는 것이다.

그것은 어떤 달콤한 말보다도 확실한 동기 부여가 되었다. 앞이 보이지 않는 캄캄한 생을 구제할 유일한 기회였으니까.

"뿔이 돋아날 정도의…… 마정석……."

"뿔만 돋아나면…… 달라질 수 있다."

"3위다, 무조건 3위 안에 들어간다."

드라켄의 말을 들은 악마 노예들은 당장에라도 갱도에 들어가고 싶어 하는 눈치였다. 어제까지만 해도 서로를 의지하던 이들이, 한순간에 경쟁자로 돌변한 것이다.

항상 흐리멍텅하던 이들의 눈빛 자체가 확 바뀌었다. 그 안에 깃든 것은 단연 탐욕과 욕망이었다.

그런 노예들의 모습을 만족스럽게 쳐다보던 드라켄이 소리쳤다.

"가라! 가서 너희들의 쓰레기 같은 미래를 바꿔봐라!"

"와아아아아아!"

악마 노예들은 쏜살같이 각자 배정받은 갱도 안으로 들어가 버렸다. 순식간에 휑해진 광산의 입구에서, 드라켄이 입을 쭈욱 찢었다.

"병신들아. 봤느냐? 무턱대고 채찍질만 하는 것이 능사가 아니다. 이렇게 근사한 당근을 내밀 줄도 알아야지."

"네, 네……."

"옳으신 말씀입니다!"

"하지만 저 쓰레기들에게 그만한 마정석을 지급한다면, 결국 수확량 자체는 큰 차이가 없는 것이 아닐지……."

제법 똘똘한 감독관 하나가 눈치를 살피며 조심스럽게 묻자, 드라켄이 웃음을 터뜨렸다.

"정말이지 끝까지 병신 같구나. 대공께 납품하기도 벅찬 마정석을 내가 왜 나눠줘야 하지?"

"예에? 그, 그럼 아까 하신 말씀은……."

"어차피 지난달 수확량이 마음에 안 들어서 싹 다 죽여 버릴 생각이었다. 그냥 죽이기는 아까우니 한 달 정도 바짝 부리려는 것이고."

"어, 역시 드라켄 님이십니다."

"정말 악마 같습니다."

"타고난 대악마……!"

감독관들의 아부를 듣던 드라켄이 고개를 끄덕였다.

"그래. 악마로 태어난 이상 악마답게 살아야지. 그것이 바로 마계의 율법이니까."

까앙, 까앙!

좁고 어두운 갱도. 허리를 펼 정도의 공간도 안 되는 곳에서 곡괭이를 힘겹게 휘둘러야 한다.

아무리 악마들의 신체가 인간에 비해 월등히 뛰어나다고 해도, 기껏해야 하급 악마들이다.

신체 능력은 인간 왕국의 기사와 비등한 수준.

당연히 여기저기서 곡소리가 흘러나왔다.

"끄응…… 나 죽네."

"어우, 할당량이 뭐 이리 늘었어."

"미치겠군."

겉보기에는 어제와 다를 바 없어 보였지만, 광부들 사이에는 미묘한 선이 그어진 상태였다. 그야 목적지 없이 표류하는 배와 목적지가 확실히 정해진 배는 다를 수밖에 없으니까.

"허억, 허억……."

그 와중에 늙은 악마 하나가 쓰러졌다. 사실 언제 죽어도 이상할 게 없는 악마였다. 평소에는 마정석을 더 캔다고 득이 될 게 없었기에 악마들은 조금씩 자신의 몫을 늙은 악마에게 나눠주었다.

하지만 오늘은 아니었다. 모두가 싸늘한 시선으로 그를 한 번 쳐다보더니 이내 고개를 돌렸다.

"……."

늙은 악마도 차마 마정석을 나눠달라는 말을 입 밖으로 꺼내지는 못했다. 이곳은 마계니까. 약하면 도태되고, 죽는 것이 지극히 당연한 무한경쟁사회였으니까.

'그래도 고마우이.'

늙은 악마는 속으로 조용히 감사를 표했다. 지금은 싸늘한 시선을 보내고 있지만, 저들의 도움이 없었다면 여태까지 살아 있지도 못했을 것이다.

'나는 비록 실패한 악마였지만, 그대들은 꼭 강해지게나.'

몸과 마음은 지난 수십 년의 노예 생활로 지친 상태였다. 오히려 모든 것을 내려놓으니 담담했다.

늙은 악마는 자신이 평생을 바라왔던 것처럼, 곡괭이를 손에서 놓고 허리를 쭉 폈다. 신장이 작은 그였기에 가능한 일이었다.

"어이! 거기 누가 허리 펴도 괜찮다고 했지!"

당연하게도 주변을 어슬렁거리던 감독관 하나가 눈에 불을 켜고 달려왔다.

"허허……."

이왕 죽을 거라면, 할당량을 채우지 못해서 동료들에게 폐를 끼치는 것보다는 이게 낫다. 그렇게 생각한 늙은 악마에게 감독관이 호통을 쳤다.

"누가 허리를 펴도 좋다고 했지?"

"저는……."

"오늘 할당량을 다 채웠으니 이리 당당한 거겠…… 음?"

늙은 악마의 소쿠리를 뒤져보던 감독관이 멈칫했다.

"다…… 채웠군."

"……?"

"쯧. 그래도 남은 시간이 있으니 더 일해라!"

늙은 악마를 신경질적으로 밀친 감독관이 사라지자, 그는 자신의 소쿠리를 쳐다보았다.

'아니, 이게 무슨?'

아닌 밤중에 홍두깨라도 본 기분이 들었다. 왜냐하면 텅 비어 있던 자신의 소쿠리에는 하루치의 마정석이 들어 있었으니까.

그가 놀란 눈으로 주변을 둘러볼 때, 그와 눈이 마주친 악마가 하나 있었다. 인간형의 악마였는데, 당연하지만 머리에는 뿔이 달려 있지 않았다.

키는 자신과 비슷할 정도로 조그마한 아이였다. 그것도 여자아이. 그녀는 늙은 악마에게 다가와 말을 건넸다.

"너무 걱정하지 마세요. 이번 한 달 동안, 제가 될 수 있는 한 도와드릴 테니까."

"너는 대체…… 아니, 그것보다 처음 보는 얼굴인데 대체 왜

나를?"

"제가 어제 잡혀 와서 모르는 게 참 많아요."

살포시 웃음을 지어 보인 그녀는 늙은 남자에게 꾸벅 고개를 숙였다.

"여기에서 가장 오래 근무한 것이 할아버지라고 들었거든요. 앞으로 이것저것 좀 많이 가르쳐 주세요."

"나라도 도움이 된다면야…… 내 이름은 덱스라고 한다."

"……제 이름은 이라. 이라라고 불러주세요."

하얀 머리칼을 지닌, 홍안의 소녀였다.

"헐, 삼십 년 동안 일하셨어요? 정말 대단하세요."

"허허. 노예 생활 오래한 게 뭐 자랑이라고……."

이라는 그 나이 때 아이가 으레 그렇듯, 궁금한 것이 참 많은 소녀였다. 덱스는 자신과 그녀가 만난 것이 일종의 운명이라고 생각했다. 그녀의 호기심을 채워줄 수 있는 것은 이곳에서 삼십 년이나 근무한 자신밖에 없을 테니까.

"아아, 그럼 할아버지도 아프시기 전까지는 광산의 에이스셨구나."

"에이스까지는 아니었지만…… 손이 이렇게 되기 전까지는 수확량이 제법이었지."

덱스가 오랜 시간 곡괭이를 쥐어온 탓에, 덜덜 떨리는 손들을 내려다보며 말했다.

"내 도움을 받은 녀석들도 제법 많았단다."

"……그러면 뭐해요. 보상 한 마디에 싹 돌변하던데."

"껄껄. 원래 그게 맞는 거지. 우린 악마니까."

덱스는 만난 지 며칠 되지 않았지만, 손녀처럼 살갑게 구는 이라가 싫지 않았다. 아니, 죽기 전에 그녀와 만났다는 사실에 순수히 감사했다.

'나 같은 악마가 또 있다니, 신기하군.'

홀로 태어나 고독하게 죽는 것을 미덕으로 여기는 악마답지 않게 너무 정이 많다는 점. 그것이 바로 덱스가 이 사회에서 도태된 가장 큰 문제점이었다.

'……하긴. 그러니까 수십 년 동안 노예처럼 부려지는 거겠지.'

악마들에게 불량품이라는 낙인이 찍힌 덱스였지만, 후회는 없었다. 어차피 과거로 돌아가더라도 달라질 자신이 없었기 때문이다.

"조금도 후회하지 않으세요?"

"음?"

마치 자신의 속마음을 읽은 듯한 질문이었다.

"후회라니?"

"그냥 갑자기 그런 생각이 들어서요. 만약 할아버지가 강한 악마가 되었다면, 이렇게 아플 이유도 없고, 훨씬 더 오래 살 수 있었잖아요."

"하하……."

물론 그런 생각을 안 해봤던 것은 아니었지만, 결론은 늘 한결같았다.

"나는 자신이 없단다."

"무슨 자신요?"

"난 동료의 심장을 뜯어먹을 정도로 잔혹하지도 못하고, 마신의 축복을 타고나서 재능이 넘치지도 않는단다. 그런 내가 어떻게 강해지겠니."

마계에서 악마가 강해질 수 있는 방법은 크게 세 가지로 나눌 수 있었다. 가장 쉬운 방법은 바로 마정석을 섭취하는 것이다. 그 단순한 행위만으로도 보유한 마기의 상승을 꾀할 수 있었다. 물론 보유한 마기가 많다는 것이 절대적인 강함을 의미하지는 않지만, 없는 것보다는 나았다.

두 번째 방법은 바로 다른 악마를 무릎 꿇리고, 그들의 심장을 먹는 것이었다. 이 방법은 마정석보다 섭취할 수 있는 마기의 기운이 훨씬 더 정순했다. 더군다나 다른 악마가 심장을 순순히 내줄 리 없기에, 반드시 목숨을 걸고 싸워야 했다. 이 잔혹한 과정을 수십 년 동안 거친 이들은 누구나 알아주는 대악마가 되었다.

그리고 마지막 방법은 바로 타고나는 것이었다. 마신의 축복을 받은 악마들은 태어나는 순간부터 꾸준히 강해진다. 그들은 특유의 호흡법을 통해 대기에 떠돌아다니는 마기를 체내에 축적시킬 수 있기 때문이다.

숨만 쉬어도 강해지는 존재들. 알려진 바에 의하면 현재는 네 명의 대공과 앙골모아 마왕만이 이러한 재능을 타고났다고 한다. 덱스처럼 최하급 판정을 받은 악마에겐 하나 같이 불가능한 일들뿐이었다.

“흐음. 후회는 없으시다는 말이군요…….”

“나이가 들어갈수록 점점 사라지는 게 욕심이더구나.”

“……그건 정말 이상하네요.”

혼자 중얼거리던 이라는 화제를 돌렸다.

“아, 그런데 아까 관리자가 그랬잖아요. 이번 달 수확량이 높은 상위 세 명에게 마정석을 주겠다고.”

“그러셨지.”

“정말로 줄까요?”

“주겠지.”

덱스가 한 치의 고민도 없이 말했다.

“네 눈에는 어떻게 보일지 몰라도, 사실 여기 7광산에서 근무하는 건 그나마 나은 편이다.”

“어떤 점에서요?”

“내가 알기로는 이 광산의 크기부터가 마계를 통틀어 70위 안에는 든다고 알고 있다.”

"와. 정말인가요?"

"그래. 때문에 다른 곳보다 수확량도 좋은 편이고 대우도 괜찮은 편이지."

"하루에 네 시간도 채 못 주무신다면서요."

"이라야. 바닥 밑에는 지하가 있는 법이다."

쓴웃음을 지은 덱스가 고개를 절레절레 흔들었다.

"내가 이곳에 오기 전에 잠깐 근무했던 제23 광산은 더욱 끔찍했다. 잠은 두 시간도 채 자질 못 했고, 지반도 약해서 갱도가 무너지기 일쑤였지. 그에 비하면 이곳은 천국이나 다름없어."

"……."

"너의 눈엔 한심하게 보이겠구나…… 미안하단다."

"그렇게 생각하지 않아요."

이라가 냉큼 고개를 저었다.

"할아버지가 잘못한 건 하나도 없잖아요. 정작 나쁜 건 대악마들이지. 안 그래요?"

"그, 그런 말을 공공연하게 하고 다니면 안 된다."

덱스가 쩔쩔매며 잔소리를 하자, 이라가 싱긋 웃으며 화제를 돌렸다.

"그나저나 이 광산에는 모범 광부 제도라는 게 있다고 들었는데, 그건 뭔가요?"

"아, 그거……."

덱스의 얼굴 한편에 짧은 아쉬움이 스쳐 지나갔다. 이 광산에서 수십 년을 일하면서, 마음 한구석으로 늘 바라왔던 자리였기 때문이다.

"사실 이 광산의 사정이 좋다는 건 그 제도 때문이기도 하지, 감독관들의 평가 아래 근면성실한 모습을 보이고 수확량도 좋은 광부를 반년에 한 명씩 뽑아 풀어주는 제도란다."

"풀어준다는 건 무슨 뜻인가요?"

"하는 일만 광부지. 우린 여기서 쓰레기이자 노예로 불린다. 그 밑바닥 신분에서 벗어나 어디든지 갈 수 있는 자유로운 존재가 될 수 있는 유일한 수단. 그것이 바로 모범 광부 제도다."

"정말로 모범 광부가 되면 광산 일에서 해방되나요? 그걸 보셨어요?"

"물론이지. 그뿐만 아니라 새로운 시작을 하라고 소정의 식량이나 옷 등을 나눠주기도 하더군. 이곳에서 근무하는 모든 광부들의 꿈이지만…… 반년에 한 명. 일 년을 꽉 채워도 고작 두 명밖에 가질 수 없는 기회지."

덱스 또한 모범 광부를 노리고 미친 듯이 마정석을 캐던 젊은 시절이 있었다. 다만 그때는 광부의 수도 지금보다 훨씬 많았기에, 경쟁률은 거의 1/4,000에 해당했었다.

"나는 이미 물 건너갔지만, 이라 너는 모범 광부를 노리고 열심히 해보거라."

"……네, 그럴게요."

고개를 끄덕인 이라는 남들 몰래 자신의 수확량 중 일부를 덱스에게 몰래 건넸다.

"정말 고맙다는 말밖에…… 하지만 염치없이 매일 이렇게 받아도 되는 건지 잘 모르겠구나."

덱스가 복잡한 눈빛으로 이라를 쳐다보며 말했다. 최근들어 그의 목숨을 연장시켜 주는 것은 이라 한 사람이라고 단언해도 과언이 아니었다.

그녀는 웬만한 성인 남성 세 명 몫을 거뜬히 해냈다. 딱히 손이 빠른 것도 아닌데 그것이 가능한 이유는, 놀라울 정도로 운이 좋았기 때문이다. 그녀가 대충 곡괭이를 휘두르는 장소에선 마정석이 쏟아져 나왔다.

"아니에요. 오히려 해주시는 말씀들이 다 도움이 되는 말들뿐이라 제가 더 고맙지요."

악마답지 않은 그녀의 고운 말에 덱스는 가슴 한구석이 찌르르 울렸다.

'이런 녀석에게 힘이 주어진다면…… 마계도 조금 더 살기 좋아질 텐데.'

이루어질 리 없는 바람을 가볍게 삼킨 덱스에게, 이라가 새로운 질문을 던졌다.

"아참, 그리고 근처에 해방군이 돌아다닌다는 소식도 들리던데. 사실일까요?"

"헉."

해방군이라는 말에 깜짝 놀란 덱스가 서둘러 그녀의 입을 틀어막았다. 황급히 주변을 두리번거린 그는 듣는 이가 없음을 확인하고는 안도의 한숨을 내쉬었다.

"다시는, 다시는 그들의 이야기를 꺼내지 말거라."

"왜요?"

"감독관…… 아니, 다른 광부들의 귀에라도 들어가는 순간 죽을 수도 있단다."

그 말에 이라는 이해가 되지 않는다는 표정을 지었다.

"감독관은 몰라도 광부들은 해방군을 좋아하지 않나요?"

"글쎄. 싫어한다 좋아한다를 굳이 나누라고 하면 후자겠지만…… 그들은 우리들에게 있어 뜬구름 같은 존재지."

덱스가 쥐고 있던 곡괭이를 내려보았다.

"이라야. 악마들은 말이다. 특히나 나약한 악마들은…… 헛된 희망보다는 가까이 있는 주먹과 폭력을 더욱 두려워하는 법이다."

"헛된 희망인가요……."

"물론 간간이 소식은 들리더구나. 해방군이 광산 몇 개를 해방시켰네, 그곳의 광부들은 전부 자유로운 몸이 되어 해방군이 꾸리는 마을로 숨어들었네…… 하지만 과연 그런 행운이 우리에게 찾아올 거라고 생각하니?"

"뭐, 올 수도 있지 않겠어요? 어쩌면 이미 광산에 와 있을 수도 있잖아요."

덱스는 이라의 긍정적인 생각에 일부러 반박하지 않았다. 꽃다운 나이의 소녀가 품은 환상을 꺾기는 싫었으니까.

"아참, 그런데 저번 달의 광석 수확량이 9광산과 비슷하다고 하던데, 왜 그런 걸까요?"

"글쎄, 관리자나 감독관이 다른 주머니라도 찼겠지."

덱스는 쉴 새 없이 이어지는 이라의 호기심을 채워주기에 바빴다.

까앙, 까앙!

산을 타고 이동하던 카이와 유하린의 눈빛이 돌변했다. 메마른 정적만이 울려 퍼지던 마계에서, 처음으로 인위적인 소리를 들었기 때문이다. 서로를 쳐다본 두 사람은 누가 먼저랄 것 없이 기척을 죽였다. 커다란 바위 뒤에 숨어 소리가 나는 곳을 쳐다본 유하린이 조용히 물었다.

"저기가 악마들의 마을일까요?"

"음."

장소를 탐색하는 카이의 표정은 더없이 진지했다.

'무기를 들고 돌아다니는 악마들, 산 내부로 연결된 여러 개의 입구와 레일. 그 위로 오가는 수레들이라면……'

떠오르는 장소는 하나뿐.

"아뇨, 마을보다는 광산일 것 같습니다."

"광산이요? 아!"

유하린이 눈꼬리를 살짝 올리며 고개를 끄덕였다.

"듣고보니 맞는 것 같아요. 그럼 저 수레들에 들어 있는 돌들을 캐내는 게 목적이겠네요."

레일 위의 수레에는 보라색 기운이 뿜어져 나오는 다양한 크기의 광석이 들어 있었다.

"……마기가 담겨 있는 광석이네요."

"마기요?"

"네."

카이가 단언했다. 이미 스팅을 비롯해 그가 부리던 언데드들도 상대해본 경험이 있기에 알 수 있었다.

"그럼 이제 어떻게 하죠?"

"음."

잠시 고민을 하던 카이가 입을 열었다.

"광산에서 광석을 캐면, 반드시 그것을 필요로 하는 장소가 있을 겁니다."

"그곳이 마을이겠네요."

"그렇겠죠. 그럼 이제 마을의 위치를 알아내야 하는데…… 저 악마들이 대화가 통하는 존재들일지는 모르겠군요."

"생긴 건 사람처럼 보여요."

"……흠, 그럼 제가 한번 가서 살펴보겠습니다."

카이의 돌발 선언에 유하린이 깜짝 놀라 반문했다.

"직접 가시게요?"

"예."

"아, 안 돼요."

유하린이 잔뜩 불안한 표정을 지으며 그를 말렸다.

"하린 씨……."

그녀가 지금 무슨 생각을 하고 있는지 빤히 알고 있던 카이가 천천히 입을 열었다.

"여차해서 수틀리더라도, 하린 씨 몫은 남겨놓겠습니다."

"……정말요?"

"네."

"그 약속 꼭 지켜주셔야 해요. 저도 크리스 씨와 격차 좀 벌려놓고 싶단 말이에요."

"아이고, 알겠습니다. 꼭 남겨드릴게요."

만약 악마들이 들었다면 몸서리를 쳤을 거래를 마친 카이는 광산의 입구 쪽으로 다가갔다.

"저…… 혹시."

조심스럽게 말을 걸자, 하품을 쩍쩍 뱉어내던 감독관들이 깜짝 놀라 그를 경계했다.

"뭐, 뭐야. 침입…… 자인가?"

"행색을 봐. 그냥 떠돌이 악마 같은데?"

감독관 하나가 다가와 카이가 머리 위에 쓰고 있던 악마 가죽을 벗겨냈다.

"역시. 뿔도 없는 하급 악마다."

"하, 괜히 놀랐군. 그럼 그냥 광부로 투입시켜 버리자고."

"……."

감독관들은 상황 파악을 못 하고 멀뚱거리는 카이에게 소쿠리 하나와 곡괭이 하나를 던져주며 등을 떠밀었다.

"어이, 오늘부터 갱도로 들어가서 마정석을 캐면 된다."

"제가요?"

"어. 왜, 싫으냐?"

두 감독관이 사나운 표정을 짓자, 마기가 카이를 압박하기 시작했다.

"……."

가만히 견뎌내던 카이는 묵묵히 그들이 가리킨 갱도로 들어갔다. 고분고분한 모습에 감독관들이 웃음을 터뜨렸다.

"큭, 압박 좀 했더니 금세 겁먹고 얌전해지는군."

"하급 악마가 다 그렇지 뭐. 그나저나 재수도 지지리 없는 녀석이군. 하필이면 떠돌다가 방문한 곳이 광산이라니."

"뭐, 이 지역엔 마계풀도 안 자라니까, 식량이라도 구걸해 볼 요량이었겠지."

감독관은 카이의 등장을 금세 잊어버렸다.

"헉, 큰일 났다."

다만 바위 뒤에서 이 상황을 모두 지켜보고 있던 유하린이 발을 동동 굴렀다.

"악마들이 위험해……!"

그녀는 진심으로 자신의 경험치(?)들을 걱정했다. 광산마다 다르겠지만, 7광산에서 근무하는 이들의 하루일과는 간단했다. 주어진 자유시간은 다섯 시간이었는데, 그중 한 시간은 자유 시간. 나머지 네 시간은 수면 시간이었다.

그 살인적인 스케쥴이야말로 마계의 악마들이 광산을 기피하는 이유였다.

그런 곳에 새롭게 등장한 카이는 단번에 눈길을 끌었다.

툭툭.

땀을 닦던 악마 하나가 주변 악마의 팔을 치며 물었다.

"……이봐. 갱도에 저런 악마가 있었던가?"

"아니, 아까 전에 새로 들어온 녀석이다."

"음? 이 시기엔 포획도 안 할 텐데, 어디서 잡아 왔지?"

"감독관들이 하는 이야길 들어보니, 광산 앞에서 얼쩡거리다가 잡힌 떠돌이 악마라더군."

"쯧. 하급 악마 망신은 저놈이 다 시키는군."

"생긴 것도 영 비실비실해 보이는데, 며칠이나 버틸런지……."

"난 일주일 본다."

"일주일? 흥, 사흘이면 기적이지."

빠르게 차오른 관심은 그만큼 빠르게 식는 법이다. 약간의 관심을 보이던 악마들은 카이를 빠르게 스캔한 뒤, 관심을 꺼 버렸다. 카이의 몸은 악마들의 관심을 드러낼 정도로 좋은 것도 아니었고, 마기도 느껴지지 않았으니까.

"흠."

카이는 지급받은 곡괭이를 내려다보며 그들의 시선을 덤덤하게 넘겼다.

'일단 악마들과 대화가 통한다는 건 알겠네.'

입구에서도 그랬지만, 이곳에서도 악마들이 하는 말을 알아들을 수 있었다.

'역시 악마들 사이에도 계급이 존재하는 건가.'

여태까지 유하린과 함께 사냥했던 악마들은 죽는 순간까지도 말을 하지 못했다.

짐승처럼 울부짖거나, 우는 것이 전부.

'그럼 그 녀석들은 죄다 최하급의 악마인 건가?'

아니, 어쩌면 악마들이 계급을 나누는 데에는 다른 기준이 있을 지도 모른다. 카이는 마을에 대해 알아보면서, 악마들에 대한 기본적인 지식도 쌓기로 마음먹었다.

'의심을 받지 않으려면 일을 해야 할 텐데…….'

그렇지 않아도 등에 꽂히는 감독관들의 시선이 따갑다. 새로운 신입이 일을 잘하는지 안 하는지 감시를 하고 있는 것이었다.

'이곳에서 마정석을 캐라고 했나.'

주변의 다른 악마들이 하는 것을 잠시 쳐다본 카이가 걸음을 옮겼다. 갱도의 벽 앞에 선 그가 천천히 곡괭이를 휘둘렀다.

까앙!

'손맛 좋네.'

검을 휘두를 때와는 또 다른 느낌이다.

'검은 보통 찌르거나, 베기를 자주하는데…….'

곡괭이를 휘두를 때는 움직임이 조금 더 커진다.

말 그대로 휘두른다는 느낌. 하지만 몸을 사용한다는 틀 자체는 벗어나지 않았다.

'이런 거라면 할 만하지.'

곡괭이를 휘두르는 카이의 자세는 무너짐 없이 굉장히 안정적으로 보였다. 여명의 검술관과 결투장에서 쌓아놓은 단단한 기본기가 있었기에 가능한 일이었다.

까앙, 까앙!

일정한 속도와 함께 주기적으로 울리는 소리. 그 모습에 감독관들은 물론, 주변 악마들도 의외라는 표정을 지었다.

"저 녀석 뭐지?"

"영 비실비실해 보여서 갈굴 생각을 하고 있었는데…… 흠 잡을 곳이 없군."

"혹시 다른 광산에서 일하던 녀석 아닌가?"

"아냐. 분명히 떠돌이 악마라고 했다니깐."

카이는 순식간에 한 무더기의 흙을 파낸 뒤, 그 안에서 반짝이는 돌을 하나 캐냈다.

[마정석]

등급 : 레어

마기가 담겨 있는 광석입니다. 주로 마계에서 자라나며, 섭취 시 마기가 소폭 상승합니다.

'흠. 마정석이라…….'

마기를 상승시켜 주는 광석이라. 과연, 악마들이 이렇게 대규모 광산에서 미친 듯이 캘 만한 이유가 있다.

'혹시 모르니 조금 챙겨둘까.'

카이가 캐낸 몇 개의 마정석은 쥐도새도 모르게 그의 인벤토리로 흘러 들어갔다.

"인간이요?"

"그렇다고 하던데."

덱스의 말에 이라가 두 눈을 동그랗게 떴다.

"신기하네요. 마족이 중간계로 소환되었다는 말은 들어봤어도, 인간이 마계에 왔다는 말은 처음 들어봐요."

"실은 나도 그렇다. 다만 이번에 너와 함께 포획된…… 아니, 광부가 된 이들이 들어오기 전에 그런 소문을 들었다고 하더군."

"헤에. 안타깝네요."

"안타깝다니, 뭐가 말이냐?"

"인간이잖아요. 이미 떠돌이 악마들에게 잡혀서 한 끼 식사거리가 된 상태겠죠."

"흐음. 정말 그럴까."

덱스가 묘한 음성으로 대답하자, 이라의 눈매가 가늘어졌다.

"뭔가 더 알고 계신 거죠? 뭐예요? 저도 알려주세요!"

"하하, 알겠다. 좀 진정해 보거라."

찡찡거리는 이라를 달랜 덱스가 목소리를 낮췄다.

"저번에 그…… 네가 그들에 대해서 묻지 않았느냐."

"해방군이요?"

"흐업!"

덱스가 깜짝 놀라 하자, 이라가 그런 건 아무래도 좋다는 표정으로 재촉했다.

"알았어요, 알았어. '그들'이라고 해드릴게요. 그래서 게네가 뭐요?"

"듣고 놀라지 말거라. 마계에 방문했다던 인간들이 웬만한 악마들보다도 강하다고 하더군. 그래서 해방군이 그들을 직접 만나고, 자신들의 편으로 끌어들였다는 소문이다."

"……출처는요?"

"뭐, 언제나 그렇듯 이런 종류의 소문은 출처가 없다. 정처 없이 떠돌아다니는 구름처럼."

"그럼 안 믿는 게 낫겠네요."

"그래도…… 난 제법 가능성이 있다고 본다."

"왜요?"

"인간들이 처음 등장했을 때, 최하급의 악마들이 그들을 먹기 위해 많이 모였다고 하더구나."

"그래서 인간들이 게네를 이겼고요?"

"아니, 네가 그걸 어떻게……."

덱스가 반문하자, 이라가 옅은 한숨을 내쉬었다.

"할아버지. 최하급 악마들은요. 솔직히 말해서 중급 악마만 되어도 가지고 놀 수 있어요."

"그건 그렇지."

"게다가 인간이 강해봤자 얼마나 강하겠어요. 최하급 악마들 사이에서나 강한 수준이겠죠. 아마 중급, 상급의 악마들과도 자웅을 겨룰 정도였으면 진작 소문이 났을걸요?"

"흐음…… 하긴, 책에도 인간들은 나약한 존재라고 서술되어 있으니까."

"아마 해방…… 읍읍이 소문을 듣는다면 비웃을 거예요. 거기 소속된 상급 악마가 몇인데, 아무리 고양이 손이 급하다지만 인간의 손을 빌릴 리가요."

이라가 상상 이상으로 단호하게 말하자, 무안해진 덱스는 헛기침을 뱉었다.

"험험. 뭐, 애초에 소문이었으니까. 나도 그렇게 진지하게 믿은 건 아니었고……."

변명을 늘어놓던 덱스가 문득 고개를 갸웃거리더니 이라를 쳐다봤다.

"그런데 해방군에 상급 악마가 소속되어 있는 것은 어떻게 아니?"

"뭐, 뭐가요. 제가요?"

이라가 불에 덴 사람마냥 당황했다.

"방금 그러지 않았느냐. 거기 소속된 상급 악마가 몇인데, 라고."

"그, 그야 당연한 거죠. 해방군이 지금 마계에서 활동한 게 몇 년인데, 아직까지 잘 버티고 있잖아요? 상급 악마들이 없다면 불가능한 일 아닐까요."

"흠. 그것도 그렇구나."

덱스는 별생각 없이 고개를 끄덕였다.

사건은 항상 불시에 터지는 법이다. 그날도 마찬가지였다.

"누가 허리를 펴도 좋다고 했지?"

노예나 다름없는 광부보다 편하다고는 하지만, 사실 감독관도 마냥 편하지는 않다. 흙먼지가 가득한 갱도를 돌아다니며 하루 종일 광부들을 감시해야 하기 때문이다. 때문에 그들은 항상 신경이 예민한 상태인데, 광부 하나가 그의 심기를 거스른 것이다.

"가, 감독관님. 허리가 너무 아픕니다…… 제발……."

"아아, 아프시다?"

감독관이 코웃음을 치며 주변을 가리켰다.

"여기서 너만 힘든 것 같나? 네 동료들은 일이 쉽고 편해서 허리를 못 펴는 것 같냐는 말이다."

짜악!

감독관의 손에 들린 채찍은 자비 없이 휘둘러졌다.

"어억!"

"며칠 전에 길을 잃어서 들어온 저 머저리도 잘 만 일을 하는데, 왜 네가 못하냔 말이다!"

여기서 저 머저리는 카이를 뜻했다. 뚱한 표정을 지은 카이는 불편한 눈빛으로 감독관이 하는 행동을 쳐다보았다.

'악마족이나 인간이나…… 결국 힘 있는 자가 하는 행동은 다 똑같네.'

카이가 나서야 할지 말아야 할지를 고민하던 찰나 감독관은 단단히 화가 났는지 소매를 걷어붙였다.

"그래, 차라리 쉬고 싶으면 평생 쉬어라. 너 같은 놈은 자유를 갈망할 자격조차 없으니까."

광산에서 광부 하나쯤이야 죽어도 별 차이는 없다. 실제로 감독관의 손에 광부가 맞아죽는 것은 매우 잦은 이야기였다.

그 사실을 예견한 광부들은 슬며시 시선을 돌려 다시 제 할 일을 시작했다.

"이건…… 도저히 못 참겠군."

정의감 넘치는 한 악마의 말만 아니었다면, 언제나 보던 사소한 해프닝으로 끝났을 것이다. 하지만 그 말과 함께 이것은 하나의 사건이 되었다.

"허?"

노예의 반란에 기가 막힌 감독관이 헛웃음을 터뜨리며 주변을 둘러보았다.

"방금 건방 떨었던 새끼, 누구지?"

"……."

그의 말에 광부들은 침을 꿀꺽 삼키며 눈을 내리깔았다.

자신에게 불똥이 튀지 않기를 간절히 기도하면서.

"나다."

입을 연 것은 하급 악마치고는 키가 크고 몸이 좋은 악마였다. 감독관의 눈이 빠르게 그를 훑었다.

"……며칠 전에 새로 잡혀 온 노예냐?"

"그렇다면?"

"후우."

감독관은 지끈거리는 관자놀이를 천천히 주물렀다. 이 일을 하다 보면, 꼭 이런 새끼들이 하나씩 튀어나온다. 제 주제도 모르는 바퀴벌레 같은 녀석들. 이유는 모르겠지만 아무리 죽이고 죽여도 어디선가 또 만들어지고, 튀어나온다.

'저것도 자유인지 뭐시기를 믿는 나약한 새끼 중 하나인가…… 일진 한번 사납구만.'

피곤한 표정으로 채찍을 뽑은 감독관이 입을 열었다.

"말씨름하기도 피곤하네. 그냥 죽어라."

쿠드드득.

그의 몸에서 폭발한 마기가 주변을 울렸다.

"허, 허억."

"으으으……."

상황을 지켜보던 광부들의 눈빛이 요동치며 두려움에 물들었다. 그 자리에서 두려움이라는 감정을 느끼지 않는 존재는 단 둘. 하나는 제삼자가 되어 이 돌발 상황을 관찰하고 있던 카이였다.

'흐음. 감독관은 중급의 악마들이라고 하던데.'

너무 약하다. 한껏 거드름을 피우는 중급의 악마마저 자신과 붙는다면 1초 안에 죽을 것이다.

'그나저나 저 정의감 넘치는 친구는 또 뭐야?'

다른 하나는 바로 감독관에게 대들었던 악마였다. 듬직한 체구의 악마는 마기의 압박을 묵묵히 견뎌내며 자리에서 일어났다.

"허, 이걸 버텨?"

감독관의 몸이 한 차례 떨렸다. 하급의 버러지가 자신의 마기를 견딘 것에 분노와 수치를 느낀 것이 그 이유였다.

"쥐뿔만 한 마기 가지고 까불기는."

서걱!

허나 감독관은 분노를 터뜨릴 대상을 잘못 골랐다.

제대로 된 분노를 표출하기도 전에, 악마가 들고 있던 곡괭이가 그의 심장을 꿰뚫었으니까.

"커…… 억?"

이 상황이 이해가 되지 않은 감독관은 천천히 손을 들어 제 가슴에 박힌 곡괭이를 쥐었다. 손바닥은 순식간에 새빨갛고, 뜨거운 피로 축축해졌다. 그 뜨거움이 뇌까지 파고들었는지, 의식은 순식간에 흐려졌다.

털썩.

단 한 수로 깔끔하게 감독관을 해치운 악마가 중얼거렸다.

"자료 수집이고 뭐고…… 이 꼴을 보고 어떻게 참고 있으란 거냐."

동시에 그의 이마에서 뿔이 돋아나기 시작했다.

그 수는 무려 두 개. 게다가 7광산의 관리자와 비교해도 굵리지 않을 정도의 두께를 지닌 상태였다.

그는 놀란 눈으로 자신을 쳐다보는 광부들을 쳐다보며, 천천히 입을 열었다.

"내 이름은 카즈라. 해방군 소속의…… 상급 악마다."

상급 악마. 그 묘한 울림을 주는 단어에 광부들이 몸을 부르르 떨었다.

"며칠 전에 나를 포함한 해방군 소속의 동료들 일곱이 이곳 광산에 잠입했다."

"해, 해방군!"

"그렇다면……?"

광부들의 동공이 일말의 기대로 가득 차기 시작했다.
그런 시선을 어디 한두 번 받아봤을까.
카즈라는 그 시선을 담담하게 넘기며 고개를 끄덕였다.
"따라와라. 너희들을 해방시키러 왔다."

To Be Continued